LES POÈMES DE L'ANNAM

金雲翹新傳

KIM VÂN KIÊU

TÂN TRUYỆN

PUBLIÉ, ET TRADUIT POUR LA PREMIÈRE FOIS

PAR

ABEL DES MICHELS

PROFESSEUR A L'ECOLE DES LANGUES ORIENTALES VIVANTES

TOME II, PREMIÈRE PARTIE

TRANSCRIPTION TRADUCTION ET NOTES

PARIS

ERNEST LEROUX, ÉDITEUR

LIBRAIRE DE LA SOCIETE ASIATIQUE
DE L'ECOLE DES LANGUES ORIENTALES VIVANTES, ETC.

28, RUE BONAPARTE 28,

1885.

金 雲 翹 新 傳

TÂN TRUYỆN

POÈME ANNAMITE.

KIM VÂN KIỀU TÂN TRUYỆN.

Xuân đình thoát đã, dạo ra cao đình.[1]

Sông *Tần* một dải xanh xanh

1500   Lôi thôi bờ liễu. Mây nhành dương quan?

Cầm tay, dài thở, vắn than!

Chia phui ngừng chén; hiệp tan nghẹn lời.

Nàng rằng : «Non nước xa khơi!

---

1. Litt. : «*(Lorsque — ce qui concernait) — du Xuân le đình — aussitôt — eut été (fut terminé), — il se rendit à — de se lamenter — le đình.*»

Le *đình* est un grand bâtiment carré qui sert de lieu de réunion aux notables des communes annamites. Cet édifice, toujours en assez mauvais état, est le plus souvent la pagode du génie protecteur du village. Il sert, d'ailleurs, au besoin de théâtre, et même d'abri temporaire pour les voyageurs de marque. C'est dans cette dernière acception qu'il faut entendre ce que le poète en dit ici.

Il y a dans ce vers un jeu de mots chinois qui est absolument intraduisible en français. *Thúc ông* est logé dans l'intérieur du «*Đình*»; c'est pourquoi le poète appelle cet édifice «椿亭 *Xuân đình — le Đình du Xuân (appellation poétique du père)*». Après y être entré pour lui faire ses adieux, le jeune homme se rend dans la cour d'où il doit partir pour commencer son voyage;

KIM VÂN KIỀU TÂN TRUYỆN.

Dès que *Sanh* eut quitté son père, il se rendit au *đình* où allait avoir
lieu la cruelle séparation [1].

(Tel que) l'immense ruban azuré du fleuve *Tấn*,

le chemin (qu'il va suivre) est bordé de saules aux branches non- 1500
chalantes, interminable ligne de verdoyants rameaux [2]!

Il prend la main (de *Kiều*); il soupire, et soupire encore [3]!

(Le chagrin de) la séparation glace la tasse (dans leur main); les
paroles d'adieu s'arrêtent dans leur gorge [4].

«Vous allez au loin!» [5] dit la jeune femme.

et comme c'est là qu'il prendra congé de *Kiều*, laquelle va gémir de ce
départ, cette autre partie du *Đình* reçoit dans le vers le nom de « 皋 亭
Cao đình — le đình des lamentations ».

2. Litt. : «*Est nonchalant — (quant aux) bords — de saules. — Combien
de — branches — de verdure immense!*

3. Litt. : «*. . . . . longuement — il soupire, — courtement — il soupire!*»

4. Litt : «*La séparation — glace — la tasse; — la réunion — qui se dissout
— étrangle dans leur gorge — les paroles.*»

5. Litt. : «*Les montagnes — et les eaux (que vous allez franchir) — sont
lointaines — comme la haute mer!*»

Le substantif «*Khoi — la haute mer*» devient par position un adverbe
de manière.

«Sao cho trong ấm, thì ngoài mới êm!

1505   «Dễ lòn chỉ thắm trôn kim?

«Làm chi bung mắt bắt chim khó lòng?

«Đôi ta chút ngãi đèo bòng,

«Đến nhà, trước liệu nói sòng cho minh!

«Dầu khi mưa gió, bất bình,

1510   «Lớn đành oai lớn, tôi đành phận tôi!

«Hơn đều giấu ngược giấu xuôi,

«Lại mang những việc tày trời đến sau!

«Thương nhau; xin nhớ lời nhau!

1. Litt. : *«(Si) comment (que ce soit) — vous donner à — le dedans — (la faculté d')être dans une douce chaleur, — alors — le dehors — enfin — sera à son aise!»*

«Le dedans», c'est l'épouse de premier rang; *«le dehors»*, c'est la concubine. Cette dernière fait comprendre par là qu'elle ne se préoccupe que d'une seule chose, la paix qu'elle veut voir régner dans le ménage de celui qu'elle aime. Lorsqu'on ressent une chaleur modérée *(ấm)*, on se trouve à son aise *(êm)*. C'est comme si *Kiều* disait au jeune homme : « *La chaleur que vous procurerez à votre épouse me réchauffera moi-même*». On connaît la célèbre phrase de Madame de Sévigné : *«J'ai mal à son cœur!»* Le poète ministre de la cour de *Gia long* s'est rencontré avec la grande dame bel esprit de la cour de Louis XIV.

Ce vers est un exemple frappant de l'influence qu'exerce en annamite la position sur le sens des caractères. On voit, en effet, que quatre mots sur huit *(sao, cho, trong, ngoài)* y prennent une valeur grammaticale toute différente de celle qu'ils ont ordinairement, et cela par suite de la position qu'ils occupent soit réciproquement, soit par rapport aux autres monosyllabes du vers.

2. *« Dễ »* est pour *« Há dễ? — Comment serait-il facile? (Il n'est nullement facile!)»*

«Pourvu qu'au dedans tout soit bien¹, au dehors on sera satisfait!

«Il est malaisé de passer un fil rouge à travers le chas d'une aiguille²! 1505

«Qu'aviez-vous besoin de vous créer des embarras, en allant, à l'insu
» de votre épouse, à la recherche d'autres amours³?
«Si entre nous deux règne quelque affection,

«Dès que vous serez dans votre demeure, risquez d'abord⁴ quelques
» paroles claires!
«Que s'il survient une tempête⁵

«et que celle qui commande fasse sentir son autorité, moi j'agirai 1510
» suivant ma condition.
«Cela vaut mieux que de dissimuler ici, de dissimuler là⁶,

«et d'accumuler sur notre tête une montagne de malheurs⁷!

«Nous nous aimons! Je retiendrai ce que nous nous sommes dit!

Cette figure signifie : «Il vous sera difficile de persuader à votre épouse
de faire votre volonté à mon égard. De même que celui qui veut enfiler une
aiguille doit s'y reprendre plusieurs fois, de même il vous faudra faire bien des
tentatives avant de réussir!»

3. Litt. : «(Pour) faire — quoi, — en courant — les yeux — (et) en
prenant — l'oiseau, — avoir des difficultés — quant au cœur?»

«Prendre un oiseau à l'insu de son maître en couvrant les yeux de ce
dernier (pour qu'il ne voie pas le larcin)», signifie «faire une chose quelconque à l'insu de la personne intéressée à s'y opposer, en usant de ruse
pour que cette dernière ne s'aperçoive de rien». Cette locution cochinchinoise ne saurait être conservée en français. N'ayant pas cours dans notre
langue, elle y amènerait de l'obscurité.

4. «Nói sòng» signifie proprement «sonder le terrain».

5. Litt. : «Si — il y a une fois — de pluie — et de vent, — (et que) ne
pas — on soit en paix,»
Sous l'influence de «dầu», le mot «khi — quand» ou «fois» forme, avec
ses compléments «mưa» et «gió», une expression verbale impersonnelle.

6. Litt. : «. . . . . . cacher — contre le courant — (et) cacher — suivant le
courant.»

7. Litt. : «. . . . des affaires — égales — au ciel , ...»

«Năm chầy, cũng chẳng đi đâu mà chầy!

1515 «Chén đưa nhớ bữa hôm nay!

«Chén mừng xin đợi đêm nầy năm sau!»

Người lên ngựa, kẻ chia bâu;

Rừng phong thu đã nhuốm màu quan san.

Dặm hồng bụi cuốn chinh an;

1520 Trông người, đã khuất mấy ngàn cây xanh!

Người về chích bóng năm canh;

Kẻ đi muôn dặm, một mình pha phui!

Vầng trăng ai rẽ làm đôi,

Nửa in gối chiếc, nửa soi dặm trường?

---

1. Litt. : « Les années — deviennent tard; — (mais nous,) tout aussi bien — ne pas — nous allons — où (que ce soit) — pour que — ce soit tard!»

‹ Chầy » est un adverbe qui signifie ‹ tard»; mais par la position qu'il occupe à l'égard des autres mots, il se transforme en verbe, et signifie ‹ devenir tard», c'est-à-dire «passer» en ce qui concerne les années, et «ne plus être à temps» en ce qui concerne les personnes.

2. Litt. : «(Il y a une) personne — (qui) monte sur — le cheval, — (il y a) celle qui — est séparée — (en tant que) collet.»

Le mari et la femme sont comparés poétiquement à un vêtement et à son collet; d'où il suit que, pour exprimer la séparation des époux, l'on dit souvent, comme ici, que le collet est séparé du vêtement auquel il était uni.

3. Litt. : «La forêt — des érables — d'automne — a teint — la couleur — des passages — de montagnes (les passages des montagnes présentent une teinte automnale produite par la forêt d'érables qui les couvre). ›

Il ne faut pas prendre à la lettre l'expression «quan san — les passages des montagnes». L'auteur l'emploie ici pour exprimer l'effet que produit le paysage vu de très loin. L'origine de cette singulière manière de parler se

« Les jours passent, mais nous, nous restons! nous serons toujours à
» temps [1]!

« Prenez cette tasse-ci pour vous souvenir du jour présent!   1515

« Pour boire celle (du retour) je vous attends l'an prochain à pareille
» nuit! »

Il monte à cheval et l'on se sépare [2].

A perte de vue [3] s'étend la forêt d'érables revêtue de sa parure
automnale.

La poussière du chemin tournoie et couvre la selle.

Il cherche à la voir (encore); mais des milliers d'arbres la dissimulent 1520
à ses yeux.

(Pour elle) elle retourne dans sa demeure, et toute la nuit elle reste
seule.

Lui va, et, seul (aussi), tristement il parcourt l'immense étendue!

Qui a donc ainsi en deux partagé l'orbe de la lune,

qu'une moitié s'imprime dans l'oreiller solitaire, tandis que l'autre
illumine la longue route [4]?

---

trouve dans ce fait que les lieux habités sont généralement dans la plaine:
d'où il suit que les défilés, qui, se trouvant au point de jonction des deux
déclivités, sont à une grande distance du pied de la montagne, ne peuvent
être vus que de très loin.

Le nom de « 楓 *Phong* » est donné en Chine à plusieurs sortes d'érable,
et aussi, mais à tort, à quelques autres espèces botaniques.

On sait que la feuille des érables prend à l'automne une teinte pourpre.
Cette particularité a fait donner à cette espèce le nom chinois de « 丹 楓
Đơn phong ». En parlant d'une forêt d'*érables d'automne (tels qu'ils sont à
l'automne)*, le poète veut donc indiquer que les arbres qui composent cette
forêt sont revêtus de feuilles rouges; ce qui fait que les montagnes qu'elle
couvre, vues de la plaine, semblent *teintes* de cette couleur.

4. L'auteur assimile à l'orbe de la lune les visages des époux réunis:
et maintenant qu'ils sont séparés, il en conclut poétiquement que cet orbe
a été divisé en deux parties égales, dont l'une va par les chemins, tandis
que l'autre repose solitairement sur l'oreiller de la chambre nuptiale,

1525   Kể chi những nỗi dọc đường?

Phòng trong lại nỗi chủ trương ở nhà!

Vốn dòng họ *Hoạn* danh gia;

Con quan lại bộ, gọi là *Hoạn thơ*.

Duyên *Đằng* thuận nẻo gió đưa;

1530   Cùng chàng kết tóc xe tơ những ngày.

Ở ăn, thì nết cũng hay;

Nói đều ràng buộc thì tay cũng già.

---

1. Litt. : « *J'énumérerais — (pour) quoi — les circonstances — de le long du — chemin ?* »

2. Litt : « *Dans la chambre — à son tour — surgit — celle qui dirige — à la maison !* »

3. Litt. : « *(Sa) destinée — de Đằng — (par un) favorable — sentier — le vent — poussait.* »

Pour comprendre ce vers, qui renferme d'ailleurs une inversion, il faut se reporter à ce passage du traité chinois intitulé « 明 心 寶 鑑 *Minh tâm bửu giám* — Le miroir précieux des cœurs éclairés » :

« 得 一 日 過 一 日、得 一 時 過 一 時。緊 行 慢 行、前 程 只 有 許 多 路。時 來 風 送 滕 王 閣。

Đắc nhứt nhựt, quá nhứt nhựt; đắc nhứt thì, quá nhứt thì. Cẩn hành mạn hành, tiên trình chỉ hữu hứa đa lộ. Thì lai phong tống Đằng vương các. — Quand on a un jour, on passe un jour (on met à profit ce jour). Quand on a une heure, on passe une heure (on met à profit cette heure). Qu'on aille vite ou qu'on aille lentement, plusieurs voies nous mènent au degré d'élévation auquel il nous est donné de parvenir. Lorsque le temps en est venu, le vent nous transporte au palais de Đằng vương ».

Le commentaire qui suit donne la clef de ces paroles énigmatiques. Je le traduis textuellement

« Sous les 唐 *Đằng*, 王 勃 *Vương Bột*, surnommé 子 安 *Tử An*, était, dès l'âge de six ans, habile aux exercices littéraires. A douze, il alla visiter son père; (mais) il n'avait pas de cheval. Comme il était parvenu à sept cents *lis* de 南 昌 *Nam xương*, il rêva que l'Esprit des eaux

A quoi bon raconter toutes les péripéties du voyage[1]?   1525

Sur la scène va paraître la maîtresse du logis[2]!

Elle appartenait à l'illustre maison des *Hoạn*[3];

elle était fille d'un ministre, et son nom était *Hoạn thơ*.

Son union avait été heureuse,

et jusqu'à ce jour elle avait vécu en compagnie de son époux[4].   1530

Elle était de mœurs vertueuses

et s'entendait à merveille à prévenir les infidélités[5].

transportait sur les ailes du vent, et qu'en une seule nuit il atteignait (le but de son voyage); qu'il assistait à un festin donné par le *Du Công* (général mandchou) et composait une pièce de vers dans le palais du roi 滕王 *Đằng vương*. (Cette aventure) le rendit plus célèbre encore». (明心寳鑑 Liv. 1, p. 9 recto.)

Ce 王勃 *Vương Bột* était un poète des plus remarquables qui florissait sous le règne de l'empereur 高宗 *Cao tông*. Sa réputation était universelle, et sa science profonde faisait affluer les disciples à l'école qu'il avait ouverte. Malheureusement, sa vie fut courte; car, à peine âgé de vingt huit ans, il trouva la mort dans les eaux d'une rivière qu'il tentait de traverser.

Le frère cadet de *Vương Bột* était le lettré 王劼 *Vương Triệu* de 龍門 *Long môn*, connu par une histoire de la dynastie des 隨 *Tùy*.

4. Litt. : «*Avec — le jeune homme — elle avait joint — les chevelures — et filé — la soie — tous les jours.*»

Les mots «*xe tơ*» renferment une allusion à la coutume où sont à la Chine les nouveaux mariés de mêler à leur tresse quelques brins de soie rouge.

5. Litt. : «*(Si l'on) parle — de la chose — de lier, — eh bien! — (sa) main — tout aussi bien — était vieille.*»

Un ouvrier trop jeune manque d'expérience; mais a mesure qu'il vieillit il acquiert de l'habileté. C'est pour cela que le mot «*già — vieux*» se prend souvent dans un style un peu familier comme synonyme d'*habile* et même de *supérieur, d'excellent.*

Từ nghe vườn mới thêm hoa,

Miệng người đã lắm, tin nhà thì không.

1535   Lửa tâm càng giập, càng nồng.

Giận người đen bạc ra lòng trăng hoa.

«Ví bằng thú thiệt cùng ta,

«Cũng dung kẻ dưới; mới là đường trên!

«Dại chi chẳng giữ lấy nền?

1540   «Tết gì mà chác tiếng ghen vào mình?

«Lại còn bưng bít giấu quanh!

«Làm chi những thói trẻ ranh nực cười?

«Tính rằng : «Cách mặt khuất lời!»

«Giấu ta, ta cũng liệu bài giấu cho!

1. Que son mai avait pris une seconde femme.

2. Le mot «*lắm*» qui n'est d'ordinaire qu'une simple marque de superlatif, est transformé par la particule du passé «*đã*» en un verbe qualificatif qu'il faudrait, si la langue française le permettait, traduire par «*être très*», et qui équivaut ici, étant donnée la nature du sujet, à «*être très actives*» ou «*très nombreuses*». — «*Tin nhà*» ne signifie pas dans ce passage «*des nouvelles de la famille*», mais bien «*des nouvelles arrivant à l'intérieur*». Ce sens est indiqué par l'opposition qui existe entre ces deux mots et «*miệng người* — les langues des hommes (des étrangers)*»; opposition que fait nettement ressortir le parfait parallélisme qui existe entre les deux expressions.

3. Litt. : «*Elle était irritée contre — l'homme — ingrat — (qui) produisait au dehors — un cœur — de lune — et de fleurs (les sentiments d'un libertin).*»

4. Litt. : «*Tout aussi bien — j'aurais montré de l'indulgence pour — celle qui — est au dessous (de moi); — alors — c'eût été — la voie — (d'une personne) placée au-dessus!*»

«*Trên*» est ici un participe, comme le montre le parallélisme dans lequel

Depuis qu'elle avait entendu dire qu'au jardin l'on venait d'ajouter
  une fleur[1],
les langues du dehors n'avaient point chômé; mais au dedans elle
  était sans nouvelles[2].
Plus on étouffe le feu qui consume le cœur et plus il devient ardent. 1535

Elle s'irritait contre l'ingrat qui cherchait des amours étrangères[3].

«S'il m'eût tout avoué», disait-elle,

«Je me fusse montrée digne de mon rang en marquant quelque
  » indulgence envers une inférieure[4].
«Aurai-je cette folie de renoncer à la haute main[5]?

«Irai-je, (d'autre part), me faire un renom de femme jalouse[6]?   1540

«Dissimulons toujours! Gardons-nous de rien laisser voir[7]!

«Pourquoi me livrerais-je à des agissements ridicules et enfantins?

«Il se figure qu'il est bien loin de moi, que je n'ai point de ses
  » nouvelles[8]!
«Puisqu'il me joue, je verrai à le jouer pareillement!

il se trouve avec «*duới*», préposition dans laquelle le pronom relatif «*ké*»
qui la précède ne permet pas de méconnaître un rôle semblable. Il ne
faudrait donc pas traduire «*dường trên*» par «*la voie (la règle de conduite)
supérieure*», mais bien par «*la voie de ceux (que doivent suivre ceux) qui sont
placés au-dessus (des autres)*».

5. Litt. : «*Je serais sotte — (pour) quoi -- de ne pas — conserver pour
moi-même — les fondations?*»

Le poète appelle «*nền — fondations*» le gouvernement du ménage parceque,
de même que la maison matérielle repose sur le soubassement, de même
tout, dans l'intérieur, dépend de la direction.

6. Litt. : «*Il y a de bon — quoi — pour — acheter — (le fait que) la
réputation — de jalousie — entre dans — moi-même?*»

7. Litt. : «*De nouveau — encore — fermons hermétiquement — (et) cachons
— autour!*»

8. Litt. : «*Il calcule — disant : — «Je suis éloigné — (quant au visage)
— (et) je suis caché — (quant aux) paroles!*»

1545 «Lo chi việc ấy mà lo?

«Kiến trong miệng chén có bò đi đâu?

«Làm cho nhìn chẳng được nhau!

«Làm cho đày đoạ, cất đầu chẳng lên!

«Làm cho trông thấy nhãn tiền,

1550 «Cho người tham ván bán thuyền biết tay!»

Trong lòng kín chẳng ai hay;

Ngoài tai, để mặc gió bay mái ngoài.

Tuần sau, bỗng có hai người

Mách tin; ý cũng liệu bài tấn công.

1555 Tiểu thơ nổi giận đùng đùng!

Gớm thay! «Thêu dệt ra lòng trêu ngươi!

«Lang quân nào phải như ai?

«Đều nầy hẳn bởi những người thị phi!»

1. Elle retombera toujours dans la tasse. — Ils sont entre mes mains!

2. Litt. : «. . . . devant les yeux.»

3. Litt. : «Pour que — l'homme — (qui,) étant avide de — planches, — vend — (sa) barque — connaisse — (ma) main!»

La métaphore que contient ce vers présente une grande analogie avec le dicton français «donner un bœuf pour avoir un œuf».

4. Litt. : «En dehors de — ses oreilles — elle laissait — au gré du — vent — de voler sur — les toits — extérieurs.»

Le mot «ngoài» occupe dans ce vers deux positions qui lui donnent deux valeurs grammaticales bien différentes.

«A quoi bon me créer tant de souci de cette affaire?

«Une fourmi, dans une tasse, a beau courir! où irait-elle[1]?

« Je veux agir de façon qu'ils ne puissent se reconnaître!

« Je veux la maltraiter au point qu'elle n'ose relever le front!

« Je les ferai se regarder en face[2],

«afin que l'époux qui m'a sacrifié à une créature de rien sache ce 1550
» dont je suis capable[3]! »
Elle renferma son secret dans son cœur sans le révéler à personne,

et, fermant l'oreille à la rumeur publique, elle lui laissait prendre à
    l'extérieur un libre essor[4].
Or, la semaine suivante, survinrent tout à coup deux hommes

qui, pour se faire valoir, lui révélèrent la nouvelle[5].

La noble dame entra dans une terrible colère!   1555

« Quelle horreur! » s'écria-t-elle. « Ce sont là des histoires forgées pour
    » exciter mon dépit[6]!
« Croyez-vous donc que mon époux[7] soit comme les autres hommes?

« C'est là certainement une invention de médisants désireux de semer
    » la discorde[8].

5. Litt. : « *Révélèrent — la nouvelle; — (leur) intention — tout aussi bien
— (était d')aviser à — un moyen — de mettre en avant — (leurs) mérites.* »
6. Litt. : « *C'est horrible — combien! — C'est brodé — et tissé — (pour)
produire à l'extérieur — un cœur — de vexer !* »
7. Litt. : « *Le prince distingué.* » C'est l'expression dont se servent les
femmes de la bonne société lorsqu'elles parlent de leur mari.
8. Litt. : « . . . . *proviennent de — personnes — de oui — et de
non !* »
Dans les discussions, les uns disent *« oui! »* et les autres *« non! »* : les
uns soutiennent le *« pour »*, et les autres soutiennent le *« contre »*. De là vient

Vội vàng làm dữ, ra uy ;

1560   Đứa thì : «vả miệng!» đứa thì : «bẻ răng!»

Trong ngoài kín mít như bưng.

Nào ai còn dám nói năng một lời ?

Buồng thêu khuya sớm thảnh thơi,

Ra vào một mực ; nói cười như không.

1565   Đêm ngày lòng những dặn lòng.

Sanh đà về đến lầu hồng ; xuống yên.

Lời tan hiệp, nỗi hàn huyên ;

Chữ *tình* càng mặn, chữ *duyên* càng nồng.

Tẩy trần vui chén thong dong ;

l'expression « *một người thị phi* » employée pour désigner une personne qui « *sème la zizanie* ». Les Mandchoux disent absolument dans le même sens :

Ces mots signifient aussi « *un médisant* ». On dit en chinois « 說人 是非 *Thuyết nhơn thị phi* » pour « *médire de quelqu'un* ». L'auteur a probablement choisi à dessein cette expression à cause du double sens qu'elle présente.

1. Litt. : « *A la hâte, — faisant — la cruelle — (et) produisant au dehors — de la majesté.* »

2. Litt. : « *Au dedans — (et) au dehors — il y avait (le fait d'être) absolument secret — comme — (un vase) hermétiquement fermé* ».

3. Litt. : « *Elle sortait — (et) entrait — conformément à une même — règle (de la même manière) ; — elle parlait — et riait — comme s' — il n'y avait rien.* »

« *Không* », négation marquant le vide, la non-existence, devient ici verbe impersonnel par position.

Puis soudain, prenant un ton dur et altier [1],

elle menaça de souffleter l'un et de briser les dents de l'autre.   1560

Au dedans comme au dehors les bouches n'eurent garde de s'ouvrir [2].

Qui eût encore osé hasarder un seul mot?

D'un air dégagé, matin et soir, dans sa chambre

elle allait et venait, gardant la même allure [3], parlant et riant comme
si de rien n'était.

Pendant que nuit et jour elle ourdissait sa trame [4],   1565

voilà que *Sanh,* de retour [5], descendit de son cheval.

Les questions dont ils s'accablèrent sur l'absence, sur le retour, sur
l'état de leur santé [6],

ravivèrent leur affection [7] et rendirent leur amour plus ardent.

Le festin du retour [8] fut gai; avec abandon les tasses (circulèrent);

4. Litt. : «*(Pendant que) — nuit — (et) jour — (son) cœur (ne faisait)
absolument que — faire des recommandations à — (son) cœur,*»

5. Litt. : «*Sanh — était, — revenant, — arrivé au — pavillon-rouge.*»
L'adjectif «*hồng — rouge*» appliqué à la maison de *Thúc sanh* n'indique
pas absolument que cet édifice était peint en rouge. C'est une épithète
honorifique, choisie par l'auteur parce que le rouge est réputé la couleur
heureuse et noble par excellence; ce qui fait qu'on l'affecte, soit aux objets
auxquels on désire attacher un heureux présage, comme, par exemple, la
chaise à porteurs qui sert dans les mariages à conduire la fiancée à la
maison de son époux, soit à ceux qui sont à l'usage des fonctionnaires de
rang élevé, comme les globules des hauts mandarins, les sceaux, etc.

6. Litt. : «*(Par) les paroles — de se séparer — et de se réunir, — (par)
les circonstances — de froid — (et) de chaud,*»

7. «*Le caractère «affection» — de plus en plus — fut salé, — le caractère
— «amour» — de plus en plus fut ardent.*»

8. L'expression chinoise «洗 塵 *Tẩy trần*», litt. : «*laver la poussière*»,
désigne le festin que l'on a coutume d'offrir aux amis et aux parents
voyageurs à l'occasion de leur retour.

1570 Nỗi lòng, ai ở trong lòng mà ra?

Chàng về xem ý tứ nhà;

Sự mình cũng lấp lần la giãi bày.

Mấy phen cười tỉnh, nói say?

Tóc tơ chẳng động mẩy may sự tình.

1575 Nghĩ ra bưng kín miệng bình!

Nào ai có khảo mà mình đã xưng?

Những là e ấp dùng dằng;

Rút dây sợ nữa động rừng, lại thôi!

Có khi vui truyện, mua cười.

1580 «Tiểu thơ lại nghĩ những đều đâu đâu?»

Rằng : «Trong ngọc đá vàng thau,

---

1. Litt. : «(Quant aux) circonstances — de (son) cœur, — qui — se trouvait — dans — (son) cœur — et — (en) sortait (qui sortait de son cœur)?»

2. Litt. : «L'intention de la maison.»

3. Litt. : «L'affaire — de lui-même — tout aussi bien — il couvrit de terre; — s'avançant peu à peu — il déliait — et arrangeait.»

4. Litt. : «Combien de — fois — elle riait — à la manière de quelqu'un qui revient à soi, — (et) parlait — (à la manière d'une personne) ivre?»
Le verbe «tỉnh — revenir à soi» et l'adjectif «say — ivre» empruntent tous deux à leur position une valeur identique, et forment deux adverbes de manière.

5. Litt. : «(Quant à un) cheveu — (ou à un) fil de soie, — ne pas — elle mouvait — une minime partie — de l'affaire!»

6. Litt. : «Elle — ressortait (devenait) — fermée — hermétiquement — (quant à) l'orifice — du vase!»

(mais) de qui donc en son cœur était-elle préoccupée [1]?   1570

Ayant vu dès son retour quelle était la pensée de sa femme [2],

il laissa de côté sa propre affaire et s'efforça de la rasséréner [3].

Souvent elle riait avec froideur, puis elle prononçait des mots incohé-
rents [4];
(mais) de ce qui l'occupait elle ne touchait pas un mot [5].

Elle restait impénétrable [6]!   1575

Aucun genre de torture n'eût pu la faire parler [7]!

Elle laissait traîner l'affaire en longueur,

de peur qu'en tirant sur une seule liane, toute la forêt ne s'ébranlât
et que tout ne fût perdu [8].
Parfois elle semblait goûter les plaisanteries et riait d'un rire emprunté [9].
«A quoi pensez-vous donc encore, ô ma noble épouse?» (dit *Sanh*). 1580

« Pour les choses importantes aussi bien que pour les futiles [10],

Le poète compare *Hoạn tho* à un vase hermétiquement clos, et son secret
au liquide qu'il contient.

7. Litt. : «*Est-ce que — qui (que ce fût) — aurait eu — (le fait de la)
mettre à la question — pour qu' — elle — eût avoué?*»

8. On dit en français : «*Trop tendre la corde*».

9. Litt. : «*Il y avait — des fois (que), — s'égayant des — contes (que lui
faisait son mari.) — elle achetait — le rire.*»

10. Litt · «. . . . . . . *Dans — les pierres précieuses — (et) les pierres
(communes), — l'or — (et) le cuivre,*»

Les pierres précieuses et l'or sont des choses de prix à l'acquisition
et à la conservation desquelles on s'attache. L'on néglige au contraire la
pierre ordinaire et le cuivre qui sont des matières de peu de valeur. Aussi
les premiers représentent-ils métaphoriquement les affaires de haute importance, et les seconds celles qui n'offrent point d'intérêt.

«Mười phân ta đã tin nhau cả mười.

«Khen cho những miệng dông dài,

1585 «Bướm ong lại đặt những đều nọ kia!

«Thiếp dẫu bụng chẳng hay suy,

«Đã dơ bụng nghĩ, lại bia miệng cười!»

Thấy lời thủng thỉnh như chơi,

Thuận lời, chàng cũng nói xuôi đở đòn:

1590 «Những là cười phấn cợt son,

«Đèn khuya chong bóng trăng tròn sánh vai!»

1. Litt. : «(Sur) dix — parties — nous — avions eu confiance en — l'un l'autre — (quant à) la totalité des — dix.»

2. Litt. : «Je loue — à (vous) — (quant à) les bouches — parlant à tort et à travers,»

3. Litt. : «(et comment, à la manière du) papillon — (et) de l'abeille, — en outre — vous composez — des choses — celles-ci — et celles-là!»

Les deux substantifs «bướm — papillon» et «ong — abeille» forment par position une expression adverbiale de manière. Hoạn thơ raille son époux, qui, dit-elle, va chercher bien loin les choses invraisemblables qu'il lui raconte pour se donner une contenance et endormir ses soupçons; ressemblant ainsi à l'abeille et au papillon, qui voltigent à l'aventure et au gré de leur caprice, et puisent dans toutes les fleurs une gouttelette de miel.

Les adjectifs démonstratifs «nọ» et «kia» deviennent ici, par un changement de position assez remarquable, de véritables adjectifs qualificatifs.

4. Litt. : «J'ai été souillée — (quant à un) ventre (un cœur) — (qui) doutait, — et en outre — j'ai été exposée à la manière d'une inscription — (quant aux) bouches — (qui) riaient.

Le rôle du mot «bia — inscription» est fort obscur au premier abord. On ne peut en mettre au jour le véritable sens qu'en tenant rigoureusement compte de la position et de la valeur que lui donne le parallélisme.

Ici en effet, comme dans tous les vers analogues dont la facture est correcte, chacun des mots du second hémistiche présente la même valeur grammaticale que ceux qui lui correspondent dans le premier. D'où il suit

«nous avions», répondit-elle, «pleine confiance l'un dans l'autre[1].

« J'admire la façon dont vous parlez à tort et à travers[2],

«allant chercher, je ne sais où, je ne sais quelles histoires[3].   1585

«Bien que mon cœur n'ait point coutume de réfléchir,

«je l'ai laissé souiller par de mauvais soupçons; j'ai, de plus, encouru
  » les rires du public[4]! »
Voyant qu'elle parlait sur ce ton calme et badin,

il lui donna la réplique, et pour éviter un orage, il répondit de façon
  à lui plaire[5].
« Quant à ce qui est de courir les filles[6],   1590

«je n'ai eu», dit-il, «pour compagnes que la pleine lune et ma lampe
  » de nuit[7]! »

que «dơ — sale», devenant par position verbe passif, «bia — tablette, inscription» doit jouer le même rôle, et ne peut signifier que «être comme une
inscription ridicule, qui prête à rire aux gens qui la lisent». Réciproquement,
«dơ» ne peut être un verbe actif; car, si l'on peut à la rigueur traduire
littéralement «dơ bụng nghĩ» par «souille — (son propre) cœur — (qui)
doute» en faisant de «bụng» un régime direct, on ne pourrait faire parallèlement de «miệng» le régime direct de «bia» et traduire «bia miệng cười»
par «exposer à la manière d'une inscription — les bouches — (qui) rient»; car
cela n'aurait aucun sens. On est donc conduit par le raisonnement à regarder «dơ» et «bia» comme deux verbes passifs parallèles, et à admettre
que «bụng nghĩ» et «miệng cười» sont, non des régimes, mais des expressions modificatives qui déterminent la portée de ces deux verbes passifs.
On voit vite, du reste, que l'expression «bia miệng cười» traduite ainsi a,
sous sa forme annamite, beaucoup d'analogie avec la locution «être exposé
à la risée publique» qui lui correspond en français.
    5. Litt. : « . . . . . parla — dans le sens du courant — pour retenir (en
l'air) — le bâton».
    6. Litt. : « . . . . . . de rire avec — le fard, — de plaisanter avec — le
vermillon».
    Les courtisans usant avec profusion de ces deux cosmétiques, «le fard
et le vermillon» sont pris métaphoriquement pour les désigner.
    7. Litt.: «Ma lampe — de nuit avancée — je garde allumée pendant toute la nuit
— (quant à) l'ombre; — la lune — ronde — je compare — (quant aux) épaules».

                                                                        2

Non xuân gỏi vược bén mùi;

Giếng vàng đã nẩy một vài tin ngô.

Chạnh niềm nhớ cảnh giang hồ;

1595   Một niềm quan tái, mấy mùa gió trăng!

Tình riêng chửa dám dỉ răng,

Tiểu thơ trước đã liệu chừng nhủ qua.

«Cách năm mây bạc xa xa!

«*Lâm tri* cũng phải tính đều thần hôn!»

1600   Được lời như mở tấc son;

Ces deux hémistiches présentent l'un et l'autre une inversion.

Le mot «*bóng*» intervient ici en compagnie du mot « *đèn* — *lampe*», parce que, dans l'espèce, une lampe de nuit reste bien allumée pour donner de la lumière: mais la personne qui s'en sert n'use pour ainsi dire de cette lumière que d'une manière *indirecte*: elle a grand soin de la diriger de manière à rester elle-même dans *l'ombre,* afin de pouvoir dormir, ce qui lui serait impossible si ses yeux restaient exposés à la clarté.

1. Litt. : «*Aux montagnes — de printemps (ou printemps) — du ragoût — de Vược — il avait pris — le goût;*

Le puits — d'or — avait poussé — une — petite quantité de — nouvelles de Ngô».

Le mot «*non — montagnes*» n'est ici qu'un simple accessoire destiné à doubler le mot «*xuân — printemps*», et choisi uniquement parce qu'il s'agit ici de saison, c'est-à-dire d'une chose qui concerne la nature. Il y a là, en même temps, un double sens. Outre que l'expression «*non xuân*» exprime l'idee de printemps, elle présente le sens érotique qu'entraîne si souvent en poésie le dernier de ces deux mots. Quant au «*Vược*», c'est à proprement parler un poisson appartenant au genre Corvina (C. grypota) dont le nom complet est «鹹魚 *Vược ngư*» ou « 鹹頭 *Vược đầu*», et qui est fort commun à Canton, où on le fait sécher comme le stockfish (v. WILLIS WILLIAMS, sous ce caractère). Le «*gỏi vược*», espece de ragoût confectionné avec ce poisson cru, est une gourmandise fort recherchée. Mais il ne n'agit pas ici réellement du ragoût en question. Le nom en est employé métaphoriquement

Il avait, au printemps, goûté au ragoût de *Vược*[1];

maintenant près du puits, le *Ngô*, émettant quelques pousses, annon-
çait la saison (d'automne)[2],
Le cœur (de *Sanh*) s'émut au souvenir de pittoresques rives[2];

il ne rêvait que voies et chemins, que voyages interminables[3]! 1595

Mais comme il n'osait ouvrir la bouche de ce qui l'occupait en secret,

sa noble épouse, se hasardant, entama la question la première.

«Votre père est loin de vous.» dit-elle.

«Il faut aussi songer à aller à *Lâm tri* pour lui rendre vos devoirs[4].»

Ces paroles dilatèrent le cœur[5] (du jeune homme), 1600

par le poète pour désigner les relations amoureuses que *Thúc sanh* avait
eues avec *Túy kiều.*

Le poète appelle «*tin — nouvelles*» les rejets du *Ngô* parce que ces pousses, qui se font jour au commencement de l'automne apportent pour ainsi
dire, la *nouvelle* que cette saison arrive. Une autre édition porte «蘿梧
lá Ngô — des feuilles de Ngô»: mais cette variante ne change rien à l'idée
exprimée dans le vers.

5. Litt. : «. . . . *il se souvient — des paysages — de fleuves — (et) de lacs*».
Au bord des fleuves et des lacs la verdure est plus fraîche et le coup
d'œil plus gai.

Les Chinois ont comme nous l'habitude d'aller en touristes visiter des
sites pittoresques Le poète dit ironiquement que son héros se sent tout-à-
coup pris du besoin de se livrer à des excursions, faisant entendre par là
qu'il cherche un prétexte de s'absenter pour aller rejoindre *Túy kiều.*

3. Litt. : «*Uniquement — il pensait à — des passages — et des frontières,
— (à) combien de — saisons — de vent — et de lune!*»

Les mots «*Gió trăng — vent et lune*» forment. comme je l'ai expliqué
plus haut, une désignation poétique des voyages.

4. «*Thần hôn*» est une formule abrégée pour «晨昏定省 *Thần hôn
định tỉnh — s'informer soir et matin de la santé de ses parents*», phrase tirée
du Livre des Rites.

5. Litt. : «*(Le fait d')obtenir — (ces) paroles — (fut) comme — (le fait
d')ouvrir — (son) pouce — de vermillon*».

Vó cu thẳng ruổi nước non quê người.

Long đong đáy nước in trời;

Thành xây trở biếc, non phơi bóng vàng.

Vó cu vừa chóng dặm tràng,

1605   Xe hương nàng đã thuận đàng qui ninh.

Thưa nhà huyên hết mọi tình,

Nỗi chàng ở bạc, nỗi mình chịu đen.

Nghĩ rằng : «Giận lẫy hờn ghen,

«Xấu chàng; mà có ai khen chi mình?

«*Tấc son*» est synonyme de ‹ *tấc lòng*», appellation poétique du cœur. Comme ce viscère est rouge, les poètes le désignent souvent ainsi par le nom de sa couleur, bien qu'il s'agisse alors non du cœur matériel *(trái tim)*, mais du cœur moral *(lòng)*.

1. Litt. : « *Le sabot — de (son) petit cheval de course — tout droit — se précipita vers — les eaux — (et) les montagnes — du pays — des hommes*».

2. Litt. : « *(Sanh) était errant — (quant au) fond — des eaux — (qui) ressemblait au — ciel*».

Le sujet du verbe étant presque constamment sous-entendu dans les poésies annamites, il en résulte la nécessité de le suppléer dans la traduction, en évitant l'abus du pronom personnel, dont l'emploi amènerait souvent une grande obscurité, parfois même une impossibilité absolue de connaître exactement l'auteur de l'action que le verbe exprime.

3. Le poète décrit les jeux de lumière que produit sur le soir le soleil au sein de l'atmosphère sereine de l'automne, et la teinte que prend en cette saison le feuillage des arbres qui couvrent les montagnes.

4. Litt. : «*(Que, sur son) char — parfumé, — la jeune femme, — suivant — le chemin, — retournait — saluer*».

‹ *Ninh — salver*›, se dit proprement des visites qu'une nouvelle épousée fait à ses parents après son mariage. En accomplissant ces actes, elle retourne (歸) réellement dans la maison paternelle.

Cette expression est tirée de la troisième strophe de l'ode « 葛覃 *Cát đàm*» (la seconde du Livre des Vers).

et droit vers les pays lointains [1] son petit cheval s'élança.

(Sanh) allait, longeant des eaux dont le fond réfléchissait le ciel [2].

Les remparts des villes s'élevaient bleuâtres, les montagnes, jaunies,
au soleil se séchaient [3].

à peine le petit cheval eut-il pris sa course,

que la dame sur son char alla visiter ses parents [4].   1605

Elle raconta tout à sa mère;

et l'ingratitude de son époux, et le chagrin qu'elle en ressentait [5].

« Je considère », dit-elle, « que si je m'irrite, si je boude par jalousie,

« je ferai rougir mon époux; mais quelqu'un m'approuvera-t-il?

歸 害 薄 薄 言 言
寧 澣 澣 污 告 告
父 害 我 我 言 師
母 否。 衣。 私、 歸。 氏

« Ngôn cáo sư thị?
« Ngôn cáo ngôn qui!
« Bạc ô ngã tư!
« Bạc cán ngã y!
« Hạt cán? Hạt phả?
« Qui ninh phụ mẫu! »

« J'en ai prévenu la Grande maîtresse!
« Elle doit annoncer (au Roi) que je vais visiter mes parents!
« Je laverai mes vêtements privés!
« Je laverai ceux de cérémonie!
« Que laverai-je? Que ne laverai-je point?
« Je vais retourner à la maison paternelle pour y visiter mes parents! »

5. Litt. : « La circonstance — du jeune homme — (qui) se conduisait — en
blanc, — la circonstance — d'elle-même — (qui) supportait — en noir ».
Il y a là un jeu de mot absolument intraduisible en français, parce qu'il
est basé sur la composition du mot annamite « bạc đen — ingrat », litt. :

1610 «Vậy nên ngảnh mặt làm thinh!

«Mưu cao vốn đã rắp ranh những ngày!

«*Lâm tri* đường bộ tháng chầy;

«Mà đường hải đạo sang ngay thì gần.

«Dọn thuyền, lụa mặt gia nhân;

1615 «Hãy đem đây xích buộc chơn nàng về.

«Làm cho cho mệt cho mê,

«Làm cho đau đớn ê hề cho nao!

«Trước cho bõ ghét những người,

«Sau cho để một trò cười về sau!»

1620 Phu nhân khen chước cung mầu;

Chìu con, mới dạy mặc dầu ra tay.

Sửa sang buồm gió lèo mây;

‹ *blanc et noir* ». Le poète exprime dans le premier hémistiche que *Thúc sanh* se conduit avec ingratitude. Dans le second, il dit que sa femme *Hoạn thơ* souffre des effets de cette conduite Pour rendre élégamment cette idée par un même terme, il en dissocie les deux éléments, puis il réunit le premier *(bạc)* au verbe « *ở — se conduire, se comporter* » qui concerne le sujet *Thúc sanh*, et le second *(đen)* au verbe « *chịu — subir, éprouver* », qui se rapporte a l'objet *Hoạn thơ*.

    1. Litt : ‹ *Ainsi donc — il convient de — détourner — le visage — (et) se taire;* »

    2. Litt. : «*(pour que) je fasse — à (elle) — de manière à — (ce qu')elle soit épuisee, — de manière à — (ce que) je sois saturée,* »

    3. Litt. : «*(pour que) je fasse — à (elle) — souffrir de vives douleurs — abondamment — de manière à — (ce qu')elle soit découragée!* »

« Je passerai donc l'affaire sous silence [1],   .   1610

« d'autant que de longue main j'ai ourdi une ruse habile!

« Pour aller par terre à *Lâm tri,* l'on est obligé de marcher tout un
  » mois;
« mais par eau il faut peu de temps, car le trajet est direct.

« On va préparer un bateau. Parmi mes gens je choisirai (deux)
  » hommes.
« Ils emporteront des liens, et l'amèneront les pieds garottés,   1615

« pour que je puisse l'accabler, que je puisse l'épuiser de fatigue [2],

« l'abreuver de douleur et la mettre au désespoir [3].

« Je veux d'abord sur eux satisfaire ma haine,

« puis en faire, pour l'avenir, un objet de dérision! »

La grande dame trouva l'expédient très sage,   1620

et, donnant à sa fille son assentiment, elle lui laissa liberté entière [4].

On disposa voiles et agrès [5].

    Le monosyllabe « *cho* » a dans les deux hémistiches de ces vers une valeur de position bien différente. Dans le premier, il représente notre préposition « *à* », et il a pour régime le pronom personnel « *nó* » qui est sous-entendu. Dans le second, il forme avec le verbe passif qui le suit un adverbe de manière.

    4. Litt. : « *Le cédant (au point de vue de la volonté) à — sa fille, — alors enfin — (lui) ordonna de — à son gré — faire sortir — (sa) main* ».

    5. Litt. : « *. . . . des voiles — de vent (que le vent pousse) — des cordages — de nuages (montant jusqu'aux nuages)* ».
    Le véritable rôle de « *mây — nuages* » est de faire le pendant de « *gió — vent* ».

Khuyển Ưng lại chọn một vài côn quang.

Dặn dò hết các mọi đàng,

1625   Thuận phong một lá vượt sang biển *Tề*.

Nàng từ chiếc bóng song the,

Đường kia nỗi nọ như chia mối sầu.

Bóng tang đã xế ngang đầu!

---

1. Les noms de *Khuyển* (chien) et *Ưng* (épervier) que le poète donne ici aux deux scélérats que *Hoạn thơ* charge d'enlever sa rivale semblent être de ces dénominations traditionnelles que les romanciers chinois appliquent aux gens de sac et de corde chargés de quelque mission coupable, absolument comme Molière désigne certains personnages de ses comédies d'après le rôle comique qu'il leur assigne. On les retrouve dans le roman chinois 好逑 傳 où l'on voit 韓愿 se plaindre à la mere de 鐵中玉 de ce que le noble 大夫 a fait enlever sa fille par des misérables (litt. : *par des chiens et des éperviers*) :

那大夫俟就‥‥叫了許多鷹犬‥‥打入他 家、將女兒搶去。

«Alors ce noble *Tá K'ouái*‥‥avait ordonné à un grand nombre de misérables de pénétrer de force dans sa maison et d'enlever sa fille »

2 Litt. : « *Suivant l'impulsion du — vent, — (quant à) une (seule) — feuille (voile) — en naviguant — ils franchirent — la mer — de Tê* ».

Il s'agit probablement ici d'un de ces lacs salés que l'on rencontre en Chine, notamment dans la province du 陝西. L'ancien royaume de 齊 *Tê*, qui joua un grand rôle dans l'histoire de la Chine entre les années 1122 avant J.-C. et 265 de l'ère chrétienne, et dont le poète donne le nom à la *mer* que les ravisseurs de *Túy kiều* se disposent à franchir, s'étendait jusqu'aux régions où se passe la scène Il comprenait, en effet, une grande partie du 山東 septentrional.

Le mot « *lá — feuille* » est employé ici à la place du substantif « *buôm — voile* », dont il est la numérale.

3. Litt. : « *La jeune femme, — depuis qu' — elle était isolée — (quant à) l'ombre — (quant à sa) fenêtre — de soie fine* ».

L'idée contenue dans ce vers est celle-ci :

Khuyên et *Ưng* [1] s'adjoignirent quelques gens de sac et de corde.

Lorsqu'ils furent munis de toutes les instructions nécessaires,

un vent favorable aidant, ils franchirent la distance d'une traite [2].   1625

Depuis que seule en sa chambre la jeune femme était restée [3],

sa tristesse, comme divisée, s'étendait à plusieurs objets [4].

(Déjà) l'ombre portée des mûriers s'était abaissée à la hauteur de la tête [5]!

Lorsque deux personnes sont réunies dans la même chambre. l'ombre qu'elles projettent le soir, lorsque la lampe est allumée à l'intérieur. soit sur les murailles, soit sur le store qui clôt la fenêtre, est naturellement double; mais si l'une d'elle est absente, la même ombre devient unique et comme dépareillée. (*Chiêc* est proprement la numérale des objets qui vont par paire, lorsqu'ils sont pris isolément.) Or telle était la situation de *Túy kiều*. depuis que *Thúc sanh* l'avait quittée. Les personnes de l'extérieur, qui étaient habituées à voir se projeter sur les murs la *double* ombre des deux amants, n'apercevaient plus que celle de la jeune femme.

«*The*», ou mieux «*giê the*» désigne une espèce de soie d'une trame ex-trêmement ténue. S'il s'agit du store, ce mot s'applique ici au fin treillis dont on suppose qu'il est fait; mais le mot «*song — fenêtre*» se prenant aussi au figuré pour la chambre toute entière, on peut, si l'on préfère, lui donner cette acception, et admettre que cette retraite était tapissée de soie: mais le choix de l'interprétation de ce terme est assez indifférent; car, au fond, il n'y a là qu'une expression poétique adoptée par l'auteur pour dé-signer la chambre de *Túy kiều*.

Il est bon de noter encore l'influence de la position, qui fait ici un verbe d'une simple particule numérale.

4. Litt. : «*(Quant à)* ce côté là — *(et quant à)* cette circonstance ci, — *(c'é-tait) comme si* — *on avait divisé* — *le bout de fil* — *de (sa) tristesse!*»

Voir sur l'expression «*môi sâu*» ma traduction du *Lục Vân Tiên* (p. 16 en note).

5. Litt. : «*L'ombre* — *des mûriers* — *s'était inclinée* — *à la hauteur de* — *la tête*».

L'automne était arrivé. Cette saison est, en Chine, celle où on taille les mûriers nains, ce qui se fait en les rabattant à la hauteur de la tête; d'où il résulte que les rayons de la lune produisent, en rencontrant ces arbres, une ombre qui naît au niveau indiqué.

Biết đâu âm lạnh? Biết đâu ngọt bùi?

1630   Tóc thề đã chấm quanh vai!

Nào lời non nước? Nào lời sắt son?

Đèo bòng chút phận con con;

Nhân duyên biết có vuông tròn cho chăng?

«Thân sao nhiều nỗi bất bằng?

1635   «Liễu như cung quảng chị *Hằng!* Nghĩ nao?»

Đêm thu gió lọt song đào;

Nửa vành trăng khuyết, Ba sao giữa trời.

1. Litt. : «*Elle savait — où — c'était chaud — (et où) c'était froid? — Elle savait — où — c'était doux — (et où) c'était savoureux?*»

Elle ne savait à qui s'adresser.

Ce vers peut être interprété de deux manières :

1° On peut l'entendre dans le sens que je lui donne.

2° On peut le considérer comme se rapportant à l'amant de *Túy kiều* qui ne sait si, en ce moment, il est heureux ou malheureux.

2. Le temps qui s'était écoulé depuis que ce serment avait été échangé était déjà si long que la boucle de cheveux coupée sur la tête de la jeune femme avait eu le temps de croître assez pour arriver jusqu'au niveau de ses épaules: et pourtant ce serment n'était pas encore accompli!

3. Litt. : «*Où (étaient) — les paroles — de montagnes — et d'eau? — Où (étaient) les paroles — de fer — et de vermillon?*»

Le poète qualifie ces paroles de «*paroles de fer*», pour marquer l'énergie de la résolution qui animait les deux amants, alors qu'ils les prononcèrent: il les qualifie de «*paroles de vermillon*», parce qu'elles émanaient de cœurs purs et sincères, que l'on désigne métaphoriquement en annamite par le nom de «*lòng son — cœurs de vermillon*»; car on suppose que la couleur naturelle du cœur, qui est le rouge, se ternit lorsque les sentiments qu'il renferme perdent de leur pureté.

4. Litt. : «*Des hommes — l'union, — on savait (si) — elle aurait — (le fait d') être carrée — (et) ronde (d'arriver à son parfait accomplissement) — pour (eux) — ou non?*»

Où trouver une protection? Où rencontrer le bonheur [1]?

La boucle du serment venait toucher son épaule [2]! 1630

Qu'étaient-elles devenues, les paroles de ce serment si énergique et si sincère [3]?

(Sanh) avait montré de la sympathie à une pauvre fille;

mais qui pouvait dire si leurs liens devaient ou non se resserrer [4]?

«Que de malheurs fondent sur moi [5]!» dit-elle.

Devrai-je (ainsi toujours attendre), comme, à la lune, Hằng (Nga) 1635 dans son palais [6]? A quoi pense donc (Thúc Sanh)?

Le vent de cette nuit d'automne s'insinuait à travers sa fenêtre.

La lune décroissante montrait la moitié de son disque; les Trois étoiles au firmament brillaient [7].

Le carré et le rond sont deux figures géométriques parfaitement régulières. De là l'emploi qu'on en fait pour exprimer qu'une chose suit son cours avec une entière régularité, qu'elle arrive à son parfait accomplissement.

5. Litt. : «(Ma) personne — pourquoi — (passe-t-elle par) beaucoup — de circonstances — non — tranquilles? »

L'expression composée «nhiều nỗi bất bằng» devient par position un véritable verbe qualificatif qui se rapporte à «thân».

6. Litt. : «Je risque — (qu'il en soit) comme — du palais — vaste — de ma sœur aînée — Hằng (Nga)! — Il pense à — quelle (chose)? »

Kiều veut dire par là qu'elle n'aura pas la patience d'attendre toujours Thúc sanh dans la solitude où elle est confinée comme Hằng Nga attend son époux dans la lune.

«宮 廣 Cung quảng» est pour «廣 寒 宮 Quảng hàn cung — le palais du vaste froid», un des noms que l'on donne à la lune.

7. Litt. : «La moitié du — cercle — de la lune — manquait; — les Trois étoiles — étaient — au milieu de — le ciel».

Ce vers contient une allusion à la première strophe de l'ode «綢 繆 Trù mậu» (Livre des Vers, Sect. 1, Liv. X, ode V) que j'ai déjà eu occasion de citer à propos du vers 695.

Cette mention des «Trois étoiles» est faite ironiquement; car loin d'avoir à se réjouir d'avoir été mariée dans un temps favorable et d'être réunie à son époux, Túy kiều va être enlevée par les émissaires de sa rivale.

Nén hương đến trước thiên đài;

Nỗi lòng khấn chửa cạn lời vân vân!

1640 Dưới hoa dậy lũ ác nhân;

Ầm ầm khốc quỉ, kinh thần mọc ra!

Đầy sân gươm tót sáng lòa!

Thất kinh, nàng chửa biết rằng làm sao!

Thuốc mê đâu đã rưới vào;

1645 Mơ màng như giấc chiêm bao; biết gì?

Giẩy ngay lên ngựa tức thì;

Phòng thêu, viện sách, bốn bề lửa dông.

Săn thấy vô chủ bên sông.

Đam vào để đó. Lận sòng ai hay?

1650 Tôi đòi phách lạc hồn bay,

Pha càn bụi cỏ, gốc cây ẩn mình.

Thúc ông nhà cũng gần quanh.

Chợt trông ngọn lửa, thất kinh, rụng rời!

---

1. Litt. : « *(Quant à) la circonstance — de son cœur — (qui) faisait des vœux, — pas encore — elle était à sec — de paroles — de dire — et de dire* ».

2. Litt. : ‹ *Bruyamment, — pleurant — à la manière des démons, — (pouvantant) — à la manière des génies — ils surgirent!* »

« *Quỉ* » et « *thần* » sont adverbes par position.

Vers le ciel son encens montait ;

mais elle n'avait pas terminé sa prière ; elle priait et priait encore [1].

Du sein des fleurs surgit la bande de misérables.   1640

Ils apparurent poussant d'infernales clameurs [2].

Partout, nus, dans la cour étincelaient les sabres.

Glacée d'épouvante, la jeune femme ignorait encore ce que ce pouvait être.
On lui avait versé je ne sais quelle boisson enivrante ;

elle était comme plongée dans un songe, inconsciente de ce qui se 1645 passait.
On la poussa vers un cheval ; on l'y fit monter sur le champ,

(tandis) que chambre et bibliothèque devenaient la proie des flammes.

Précisément au bord de la rivière se trouvait un cadavre abandonné [3].

On l'introduisit (dans la maison) et on l'y laissa. Personne n'aurait pu découvrir le subterfuge [4].
Hors d'eux de terreur [5], serviteurs et servantes   1650

couraient affolés dans les buissons ; ils se cachèrent derrière des troncs d'arbres.
La maison de *Thúc ông* se trouvait dans le voisinage.

Tout-à-coup il aperçut les flammes et fut saisi d'épouvante !

3. Litt. : « . . . . un cadavre sans propriétaire ».

4. « *Lận* » signifie « *frauder* » et « *sòng* », « une partie de jeu ».

5. Litt. : « *Les servantes* — (quant au) phách — s'égaraient, — (quant au) hồn — volaient ; »

Tớ thấy chạy thẳng đến nơi;

1655 Tơi bời tưới lửa, tìm người lao xao.

Gió tung ngọn lửa càng cao!

Tôi đòi tìm đủ; nàng nào thấy đâu?

Hớt hơ hớt hải nhìn nhau!

Giếng sâu, bụi rậm, trước sau tìm quàng.

1660 Chạy ra chốn cũ phòng hương;

Trong than thấy một đống xương cháy tàn!

Ngay tình, ai biết mưu gian?

Hẳn nàng thôi! Lại có bàn rằng : «Ai»?

Thúc ông rơi lụy vắn dài.

1665 Nghĩ con vắng vẻ, thương người nết na!

Di hài nhặt gói về nhà;

Nào là khâm liệm, nào là tế trai.

Lễ thường đã vẹn một hai,

Lục trình chàng cũng đến nơi bấy giờ.

---

1. Litt. : « *Les serviteurs et les servantes — cherchèrent — suffisamment; — la jeune femme, — est-ce-qu' — ils (la) virent — où (que ce fût)?* »

2. L'on pourrait à la rigueur se dispenser de traduire les adjectifs « *sâu — profond* » et « *rậm — épais* », ces deux épithètes ne se trouvant là que pour

Maître et domestiques, tous accoururent aussitôt!

Grand tumulte! On jetait de l'eau sur le feu; on recherchait *Túy* 1655
Kiều.
Favorisée par le vent, de plus en plus montait la flamme.

Les serviteurs eurent beau chercher[1]; de jeune femme nulle part!

Tout le monde se regardait; on ne savait quel parti prendre!

On chercha dans le puits profond, au sein des buissons touffus[2]; devant, derrière, aux environs!
(Enfin) l'on courut à l'endroit où naguère se trouvait la chambre,   1660

et l'on vit dans les charbons un monceau d'os consumés!

Ces gens au cœur sincère pouvaient-ils soupçonner une fraude?

« C'est bien elle! et qui serait-ce? » dirent-ils en se consultant[3].

Thúc ông répandit des larmes abondantes[4].

Il pensait à son fils absent; il regrettait cette modeste fille!   1665

On transporta chez lui les ossements soigneusement enveloppés;

on les ensevelit, on sacrifia, on jeûna.

Déjà l'on avait accompli quelques-unes des cérémonies accoutumées

lorsque le jeune homme survint, arrivant par la route de terre.

produire un de ces effets de parallélisme si recherchés par les poètes annamites.
    3. Litt. : « *En vérité — c'était la jeune femme! — il suffisait! — En outre
— ils eurent — (le fait de) délibérer — disant : — «qui?* »
    4. Litt. : « *. . . . laissa tomber — des larmes — courtes — et longues* ».

1670   Bước vào chốn cũ lầu thơ;

Tro than một đống! Nắng mưa bốn tường!

Sang nhà cha, tới trung đường;

Linh sàng, bài vị; thờ nàng ở trên!

Hỡi ôi! Nói hết sự duyên!

1675   Tơ tình đứt ruột, lửa phiền cháy gan!

Gieo mình vật vã khóc than.

«Con người thế ấy! Thác oan thế nầy!

«Chắc rằng mai trước lại vầy!

«Ai hay vĩnh quyết đến ngày đưa nhau?»

1680   Thương càng nghĩ, nghĩ càng đau!

«Dễ ai lấp thẳm, quạt sầu cho khuây?»

Gần miền nghe có một thầy

Phi phù trí quỉ, cao tay thông huyền.

Trên *Tam bửu,* dưới *Cửu tuyền,*

---

1. Litt. : « *Le fil — de l'affection — fit se couper — ses entrailles; — le feu — du chagrin — fit se brûler — son foie!* »

2. Les époux.

3. Litt. : « *Est-ce que — quelqu'un — comblerait — la tristesse — (et) éventerait (chasserait avec l'éventail) le chagrin — de manière à ce qu' — ils se calmassent?* »

Il se dirigea vers l'endroit où se trouvait jadis le cabinet de travail. 1670

(Plus rien qu')une masse de charbons et de cendres! Des murs ouverts à tous les vents!

Il se rendit à la maison de son père; et là, au milieu de la salle,

sur un autel (il aperçut) la tablette de la jeune femme!

Hélas! Hélas! on lui raconta tout!

A la pensée de ses amours perdues ses entrailles se déchirèrent; il 1675 sentit dans son cœur la brûlure du chagrin[1]!

Pleurant, gémissant, il se jeta sur le sol (comme) pour y briser (son corps).

«Une telle femme!» s'écria-t-il; «un si horrible trépas.

«J'étais persuadé que, le *Mai* et le bambou[2] allaient être de nou-
» veau réunis!

«Pouvais-je penser que, le jour de notre séparation, elle me disait
» un éternel adieu?»

Son regret excitait ses pensées, ses pensées ravivaient sa douleur. 1680

Qui calmerait cette tristesse? Qui dissiperait ce chagrin[3]?

Il apprit qu'aux environs se trouvait un maître (sorcier)

habile à faire voler les amulettes, à invoquer les démons, à pénétrer dans les enfers[4].

Que ce fût dans le paradis[5], que ce fût auprès des neuf sources,

---

Le substantif composé «*thâm sâu — profonde affliction*» est dédoublé, et les éléments qui le composent affectés comme régime aux deux verbes que renferme la préposition.

4. «玄 *Huyên*» est ici pour «玄都 *huyên đô* — la sombre capitale».

5. Le paradis de Bouddha.

1685   Tìm đâu, thì cũng biêt tin rõ ràng!

Sắm sanh lễ vật, đưa sang;

Xin tìm cho thấy mặt nàng hỏi han.

Đạo nhơn phục trước tỉnh đàn;

Xuất thần dây phút, chưa tàn nén hương!

1690   Trở về minh bạch nói tường :

«Mặt nàng chẳng thấy; việc nàng đã tra.

«Người nầy nặng kiếp oan gia!

«Còn nhiều nợ lắm! Sao đã thác cho?

«Mạng cung đang mắc nạn to!

1695   «Một năm nữa mói thăm dò; được tin!

«Hai bên hiệp mặt chìn chìn;

«Muốn nhìn, mà chẳng dám nhìn! Lạ thay!»

«Đều đâu nói lạ dường nầy?

«Sự nàng là thế, lời thầy dám tin?

---

1. Litt. : « *Cette personne-ci — est loin de — (quant à son) existence — de malheurs !* »

2. Le verbe neutre annamite ‹ 托 *thác — mourir* » reçoit de la préposition « 朱 *cho — à* » qui le suit une valeur tout à fait différente de celle qu'il a ordinairement. Employé ainsi, il renferme une idée de faveur, de permission, de faculté accordée à quelqu'un. La traduction littérale : « *comment — a-t-on mort — à (elle)* » est par trop barbare, et réellement incom-

où qu'il s'enquît, toujours il avait des nouvelles certaines!   1685

(Sanh) prépara des cadeaux, les offrit,

puis il pria le magicien de chercher à voir la jeune femme afin de
l'interroger.
Le sorcier se prosterna devant l'autel,

et son âme sortit en moins de temps qu'un pain d'encens n'en met
à brûler.
Il revint, et clairement il dit :   1690

« Je n'ai point vu la jeune femme, mais je me suis enquis de ce qui
» la concerne.
« Il lui faut, en cette vie, porter un lourd poids de malheur [1].

« Sa dette est grande encore; comment lui serait-il accordé de
mourir [2]?
« Son destin lui réserve de grandes infortunes!

« Informez-vous dans un an, et vous aurez de ses nouvelles!   1695

« Tous deux vous serez mis en face l'un de l'autre.

« Vous voudriez-vous reconnaître, mais, chose étrange! vous ne l'o-
» serez! »
« Vous me dites », dit *Sanh,* « des choses singulières [3].

« Après ce qui lui est arrivé, comment croirais-je à vos paroles [4]?

préhensible en français. Elle reproduirait cependant, s'il était possible de
l'employer, le sens exact que donne au verbe dont il s'agit la position qu'il
occupe dans le vers.

3. Litt. : « *(Quant aux) choses, — où (est le fait que) — vous (les dites) —
étranges — de cette manière-ci?* »

Nous disons familièrement en français : « *Où prenez-vous tout cela?* »

4 « *Thế* » est pour « *thế ấy* ». — Le second hémistiche contient une in-

1700 «Chẳng qua đồng cốt quàng xuyên!

«Người đâu mà lại thấy trên cõi trần?»

Tiếc hoa; những ngậm ngùi xuân!

«Thân nầy dễ lại mấy lần gặp tiên?»

«Nước trôi hoa rụng đã yên!

1705 «Có đâu địa ngục ở miền nhơn gian?»

Khuyển Ưng đã đến mưu gian;

Vực nàng đưa xuống để an dưới thuyền.

Buồm cao lèo thẳng cánh xiêng;

Đè chừng huyện *Tích*, băng miền vượt sang.

1710 Đến bến, lên trước thính đường;

Khuyển Ưng hai đứa nạp nàng dâng công.

Vực nàng tạm xuống môn phòng.

Hãy còn thíp thíp; giấc nồng chưa phai.

version, destinée à obtenir le parallélisme de position entre « *sự nàng — les choses de la jeune femme* » et « *lời thầy — les paroles du maître* ». Du reste, le vers, pour être mieux fait, n'en est pas moins clair.

1. Litt. : « *Il regrettait — la fleur ; — (il ne faisait) absolument que — garder dans sa bouche (rappeler à son souvenir) — le printemps* »

J'ai dit plus haut ce qu'il faut entendre par « *fleur* » et « *printemps* ».

2. Litt. : « *Ce corps — est-ce que — de nouveau — combien de — fois (que ce soit) — rencontrera — une immortelle?* »

3. « Elle n'existe plus! »

« (Tout ceci) n'est autre chose qu'une jonglerie de sorcier!   1700

« Où pourrait-elle donc être, qu'en ce monde on puisse la revoir ?»

Il regrettait l'objet de ses amours, et repassait sans cesse en son
esprit les plaisirs (qu'il goûtait avec elle) [1].

« Comment pourrais-je jamais », disait-il, « retrouver une personne
» aussi accomplie [2] ?

« Les eaux ont emporté cette fleur tombée; c'est certain [3] !

« Comment les enfers pourraient-ils se trouver dans le monde des   1705
hommes [4] ? »

Khuyên et *Ung* avaient mené à bonne fin leur entreprise perverse.

Ils portèrent avec précaution la jeune femme vers la barque, et l'y
mirent en sûreté.

La voile fut hissée, bien assujettie par les cordages. Au vent, de côté,
elle se présenta.

Mettant le cap sur le *huyện* de *Tích*, ils cinglèrent droit vers ce lieu,

et (dès) leur arrivée à l'embarcadère, ils se présentèrent à la salle   1710
de réception.

(Là) *Khuyên* et *Ung* livrèrent la jeune femme et demandèrent leur
récompense [5].

On déposa provisoirement *Kiều* [6] dans une pièce voisine de l'entrée.

Elle demeurait insensible, et son sommeil durait toujours;

4. « *Comment pourrait-on retrouver en ce monde une personne qui, étant morte,
habite les régions inférieures ?* » *Kiều* ne peut être à la fois sur la terre et
dans le royaume des ombres. Il faudrait pour cela que l'ordre immuable
des choses fût bouleversé, que les enfers et le monde des hommes fussent
confondus ensemble.

5. Litt. : « . . . . *offrirent* — *(leurs) mérites* ».

6. Le poète emploie dans ce vers, pour désigner son héroïne, le même
terme *(nàng)* que dans le précédent. Il n'est pas possible de faire de même
en français, où de pareilles répétitions seraient intolérables

Huình lương nghe tỉnh hồn mai.

1715 «Cửa nhà đâu mất? Lầu đài nào đây?»

Bàng hoàng dở tỉnh dở say,

Thính trên mẳng tiếng đòi ngay lên hầu.

A hườn trên dưới giục mau;

Hãi hùng nàng mới theo sau mọi người.

1720 Liếc trông toà rộng dây dài;

«*Thiên quan trủng tể*» có bài treo trên.

Bằng ngày đèn thắp hai bên;

Trên giường thất bửu, ngồi lên một bà.

Gạn gùng ngọn hỏi, nhành tra;

1725 Sự mình nàng đã cứ mà gởi thưa.

Bất tình nổi giận mây mưa!

1. Litt. : «*(Après que se fût écoulé le temps de cuire une marmite de) Lương jaune — on entendit — revenir à elle — son âme — de Mai*».

Les mots «*huỳnh lương*» constituent une espèce d'ellipse de la même nature que celle de l'expression «*thính khí*» dont j'ai parlé plus haut, et l'idée qu'ils renferment est la même que celle que nous voyons exprimée au vers 1689 par les mots «*chưa tan nén hương*». — Par l'épithète «*Mai*» le poète fait comprendre que l'âme dont il s'agit est celle d'une personne dont la beauté gracieuse et élégante est comparable à celle de l'arbre de ce nom.

2. Litt. : «*(Rédigée en ces termes :)* «*Du Ciel — mandarin — le Trủng tể*» — *il y avait — une tablette — suspendue en haut*».

Le «*Trủng tể*», litt. : «*Eminent président*» est une espèce de haut directeur des services civils. Il est placé au-dessus des ministres qu'il dirige. Comme le père de *Hoan thơ* avait été revêtu de cette dignité, l'Empereur

mais, peu après , on l'entendit qui reprenait connaissance.

«D'où vient» disait-elle «que je ne suis plus dans ma chambre? et 1715
» quel est donc ce palais-ci? »
Tout étourdie encore, à moitié réveillée, à moitié assoupie,

elle entendit dans la salle une voix qui lui enjoignait de se présenter
de suite.
Des suivantes, survenant de toutes parts, l'excitèrent à se hâter.

Saisie d'effroi, la jeune femme à leur suite se mit en marche.

Elle jeta un coup d'œil autour d'elle et aperçut une salle immense   1720

en haut de laquelle était suspendue une tablette avec ces mots :
«*Mandarin impérial, président du Ministère*[2]».
Sur les deux côtés (de la table) étaient, en plein jour, allumées des
bougies[3],
et sur un lit orné des Sept choses précieuses, elle vit une dame
assise.
Celle-ci la pressa de questions[4],

et la jeune femme lui fit connaître tout ce qui la concernait.   1725

(La dame lui parle) durement, elle entre dans une terrible colère[5].

lui avait conféré, à titre de distinction honorifique, le droit d'en exposer
le nom tracé en caractères d'or sur une tablette qui demeurait suspendue
dans la salle principale de sa maison.

3. Les personnes qui occupent de hautes positions administratives sont
souvent dans l'habitude de faire placer en plein jour des bougies allumées
sur la table devant laquelle elles s'asseyent.

4. Litt. : « *En approfondissant, — (quant à) la cime — elle interrogea; —
(quant aux) branches — elle s'enquit*».

5. Litt. : « *Sans — sentiment — elle élève — une colère — de nuages —
et de pluie*».

L'auteur compare la colère qui surgit dans le cœur de *Hoạn thơ* à un
orage qui éclate. Le verbe «*giận — se fâcher, se mettre en colère*» devient
substantif par position.

Nhiếc nàng những «giống bơ thờ quen thân»!

«Con nầy chẳng phải thiện nhân!

«Chẳng màu trốn chử, thì quân lộn chồng!

1730 «Ra tuồng mèo mả cò đồng,

«Ra tuồng lúng túng! Chẳng xong bề nào!

«Đã đem mình bán cửa tao,

«Lại còn khứng khỉnh, làm cao thế nầy!

«Gia pháp đâu trẻ nọ bay?

1735 «Hãy cho ba chục biết tay một lần!»

A hườn trên dưới «dạ!» rân;

Dẫu rằng trăm miệng khôn phân nhẽ nào!

Trước côn ra sức ập vào!

Thịt nào chẳng nát? Gan nào chẳng kinh?

1740 Xót thay đào lý một nhành!

1. Litt. : « *Elle (ne) dit comme insultes à — la jeune femme — absolument que des : — « espèce — de dévergondée — qui es habituée — (quant à ta) personne!* » *(Créature qui vis dans l'habitude du dévergondage!)* »

2. On trouve sur les tombeaux des chats errants qui s'y reposent; et l'aigrette court çà et là dans la campagne, en quête des ordures dont elle se nourrit. De là cette figure employée par *Hoạn thơ* pour exprimer que *Túy kiều* est une malheureuse sans feu ni lieu.

3. Litt. : « . . . . . *Ne pas — (la recherche de ce qu'elle est au juste) — est achevée — (quant à) — un côté — quel (qu'il soit)!* »

4. Litt.: « *De la maison — discipline, — où (sont) — ces garçons, — vous (autres)?* »

Elle l'insulte, elle l'appelle : «*dévergondée! fille perdue !* »

«Cette créature», dit-elle, «n'est point une personne honnête!

«Si ce n'est pas une esclave fugitive, elle est de celles qui se trom-
» pent de mari!
«On dirait d'un chat de tombeaux, d'une aigrette vagabonde[2]!   1730

«Elle a l'air embarrassé! Tout cela n'est nullement clair[3]!

«Tu es venue toi-même te vendre dans ma maison,

«et tu te montres grossière? et tu prends ces grands airs (avec moi)?

«Où sont donc les gens chargés de manier le rotin[4]?

«Donnez-lui en trente (coups)! et qu'elle sente une fois ce que pèse 1735
» votre bras! »
«Madame va être obéie!» dirent en chœur les suivantes.

Kiều aurait eu cent bouches qu'elle n'eût pu placer un mot!

Avec un bâton de bambou on la frappe à tour de bras!

Quelle chair n'en serait broyée? Quel cœur n'en serait frappé d'é-
pouvante?
Hélas! ce *Đào* et ce prunier appartiennent à la même branche[5]!   1740

---

5. Litt. : «*Je suis ému — combien! — (Ce) pêcher — (et ce) prunier —
(sont) d'une (même) — branche! (ces deux personnes sont femmes toutes deux!)
D'un — côté — (il y a) la pluie — (et) le vent; — on est brisé — d'un —
côté (de l'autre côté)!*»
Le *Pêcher*, c'est *Túy kiều*; le prunier, c'est *Hoạn tho.*
On pourrait aussi considérer les deux mots «*Đào*» et «*Lý*» comme se
rapportant tous deux à *Túy kiều.* Il faudrait alors traduire ainsi ces deux
vers :
    «*Que je plains ce rameau de pêcher, cette branche de prunier!*
    Pour le briser, un orage a suffi!»

Một phen mưa gió, tan tành một phen!

Hoa nô truyền dạy đổi tên,

Phòng thêu dạy áp vào phiên thị tì.

Ra vào theo lũ thanh y;

1745 Dãi dầu, tóc rối, da chì, quản bao?

. . . .

Hoạn gia có một mụ nào.

Thấy người thấy nết ra vào mà thương.

Khi trà chén, khi thuốc thang;

Giúp lời phương tiện, mở đàng hảo sanh.

1750 Dạy rằng : «May rủi đã đành!

«Liễu bồ! Mình giữ lấy mình cho hay!

«Cũng là oan nghiệp chi đây;

Je préfère la première version, bien qu'il faille, pour l'obtenir, donner au mot «*phen*» le sens de «*côté*», qu'il n'a que par dérivation. Dans le style imagé le *pêcher* et le *prunier* sont généralement opposés l'un à l'autre Cette opposition est même nettement exprimée dans la maxime chinoise suivante, qui a vraisemblablement inspiré au poète annamite l'idée renfermée dans ces deux vers : « 桃李爭春 *Đào lý tranh xuân — Le pêcher et le prunier rivalisent (d'attraits) printaniers* ».

Il est, du reste, assez probable que *Nguyễn Du* aura eu le dessein d'établir ici, comme il le fait souvent, une amphibologie calculée.

1. Voy. la note précédente.

2. L'expression «*Hoa nô*», litt. : «*Fleur esclave*» se prend dans le sens d'«*esclave de fantaisie, esclave dont on ne tire aucun profit*».

Le premier provoque l'orage, et le second est brisé [1]!

On lui ordonna de quitter son nom, de prendre celui de *Hoa nô*[2],

et de se tenir dans la chambre de travail pour faire, à son tour de
rôle, le service de suivante[3].
Elle dut aller et venir avec les autres domestiques[4].

Peu importait que la fatigue la brisât, que sa chevelure fût en dés- 1745
ordre, et que sa peau fût plombée!

. . . .

Dans la famille de *Hoạn* se trouvait une vieille dame.

Ayant vu *Kiều*, elle remarqua sa distinction, et la prit en pitié.

Elle lui donnait tantôt une tasse de thé, tantôt quelque médicament,

lui disant de bonnes paroles, et cherchant à lui rendre la vie (plus)
supportable[5].
« Le bonheur comme l'infortune sont », lui disait-elle, « choses fixées 1750
» d'avance!

« Veille bien sur toi, ô gracieuse et faible enfant[6]!

« Peut-être portes-tu aujourd'hui un héritage de malheur;

3. Litt. : « *(Dans) la chambre — à broder — on (lui) ordonna d' — en
s'approchant — entrer dans — les rôles — d'assistantes — servantes* ».

4. Litt. : « . . . . *la troupe — des bleus — habits* ».
Les serviteurs des grands personnages sont ainsi désignés à cause de
la couleur affectée à leur vêtement.

5. Litt. : « *Employant pour l'aider — des paroles — charitables — et (lui)
ouvrant — (une) voie — de bonne — existence* ».
Le verbe *giúp* a ici pour régime direct non pas le nom de la personne.
mais celui du moyen d'action. La langue française ne permettant pas un
semblable emploi du verbe *aider*, je suis forcé d'employer une périphrase.

6. Litt. : « *O saule et jonc!* »

«Sa cơ mới đến thế nầy chăng nhưng!

«Ở đây tai vách, mạch rừng!

1755 «Thấy ai người cựu, cũng đừng nhìn chi!

«Kẻo khi sấm sét bất kỳ!

«Con ong cái khiến kêu gì được oan?»

Nàng càng đổ ngọc như chan;

No lòng no những bàn hoàn niềm tây.

1760 «Phong trần kiếp đã chịu đày;

«Lầm than cũng có thứ nầy bằng hai!

«Làm sao bạc chẳng vừa thôi?

«Chẳng chẳng buộc mãi lấy người hồng nhan?

«Đã đành! Túc trái tiền oan!

1. Litt. : «*Tombant dans — des machinations, — enfin — tu es arrivée à — cette condition — peut-être — aussi!*»

2. Litt. : «*Ici — (il y a) des oreilles — de murs, — des sources — de forêts!*»
Ce vers fait allusion au proverbe cochinchinois : «*Rừng có mạch, vách có tai. — La forêt a des sources, les murs ont des oreilles (de même que dans la forêt qui est déserte, il y a cependant des sources, de même, sur une muraille qui semble unie, il existe des oreilles)*».

L'identité absolue du second membre de ce dicton annamite avec notre proverbe français est très remarquable.

3. Litt. : «*(Si) tu vois — qui (que ce soit) — homme ancien, — tout aussi bien — garde-toi de — (le) reconnaître — en quoi (que ce soit)!*»
Les mots «*người cựu — homme ancien*» sont synonymes du chinois «古 人 cố nhơn» et signifient comme lui «*une ancienne connaissance*». Il est bon de remarquer que cette expression, composée elle-même d'un substantif et d'un adjectif, devient par position un adjectif bisyllabique, lequel qualifie le pronom

« peut-être aussi de (perverses) machinations t'ont-elles réduite à ce
  » point de misère [1] !

« Ici les murs ont des oreilles, et l'on sait tout ce qui se passe [2] !

« Si tu aperçois un visage familier [3], garde-toi de le reconnaître,   1755

« de peur qu'inopinément la foudre ne vienne à éclater !

« Et comment (alors) une abeille, une fourmi pourrait - elle obtenir
  » justice [4] ? »

(A ces mots) les larmes de *Kiều* coulèrent en flots plus abondants
   encore [5],

et son cœur fut rempli d'une inquiétude secrète [6].

« Mon destin dans ce monde est d'être exilée ! » dit-elle ;   1760

« mais cette fois ma misère redouble [7] !

« La série de mes malheurs n'est-elle donc point épuisée ?

« (Le destin ennemi) autour de ma beauté toujours resserre ses liens !

« Il n'en faut point douter ! je paie une ancienne dette [8] !

« *ai* » qui le précède. Il y a lieu de noter ici le rôle de « *chi — quoi* » qui n'est
pas, comme on pourrait le croire, le régime direct de « *nhìn* », mais bien un
véritable adverbe de manière qu'il faut traduire par « *en quoi (que ce soit)* ».

4. Litt. : « .... *crier — en quoi (que ce soit) — pourraient — l'injustice?* »
On dit en annamite « *crier l'injustice* » au lieu de « *crier à l'injustice* ». Le
régime direct de « *kêu* » est « *oan* ». « *Kêu gì được oan* » est une inversion
pour « *kêu oan gì được* ». Le mot « *gì* » doit, en conséquence, être pris ici
adverbialement, comme son équivalent « *chi* » qui termine le vers 1755.

5. Litt. : « *La jeune femme — d'autant plus — versa — des pierres précieuses — comme — une averse de pluie,* »

6. Litt. : « *Saturée — (quant au) cœur, — elle (n')était saturée — absolument que d' — inquiétude — (quant à) — ses pensées — secrètes* ».

7. Litt. : « *(Quant à) l'infortune, — aussi — il y (en) a — cette fois —
comme — deux!* »

8. Litt. : « *C'est arrêté! — (il y a une) concernant une existence antérieure
— dette; -- (il y a une) précédente — injustice!* »

1765 «Cũng liều ngọc nát hoa tàn; mà chi?»

Những là nương náu qua thì,

Tiểu thơ phải buổi mới về ninh gia.

Mẹ con trò chuyện lân la;

Phu nhơn mới gọi nàng ra dạy lời :

1770 «Tiểu thơ dưới trướng thiếu người;

«Cho về bên ấy theo đòi đài trang!»

Lãnh lời, nàng mới theo sang ;

Biết đâu địa ngục, thiên đàng là đâu?

Sớm khuya khăn mặc, lược đầu ;

1775 Phận con hầu giữ còn hầu dám sai?

Phải đêm êm ả chiều trời.

Le caractère « 夙 *túc* » signifie, dans la doctrine des 道士, quelque chose qui concerne une existence précédente. C'est ainsi qu'on dit : « 夙 緣 *Túc duyên* » pour désigner deux personnes qui, dans cette vie antérieure, furent unies par les liens de l'amitié, ou bien encore un homme et une femme qui furent dès lors liés l'un à l'autre par le destin comme devant, dans une vie future, devenir mari et femme. (Voy WLLIS WILLIAMS, au car. 夙.)

Nous sommes toujours en présence de la donnée fondamentale du poème ; à savoir les malheurs infligés à l'héroïne comme expiation de fautes commises dans une existence antérieure.

1. Ce vers et ceux qui précèdent peuvent aussi bien être mis dans la bouche de l'auteur, à titre de réflexion philosophique.

2. Le titre de « *tiểu thơ* » se donne aux jeunes femmes de rang élevé.

3. Litt. : « *sous les tentures (de ses appartements)* ».

4. Litt. : « *On (te) donne — de te rendre — de ce côté — (pour) suivre — les fonctions — d'ornement du palais* ».

«Si le diamant est brisé, si la fleur est flétrie, qu'importe[1]!»   1765

Pendant que (de cette façon) s'écoulait son existence

le moment vint où la jeune dame[2] alla visiter ses parents.

La mère et la fille eurent ensemble de fréquents entretiens.

Enfin la vieille dame appela *Kiều* et lui donna les ordres suivants :

«Ta maîtresse a besoin de quelqu'un pour son service personnel[3].   1770

«Vas, et remplis l'office de servante pour la toilette[4]!»

La jeune femme obéit et se rendit à ses fonctions.

Bien ou mal, elle ignorait ce qu'elle y devait trouver[5]!

Nuit et jour[6], un turban sur la tête, un peigne dans les cheveux,

elle remplissait son rôle de servante. Elle n'eut osé y manquer!   1775

Un soir que le ciel était serein,

L'expression «*Đài — trang*» désigne les servantes qui sont spécialement affectées à la toilette des grandes dames. Le verbe «*trang*» dont le
sens exact est «*orner la tête et peindre les yeux*» est, comme le verbe «*Ðài
— mander*», pris ici substantivement, ainsi que le fait voir la position qu'il
occupe.

5. Litt. : «*Elle savait — où — l'enfer, — le paradis — étaient — où?*»
Ce vers, comme bien d'autres, montre clairement que l'auteur du poème
était un sectateur de Bouddha. Ce fait est assez extraordinaire, vu le mé-
pris que les lettrés, adeptes de la doctrine philosophique de Confucius, pro-
fessent pour cette religion.

6. Litt. : «*Le matin — (et) dans la nuit avancée — elle encadrait d'un
turban — son visage, — elle garnissait d'un peigne — sa tête*».
Les substantifs «*khan — turban*» et «*lược — peigne*» deviennent ici des
verbes. Cette acception, excessivement rare, montre bien quelle est la force
de la règle de position dans la poésie cochinchinoise.

                                                                                    4

Trước tơ hỏi đến, nghẽ chơi mọi ngày.

Lãnh lời, nàng mới nhắc dây.

Nỉ non, thảnh thót, dễ say lòng người!

1780 *Tiểu tho* xem cũng thương tài ;

Khuôn oai dường cũng bớt vài bốn phân.

Cửa người đày đoạ chút thân

Sớm năn nỉ bóng, đêm ngơ ngẩn lòng !

Lâm tri chút nghĩa đèo bòng,

1785 Nước bèo để chữ «*tương phùng*» kiếp sau !

Bốn phương mây trắng một màu !

Trông vời ; cố quốc biết đâu là nhà ?

Lần lần tháng lụn, ngày qua ;

---

1. Litt. : «. . . . *rappela les cordes*».

2. Litt. : «*(Du) cadre — de (sa) majesté — (ce fut) comme (si) — aussi — elle diminuait — quelques — quatre — parties*».

«*Mười phân — dix parties*» étant la totalité, «*vài bốn phân — quelques (environ) quatre parties*» représente «*une certaine quantité*».

3. Litt. : «*(De) la porte — d'elle — elle avait maltraité — (ce) peu — de corps (cette pauvre créature)*».

«*Cửa người*», idiotisme qui signifie «*à son service*», est placé par inversion au commencement du vers. Sa place véritable est à la fin, où il formerait par position un adjectif se rapportant à «*chút thân*». Le mot «*cửa*», de même que le chinois « 門 *môn*» qui lui correspond, a parfois le sens que nous attachons au mot «*maison*» lorsqu'il s'agit de l'organisation du ménage chez les personnes élevées en dignité.

sa maîtresse lui demanda si elle connaissait la musique, cet élément
de distraction journalière.

Obéissante, la jeune femme accorda son instrument[1].

Des sons doux et plaintifs, une voix au timbre élevé, facilement
enivrent le cœur.

Devant ce talent, la dame parut se laisser toucher,   1780

et sembla quelque peu se relâcher de sa rigueur[2].

Elle avait maltraité cette pauvre servante[3]

qui, le matin, dans l'ombre se plaignait, et passait des nuits anxieuses!

(Mais) à celui qui, à *Lâm tri*, lui avait montré quelque attachement,

il lui restait l'espoir d'être réunie dans une existence future[4]!   1785

De toutes parts elle ne voyait que nuages d'un blanc uniforme!

Elle regardait au loin sur les eaux. Où était son pays? Où se trouvait sa maison[5]?

Peu à peu les mois passaient, peu à peu se succédaient les jours.

---

4. Litt. : « *L'eau — et la lentille aquatique — étaient laissés — (quant aux)
caractères — «ensemble — se rencontrer» — dans la vie future! (Cet espoir
leur était laissé.)* »

La lentille aquatique ne se trouvant que sur l'eau, on peut dire qu'ils
sont inséparables et faits l'un pour l'autre. De plus, l'eau supporte le faible
végétal et le nourrit. De même, *Thúc sanh* et *Túy kiều* ne pouvaient vivre
heureux étant séparés, d'autant que, soit par sa qualité d'homme, soit par
la position qu'il occupait dans le monde, *Thúc sanh* était pour la pauvre
fille un protecteur, un *support*. De là la singulière figure que le poète emploie ici pour désigner ces deux personnages.

5. Litt. : « *Elle regardait — la haute mer. — (Dans) le vieux — royaume
— on savait — où — c'était — (sa) maison?* »

« 故 國 *Cô quôc — le vieux royaume* » est un idiotisme dont le sens est
« *le pays natal* ».

Nỗi gần nào biết? Đường xa thế nẩy:

1790 *Lâm tri* từ thửở oan bay,

Phòng không thương kẻ tháng ngày chích thân!

Mày xanh trăng mới in ngần;

Phẩn thừa hương cũ bội phần xót xa!

Sen tàn, mai lại chiếng hoa.

1795 Sầu dài, ngày vắn! Đông đã, sang xuân!

Tìm đâu cho thấy cố nhân?

Lấy câu vận mạng, cổi dần, nhớ thương!

Chạnh niềm nhớ đến gia hương!

Nhớ quê chàng lại tìm đường thăm quê.

1800 Tiểu thơ đón cửa giả giê.

Hàn huyên vừa cạn mọi bề gần xa,

1. Les oiseaux *Oan* et *Ương* (*Anas galericulata*) représentent figurativement les époux bien unis. *Oan* est le mâle, c'est-à-dire *Thúc sanh*, et *Ương*
la femelle, ou *Túy kiều*.

2. Litt. : «*(Dans sa) chambre — vide — je plains — celle qui — (pendant) les mois — (et) les jours — était dépareillée — (quant au) corps!*»
L'oiseau *Ương* (*Túy kiều*) était dépareillé (*chích*).

3. Litt. : «*(Ses) sourcils — verts — de la lune — nouvelle — imprimaient
(reproduisaient) — la trace*».
Lorsqu'une plante végète vigoureusement, elle est verte. Or *Kiều* étant
dans la fleur de la jeunesse, ses sourcils étaient bien fournis et pouvaient
être comparés à un végétal en pleine sève. C'est pour cela que le poète
leur donne cette épithète.
Autrefois, lorsqu'elle était libre, la jeune femme les lissait, les disposait

Elle ignorait ce qui avait lieu près d'elle; au loin, voici ce qu'il en
  était :
Depuis qu'à *Lâm tri* l'oiseau *Oan* [1] s'était envolé,   1790

seule, hélas! en sa chambre vide, elle avait vu s'écouler le temps [2]!

Ses noirs sourcils ressemblaient à la lune nouvelle [3]!

Le souvenir des amours passées provoquait en elle une vive souf-
  france [4].
Le nénuphar se flétrissait, et de nouveau sur le *Mai*, à la fleur allait
  succéder le fruit.
La tristesse est longue, mais les jours sont courts! Après l'hiver vint 1795
  le printemps!
Où lui fallait-il chercher pour apercevoir l'ami d'autrefois?

Tout en pleurant sur son (propre) sort, son esprit troublé avec amour
  se reportait vers lui,
et son cœur battait au souvenir de son village!

(Thúc sanh) se rappela son pays; il voulut aller le revoir.

Sa noble épouse, pleine de joie, le vint recevoir à la porte.   1800

Dès qu'eurent pris fin les empressements de l'arrivée, les questions
  de toute nature [5],

élégamment; mais aujourd'hui, réduite à la condition d'esclave, elle n'en
prend plus aucun soin; aussi, en raison de leur croissance rapide, leurs
poils qui ne sont plus retenus par aucun cosmétique, prennent-ils la disposition d'un segment de cercle évidé par en bas, ressemblant ainsi, comme
dit l'auteur, au croissant de la lune nouvelle.

  Par ce détail sur l'extérieur de son héroïne, le poete donne à entendre
que, dans son découragement, elle ne prenait plus aucun soin de sa personne.

  4. Litt. : « *Le fard — restant — (et) le parfum — ancien — considérablement — l'émouvaient douloureusement* ».

  5. Litt. : «*(Lorsque) — les* «hàn?» *— et les* «huyên?» *tout juste — furent
à sec — de tous — côtés — près — et loin,* »

  Voir, pour le sens des mots «*hàn*» et «*huyên*», la note sous le vers 394.

Nhà hương cao cuốn bức là,

Phòng trong truyền gọi nàng ra lạy mừng.

Bước ra; một bước một ngừng!

1805　Trông xa, nàng đã tỏ chừng nẻo xa.

«Phải rằng nắng quáng đèn loà?

«Rõ ràng ngồi đó chẳng là *Thúc sanh?*

«Bây giờ tình mới rõ tình!

«Thôi! Thôi! Đã mắc vào vòng! Chẳng sai!

1810　«Chước đâu có chước lạ đời?

«Người đâu mà lại có người tinh ma?

«Rõ ràng thiệt lừa đôi ta!

«Làm ra con ở chủ nhà đôi nơi!

«Bề ngoài, lợt lợt nói cười;

1815　«Mà trong, nham hiểm; giết người không đao!»

L'auteur compare les questions empressées que s'adressent sur leur santé *Thúc sanh* et sa femme à l'eau qui coule dans le lit d'une rivière. Nous disons, en employant une métaphore analogue : « un flux de paroles ». Lorsque la rivière est à sec, on n'y trouve plus d'eau; lorsque ces mille questions ont été faites, les époux n'ont plus rien à se dire. L'expression « cạn lời, litt. à sec de paroles », est d'ailleurs courante en annamite.

1. Litt. : « Regardant — au loin, — la jeune femme — a perçu — approximativement — dans (un) sentier (un endroit) — éloigné.

2. Litt. : « Maintenant, — (quant à) l'affaire — enfin — j'ai pour claire — l'affaire! »

dans la maison, jusques en haut, l'on roula les tentures de soie,

et *Túy Kiều* reçut l'ordre de venir dans la salle se prosterner au pied
du maître, afin de le féliciter.

Elle sort (de sa retraite). A chaque pas qu'elle fait, davantage elle
se sent glacée!

Elle jette les yeux au loin; il lui semble y voir quelqu'un [1]!   1805

« Est-ce le soleil qui m'éblouit? » se dit-elle; « sont-ce les lampes qui
» m'aveuglent?

« L'homme que je vois clairement assis là, est-ce que ce n'est point
» *Thúc Sanh?*

« Le mystère à présent se dévoile à mes yeux [2]!

« Je suis tombée dans un piége! Il n'y a point à en douter!

« Mais quelle machination inouie [3]!   1810

« Comment peut-il se trouver des gens doués de cette malice infer-
» nale [4]?

« Oui! c'est bien vrai! Tous deux (nous voici réunis)!

« (Mais) je suis servante et lui maître; nos positions sont différentes [5]!

« (Ma maîtresse) au dehors, semble plaisanter et rire,

« mais, sournoise et perfide au dedans, elle tuerait les gens sans cou- 1815
» teau [6]! »

3. Litt. : « *(Pour) une machination, — où — (y) a (-t-il) — une machination — étrange — (quant au) monde (de cette sorte?)* »
Les formules du genre de celle que contiennent ce vers et le suivant
supposent l'ellipse des mots « *dường ấy* » ou « *thế ấy — de cette sorte* ».
4. Litt. : « *(Pour) des hommes, — où — (y) a (-t-il) — des hommes —
monstres — (et) démons (de cette sorte)?* »
5. Litt. : « *Nous formons — une servante — et un maître, — deux — endroits (deux positions)!* »
6. On emploierait dans notre langage familier une expression analogue :
« Elle nuit aux gens sans avoir l'air d'y toucher! » — *Nham* signifie « une

Bây giờ đất thấp trời cao!

Ăn làm sao, nói làm sao bây giờ?

Càng trông mặt, càng ngẩn ngơ.

Ruột tằm đòi đoạn như tơ rối bời.

1820   Sợ oai, dám chẳng vưng lời?

Cuối đầu, nép xuống sân mai một chiều.

Sanh đà phách lạc, hồn phiêu!

«Thương ôi! Chẳng phải nàng *Kiều* ở dây?

«Nhơn làm sao đến thế nầy?

1825   «Thôi! Thôi! Ta đã mắc tay! Đà rồi!»

Sợ quen dám hở ra lời;

Khôn ngăn giọt ngọc sụt sùi nhỏ sa.

---

haute montagne» et *hiểm* veut dire dangereux. Sur les cîmes escarpées des montagnes se trouvent des précipices à pic dans lesquels on tombe parfois sans les avoir aperçus. Une personne du caractère attribué ici à *Hoạn thư* fait du mal à ses semblables sans qu'ils aient pu se mettre sur leurs gardes; de là cette épirhète métaphorique.

1. Litt. : « *Maintenant — ils sont terre — basse — (et) ciel — haut!* »

2. Litt. : « *Manger — comment, — parler — comment — maintenant?* » « *Ăn nói* » signifie « avoir une manière d'être (quelconque) ».

3. Litt. : « *(Ses) entr ailles — ver à soie — en plusieurs — sections — comme — de la soie — sont embrouillées* ».

On donne ordinairement en poésie aux entrailles l'épithète de « *tằm — ver à soie* » parce que le corps de cet insecte, rétréci de place en place, a une ressemblance éloignée avec les entrailles de l'homme ou des animaux.

4. Litt. : « *Sanh — a (subi le fait que) — (son) phách — était égaré, — (et que son) hồn — échouait.* »

Les voici, maintenant, l'un en bas et l'autre en haut [1]!

Quelle contenance prendre [2]?

Plus l'un et l'autre ils se regardent et plus ils restent interdits.

Mille pensées embrouillées et confuses se combattent dans leur cœur [3].

Intimidée (par sa maîtresse), oserait-elle ne pas obéir?   1820

Elle baisse la tête, incline le visage, et sur le sol fait un prosternement.
Les esprits de *Sanh* l'abandonnent [4]!

«Hélas! Hélas!» pense-t-il, «n'est-ce point *Kiều* qui est là?

«Comment en cet état a-t-elle pu se voir réduite?

«C'en est fait! nous sommes tombés entre les mains (de ma femme)!» 1825

Si elle le reconnaît, il craint qu'elle n'ose parler,

(et) malgré lui les larmes s'échappent de ses yeux [5].

Les deux verbes «*lạc*» et «*xiêu*», réunis d'ordinaire ensemble pour former un verbe composé qui signifie «*s'égarer*», sont dissociés ici par élégance. Les deux expressions «*phách lạc*» et «*hồn xiêu*» sont d'ailleurs transformés en verbes composés par la particule «*dã*» qui les précède.

(Voir, pour la définition du «*phách*» et du «*hồn*» la note sous le vers 116.)

5. Les mots «*giọt — gouttes*» et «*sụt (sùi)* — *verser des larmes*» sont représentés dans le texte en *chữ nom* par le même signe 湥. Cette identité de caractère est logique, car la phonétique 突 *đột* est susceptible de donner les deux sons, et la clef de l'eau est également appropriée au sens général de chacun de ces mots; mais ce double emploi d'un *chữ nom* pour exprimer *dans le même vers*, deux mots de signification différente n'en est pas moins fâcheux. C'est là un des très nombreux inconvénients de ce système d'écriture.

J'ai cru devoir conserver ces caractères tels quels parce qu'ils sont également reproduits dans les deux éditions différentes que je possède; ce qui

Tiểu thơ trông mặt, hỏi tra :

«Mới về, có việc chi mà động dung?»

1830 *Sanh* rằng : «Hiếu phục vừa xong!

«Suy lòng trắc tị; đau lòng chung thiên!»

Khen rằng : «Hiếu tử đã nên!»

Tẩy trần mượn chén giải phiền đêm thu.

---

semble indiquer qu'ils sont généralement adoptés. Il serait du reste assez difficile de les différencier. TABERD donne pour le mot «*giọt*» le même caractère que mes deux éditions.

Quant à «*sụt*», le *chữ nôm* 律 qu'il adopte répond suffisamment au son; mais la clef de l'eau, indispensable ici vu la signification du mot (répandre des larmes), y manque. Peut-être pourrait-on écrire «津».

1. Litt. : «. . . . (les) de la piété filiale — *vêtements* — *tout juste* — *sont achevés!*»

2.

陟彼屺兮。
瞻望母兮。
母曰。嗟予子季行役。
夙夜無寐。
上慎旃哉。
猶來無棄。

«*Trắc bỉ tị hề!*
«*Chiêm vọng mẫu hề!*
«*Mẫu viết : «Ta dư quí hành dịch!*
«*Túc dạ vô mị!*
«*Thượng thận chiên tai!*
«*Du lại vô khí!*

«Gravissant cette colline dénudée,
«je dirige mes regards vers (les lieux où vit) ma mère.
«Hélas!» dit-elle : «mon enfant est au service!
«Le matin, la nuit, il est sans sommeil!

La noble dame le regarde au visage et l'interroge (en ces termes) :

« A peine de retour ici, quelle chose vous attriste ? »

« Je viens de prendre le deuil de mon père ! » dit *Sanh* [1].   1830

« En songeant que je ne le reverrai plus, je suis pensif, je souffre au
» fond du cœur [2] ! »

« Voilà vraiment un bon fils ! » reprend (la dame) avec éloge.

Elle emprunte une tasse au festin d'arrivée (et la lui offre) pour dissiper son chagrin [3].

> « Oh ! qu'il veille bien sur lui-même,
> « pour revenir, pour ne point succomber ! »

Ces paroles sont mises par l'auteur de l'ode IV (livre IX de la première partie du 詩經) dans la bouche d'un jeune soldat du contingent
de 魏 *Nguy* qui regrette d'être obligé de combattre sans gloire pour le
service du roi de 晉 *Tấn*, l'oppresseur de son pays.

能終天年 *Năng chung tiên niên* est un idiotisme qui signifie en
chinois « aller au bout de sa carrière, arriver sans accident au terme de sa vie ».

L'auteur du *Kim vân kiều truyện* s'inspirant des paroles de la strophe
que je viens de citer, fait des deux mots saillants *(trắc tị)* du premier vers
de cette strophe une expression métaphorique à laquelle il donne le sens
de « *regretter un de ses parents* ». Ici, ce parent, c'est le père, et non la mère
comme dans l'ode du 詩經, puisque c'est son père que *Sanh* dit avoir
perdu. D'un autre côté, comme le montre l'idiotisme que j'ai rappelé en
second lieu, 終天 *chung thiên* (litt. : « le terminal — ciel ») doit être pris
dans le sens de « *toute la vie* ». Ces données permettent de saisir le sens
des métaphores tout d'abord singulièrement obscures que contient ce vers,
dont la traduction littérale est :

*« Je réfléchis — (quant à mon) cœur — de monter sur — la colline pelée,
— je souffre — (quant à mon) cœur — du terminal — ciel. »*

De même que, sur « *la colline pelée* », le jeune soldat regrette sa mère
absente, de même *Thục sanh* regrette son père mort ; et son cœur souffre
à la pensée que sa vie entière *(chung thiên)* s'écoulera sans plus jamais le
voir.

3. Litt. : « *Du (festin destiné à) laver — la poussière — elle emprunte —
une tasse — pour dissiper — la tristesse — de la nuit — d'automne* ».

« *Tẩy trần — laver la poussière* », se dit d'un festin de bienvenue que
l'on a coutume, en Chine, d'offrir à un ami qui revient de voyage ; festin

Vợ chồng chén tạc, chén thù;

1835 Bắt nàng đứng chực trì hồ hai nơi.

Bắt khoan, bắt nhặt đến lời;

Bắt quì tận mặt, bắt mời tận tay!

Sanh càng như dại như ngây;

Sụt dài sụt vắn chén đầy chén vơi.

1840 Lặng đi; chợt nói, chợt cười;

Cáo say, chàng đã tính bài lảng ra.

Tiểu thơ vội thét con *Hoa* :

«Khuyên chàng chẳng cạn, thời ta có đòn!»

Sanh càng nát ruột, tan hồn!

1845 Chén mời phải ngậm; bồn hòn trơu ngay!

qui fait le pendant du 餞行 *tiễn hành* dont il a été parlé à l'occasion du vers 873. — Les mots « *đêm thu* » ne sont ici autre chose qu'un remplissage.

1. 酢 *tạc*, se dit du convive qui rend à son hôte toast pour toast. 酬 *thù* exprime la même action venant de l'hôte.

2. Litt. : « ..... à tenir — la bouteille — dans les deux — endroits ».

3. Litt. : « Elle (la) saisit — étendu — elle (la) saisit — resserré — jusqu'à — (un) mot (jusqu'au moindre mot), »

4. Litt. : « Il verse des larmes — en long, — il verse des larmes — en court — (avec sa) tasse pleine — (et sa) tasse — vide ».

La facture du premier hémistiche de ce vers est identique à celle du commencement du vers 1836. *Dài* et *vắn* jouent le même rôle adverbial que *khoan* et *nhặt*. Le second hémistiche pris en entier forme pareillement une expression adverbiale de circonstance.

5. Litt. : « (Si) tu exhortes — mon époux — pas — du fond du cœur .... »

Le mari et la femme font (alors) circuler les coupes[1],

et *(Hoạn Thơ)* force *Kiều* à se tenir près d'eux pour verser le vin à   1835
l'un et à l'autre[2].

Elle saisit la moindre occasion de lui faire des réprimandes[3],

la fait agenouiller à toucher leurs visages, la force à offrir jusqu'à
toucher leurs mains !

Thúc Sanh de plus en plus semble perdre l'esprit.

Que son verre soit plein ou vide, ses pleurs ne cessent de couler[4].

Tantôt il marche en silence, tantôt il parle tout-à-coup; tantôt (en-   1840
fin) subitement il rit.

Il s'excuse, disant qu'il est ivre; il cherche quelque moyen de changer de conversation.

Aussitôt la noble dame accable la servante *Hoa*.

« Si tu mets la moindre mollesse[5] à inviter monsieur à boire, je te
» fais bâtonner! » lui dit-elle.

Sanh, le cœur de plus en plus déchiré, l'âme de plus en plus anéantie,

ne peut avaler le vin qu'on lui offre; il est gorgé d'amertume[6] !   1845

« *Cạn* » est ici pour « *cạn lòng* ». Le premier mot de cette expression
signifie proprement « *à sec* ». Le cœur est comparé à un fleuve, dont les
eaux sont représentées par les sentiments et la volonté. Un fleuve est
à sec lorsqu'il n'y a plus d'eau. Le cœur est « *à sec* » quand les sentiments qu'ils renferment ont été consacrés à un amour, un résultat, une
entreprise quelconque. Les Chinois disent dans le même sens « 盡 心 »,
litt. : « *épuiser son cœur* ».

6. Litt. : « *Les tasses — d'invitation (que sa femme l'invite à boire) — il
lui faut — garder dans sa bouche, — et le* Bổn hồn *— avaler — tout droit !* »

Dans chacun des hémistiches de ce vers le régime direct est placé par
inversion avant le verbe.

Le *Cây bổn hồn (Sapindus saponaria* ou *longifolia) — Saponaria officinalis,*
橀 杋 *P'ên fân* des Chinois, qui a reçu en français le nom d'*Arbre à saponaire,* est un arbre de la famille des Sapindacées dont la baie, écrasée et
macérée dans l'eau, peut, comme notre saponaire officinale, servir au blan-

Tiểu thơ cười tỉnh nói say.

Chửa xong cuộc rượu, lại bày trò chơi.

Rằng : «*Hoa nô* đủ mọi tài!

«Bản đờn thử dạo một bài; chàng nghe!»

1850   Nàng đà tan hoán tê mê!

Vưng lời, ra trước bình the, vặn đàn.

Bốn dây như khóc, như than!

Khiến người trên tiệc cũng tan nát lòng!

Cũng trong một tiếng tơ đồng,

1855   Người ngoài cười rộ, người trong khóc thầm!

Giọt châu lã chã khôn cầm.

Cúi đầu, chàng những bặt thầm giọt *Tương!*

Tiểu thơ lại thét lấy nàng:

---

chissage à la manière du savon. Comme ces baies sont fort amères, le poète les emploie ici métaphoriquement pour exprimer la douleur dont est abreuvé *Thúc sanh.*

1. Elle se moque de son mari.

2. L'expression «*trò chơi*» qui signifie littéralement «*un divertissement*» doit être prise ici dans le sens spécial de «*divertissement musical, concert*».

3. Il s'agit du grand paravent que l'on place à l'intérieur, en face de la porte d'entrée, pour intercepter la vue du dehors.

4. Litt. : «*Tout aussi bien — dans — l'unique — son — de la soie — et du Đồng (gît une vertu merveilleuse, qui fait que . . . .)*»

Par «la soie et le *đồng*» le poète entend l'instrument dont joue *Túy kiều.*

La dame rit de sang froid et parle comme si elle était ivre [1].

On n'a pas fini de boire qu'elle organise un concert [2],

disant : « *Hoa nô* possède tous les talents !

« Elle va, pour vous divertir, essayer de vous jouer un morceau. Ô
» mon ami, écoutez la ! »

La jeune femme, que le désespoir égare,   1850

obéit, se place devant le paravent [3], et met son instrument d'accord.

Les quatre cordes semblent pleurer, elles semblent gémir !

Les deux convives, à cette musique, sentent leur cœur se déchirer !

Par la seule vertu des sons que rendent le *đồng* [4] et la soie,

en dehors *Sanh* rit aux éclats ; en dedans il verse des larmes !   1855

Ses pleurs coulent en abondance ; il ne peut les retenir.

La tête baissée, en cachette, il leur donne un libre cours [5].

La dame fait à *Kiều* reproches sur reproches :

Le 桐樹 *Đồng thọ (Elœococca sinensis)* est, dit M. WELLS WILLIAMS,
un grand arbre appartenant à la famille des Euphorbiacées, dont le bois
léger et durable sert à faire des instruments de musique.

Un jour le célèbre lettré 蔡邕 *Thái Ung*, musicien renommé, était
assis au coin du feu dans la maison d'un hôte chez lequel il s'était réfugié.
Tout-à-coup il entendit craquer un morceau de *Đồng* que l'on avait déposé
dans le foyer. Le son de ce bois lui parut si beau et si clair, qu'il tira du
feu la bûche qui commençait à se consumer, et en fabriqua une guitare.
C'est de ce fait que l'expression de « *soie et đồng* » tire son origine. La
« soie » désigne les cordes de l'instrument ; le « *đồng* » en désigne le corps.

5. Litt. : « . . . . des *gouttes* — (du fleuve) *Tương* ».

«Cuộc vui kháy khúc đoạn tràng ấy chi?

1860   «Sao chẳng biết ý tứ gì!

«Cho chàng buồn bã, tội thì tại ngươi!»

Sanh càng thẩm thiết bồi hồi.

Vội vàng càng nói càng cười cho qua.

Khúc rồng canh đã điểm ba.

1865   Tiểu thơ nhìn mặt; dường đà cam tâm!

Lòng riêng khấp khởi mừng thầm;

Buồn nầy đã bỏ đau ngầm xưa nay!

Sanh thời gan héo, ruột gầy!

Nỗi lòng càng nghĩ, càng cay đẳng lòng.

1870   Người vào chung gối loan phòng;

Nàng ra dựa bóng đèn chong canh dài.

Đến nay mới biết đầu đuôi!

Máu ghen đâu có, lạ đời nhà ghen!

1. Litt. : « *De toute manière — ne pas — je sais — (en fait d') idée — quoi!* »

2. Litt. : « *. . . . pour — passer* ».

3. Litt. : « *(Par) cette tristesse — elle a laissé de côté — la douleur — secrète — de jusqu'à ce jour!* »

4. Litt. : « *. . . . foie — pâle — entrailles — maigres!* » Ces quatre mots forment par position une sorte d'adjectif composé.

5. Litt. : « *Il entre — mettre en commun — l'oreiller — de la chambre de*

« Pourquoi », lui dit-elle, « jouez-vous ce morceau mélancolique dans
  » un moment où l'on se réjouit ?

« Cela est inconcevable [1] ! quelle idée avez-vous donc ?   1860

« Si mon époux est attristé, c'est à vous qu'il faut s'en prendre ! »

La douleur de *Sanh* devient toujours plus profonde ; toujours davantage se gonfle son cœur.

Ses paroles se pressent de plus en plus, de plus en plus il rit pour
  faire bonne contenance [2].

Mais voilà que le tambour a marqué la troisième veille.

La dame les regarde au visage ; il lui semble que leurs cœurs sont 1865
  d'accord (dans la douleur).

En elle-même elle est ravie !

Cette tristesse la venge du dépit que jusqu'à ce jour elle renferma
  dans son cœur [3] !

L'âme de *Sanh* est abattue [4] !

Plus il réfléchit en lui-même, et plus il ressent d'amertume.

Il entre dans la chambre conjugale ; sur l'oreiller commun il repose 1870
  sa tête [5].

Pour *Kiều*, elle s'en va ; appuyée (sur une table), toute la nuit elle
  veille à la lueur de sa lampe.

Elle comprend tout [6] à cette heure !

Là où la jalousie règne, il se passe d'étranges choses [7] !

Loan (de la chambre ornée de tentures brodées représentant les oiseaux fabuleux
appelés Loan) ».

6. Litt : « . . . . *la tête — et la queue* ».

7. Litt : « . . . . *sont étranges — (quant au) monde — les familles (les per-*
sonnes) — qui sont jalouses ! »

Le mot « *nhà — maison, famille* » est souvent employé, notamment en
poésie, pour désigner soit des personnes, soit surtout des catégories de
personnes prises en général.

Chước đâu rẽ túy chia uyên?

1875   Ai ra đàng nấy, ai nhìn được ai?

Bây giờ một đất một trời,

Hết đều dùi thẳng! Hết đều thị phi!

Nhẹ như bức, nặng như chì,

Gỡ sao ra nợ? Còn gì là duyên?

1880   Lỡ làng chút phận thuyền quyên,

Bể sâu, sóng cả! Có tuyền được vay!

Một mình âm ỷ đêm chầy;

Dĩa dầu vơi, nước mắt đầy năm canh!

Sớm khuya hầu hạ đài dinh,

1885   *Tiểu thơ* chạm mặt, đè tình, hỏi tra.

Lựa lời, nàng mới thưa qua;

Phải khi mình lại xót xa nỗi mình!

Tiểu thơ lại hỏi *Thúc sanh* :

---

1. Litt. : « *Sont finies — les choses — incertaines; — sont finies — les cho-ses — de oui — et non!* »

2. Litt. : « *. . . . encore — quoi — est — (son mariage)* ».

3. Litt. : « *(Quant à) la mer — profonde — et au fleuve — grand, — avoir — (le fait d') accomplir en entier ses devoirs — pourra-t-elle ainsi?* »

Par quel artifice a-t-on pu du *Túy* séparer le *Uyên?*

Chacun va de son côté, sans qu'aucun des deux puisse reconnaître 1875
l'autre!
Maintenant qu'ils habitent la même terre, qu'ils sont sous le même
ciel,
Aucun doute n'est plus possible; toute incertitude a cessé¹!

Qu'elle soit légère comme le jonc à moëlle, qu'elle soit lourde comme
le plomb,
comment se délivrerait-elle de sa dette d'infortune? et que sont de-
venus (ses projets d')union²?
Pauvre fille de talent égarée loin de sa voie, 1880

dans cet abîme de malheur comment remplir sa mission³?

Toute la nuit elle est seule, toute la nuit elle gémit.

L'huile de lampe s'épuise; mais tout le long des cinq veilles ses larmes ne tarissent point!
(Pendant que), matin et soir, elle faisait dans la maison son office de
servante,
la noble dame, par surprise, se rencontrait face à face avec elle. Elle 1885
guettait ses allures, elle l'accablait de questions.
La jeune femme, pour répondre, avait à peser ses paroles,

et rencontrait mainte occasion de déplorer son triste sort.

La dame, de nouveau, interrogea *Thúc Sanh.*

Le mot «*tuyên*» n'est pas ici l'adjectif signifiant «entier»; c'est un verbe
dont le sens est : «*accomplir tout ce qui est demandé de nous (to do all that
is required*». Voy. WELLS WILLIAMS, au car. 全). *Túy Liễu* vient de penser
à l'anéantissement des projets d'union qu'elle avait formés; et elle se la-
mente de ce qu'il ne lui sera jamais possible, à ce qu'elle croit, d'accomplir envers *Kim trọng* tous les devoirs qui incombent à une épouse.

5*

«Cậy chàng tra lẫy thiệt tình cho nao!»

1890   *Sanh* đã rát ruột như bào!

Nói ra chẳng tiện, trông vào chẳng đang.

Những e lại lụy đến nàng,

Phô sòng mới sẽ liệu đàng hỏi tra.

Cúi đầu, quì trước sân hoa,

1895   Bạch cung nàng mới lên qua một tờ.

Diện tiền trình với *Tiểu thơ*;

Thoát xem dường có ngẩn ngơ chút tình.

Liền tay trao lại *Thúc sanh*,

Rằng : «Tài nên trọng, mà tình nên thương!

1900   «Ví sinh có số giàu sang.

«Giá nầy dẫu đúc, nhà vàng cũng nên!

---

1. Litt. : « *Sanh* — *dès à présent* — *ressentait une douleur cuisante* — *(quant à ses) entrailles* — *comme si* — *on les rabotait!* »

2. Litt. : « *(Quant à) s'expliquer* — *ne pas* — *c'était commode;* — *en regardant en (lui-même)* — *ne pas* — *il se regardait comme capable* ».

Ce vers est un modèle de parallélisme. Chaque mot du dernier hémistiche présente exactement la même valeur grammaticale que celui qui lui correspond dans le premier. De plus, les particules des verbes forment entre elles une opposition fort heureuse.

3. Litt. : « *Sân hoa — la cour fleurie* » est une de ces expressions vagues et purement *ornamentales* que l'on rencontre assez fréquemment dans les poésies annamites. Ici, elle désigne les maîtres de *Túy kiều.*

«A propos!» lui dit-elle, «tirez donc tout cela au clair!»

Sanh était sur les épines[1]!   1890

Parler n'était guère facile, il ne s'en sentait point capable[2];

mais, craignant pour la jeune femme de fâcheuses conséquences,

il tâta le terrain pour risquer l'interrogatoire.

Túy Kiều incline la tête, se prosterne devant ses maîtres[3],

et présentant une supplique en blanc[4],   1895

elle explique sa position en présence de la noble dame.

Une impression de pitié soudain semble émouvoir le cœur de celle-ci.

Elle passe la supplique à *Thúc Sanh.*

«Son talent», dit-elle, «est digne d'estime; ses sentiments excitent
»la compassion.

«On dirait qu'elle était née pour être heureuse et distinguée.   1900

«Avec sa valeur en or on pourrait fondre une maison[5]!

---

4. Litt. : «*De blanche — supplique — la jeune fille — alors — élève — une — feuille*».

Dans les cas très graves les plaignants ont le droit d'arrêter un mandarin sur la voie publique et de lui présenter une feuille de papier blanc. La nature même de cette sorte de supplique fait connaître au fonctionnaire l'importance de l'affaire qui la motive. Ici, c'est le désespoir où est réduite *Kiều* qui la pousse à prendre ce parti extrême.

5. Litt. : «*Ce prix-ci, — si — on (le) fondait, — une maison — d'or — tout aussi bien — deviendrait (serait élevée)!* — si sa valeur était représentée par de l'or, il y en aurait assez pour bâtir une maison».

Nous disons «*un objet, un cheval de prix*»; les Annamites appliquent cette expression aux personnes elles-mêmes.

«Bể trần chìm nổi thuyền quyên.

«Hữu tài! Thương nỗi vô duyên lạ đời!»

Sanh rằng : «Thiệt có như lời,

1905 «Hồng nhan bạc mạng một người, nào vay?

«Ngàn xưa âu cũng thế nầy!

«Từ bi âu liệu bớt tay; mới vừa!»

Tiểu thơ rằng : «Ý trong tờ,

«Rắp đem mạng bạc, xin nhờ cửa không.

1910 «Thôi, thì thôi! Cũng chìu lòng!

«Cũng cho cho nghỉ trong vòng bước ra.

«Sẵn *Quan âm* các vườn ta.

«Có cây trăm thước; có hoa bốn mùa.

1. Litt. : «*(Quant à ce qu'en fait de) vermeil — visage — (et de) blanche — destinée — (il y ait) une unique — personne, — est-ce que donc — c'est ainsi?»* Les qualificatifs «*hồng — vermeil*» et «*bạc — blanche*» sont employés parallèlement l'un à l'autre, de même que les substantifs «*nhan — visage*» et «*mạng — destinée*» auxquels ils se rapportent. Les mots «*một người — une personne*» deviennent par position une expression verbale impersonnelle; pour la même raison «*vay* (pour *vậy*) — *ainsi*» joue le rôle de verbe.

2. Litt. : «*pendant dix mille autrefois*»

3. Litt. : «*(Vous montrant) douce — il convient de — voir à — diminuer — (votre) main — et alors — ce sera — (comme il convient)!»*

4. Litt. : «*Directement — apportant — sa destinée blanche — elle demande à — profiter — d'une porte — vide*». Il y a parallélisme de position et de sens entre les deux adjectifs «*bạc*» et «*không*».

« C'est une fille bien élevée qu'a submergée l'océan de ce monde.

« Elle est habile, et j'ai pitié de son étrange infortune ! »

« S'il en est comme vous dites », lui répondit *Sanh,*

« n'y a-t-il donc que cette femme à qui sa beauté fasse un destin mal- 1905
» heureux [1] ?
« Il en fut de tout temps [2] comme il en est aujourd'hui !

« Montrez-lui quelque douceur ; pesez sur elle d'une main moins
» lourde, et tout sera pour le mieux [3] ! »
« Si je comprends bien sa supplique », reprit *Hoạn thơ,*

« elle nous demande un refuge où abriter son infortune [4].

« Eh bien ! après tout, j'y consens !   1910

« Je lui permets de résider auprès (de notre demeure) [5].

« Justement dans le jardin est un temple de *Quan âm.*

« Il s'y trouve des arbres de cent coudées, des fleurs de toute saison [6],

_____

5. Litt. : « *Tout aussi bien — accordant — je donne à — elle — dans —
le cercle (de notre famille) — (la faculté) de marcher — (et) sortir (d'aller et
de venir)* ».

L'expression qu'emploie ici le poète se rapproche assez de notre locution métaphorique : « graviter dans l'orbite de quelqu'un ».

6. Il y a là un double sens.

La première interprétation est la plus naturelle ; c'est que dans le jardin de la pagode se trouvent de grands arbres et des fleurs en toute saison ; mais, en outre, il faut savoir qu'on désigne sous le nom d' « *arbres de
cent coudées* » les baguettes odoriférantes que les bonzes brûlent dans les
pagodes. Ils doivent, *tout le long de l'année*, faire leurs dévotions devant ces
baguettes allumées. De là la qualification de « *hoa bốn mùa — des fleurs des
quatre saisons* » que l'on donne à leurs prières.

«Có cổ thọ, có san hô.

1915 «Cho nàng ra đó giữ chùa tụng kinh!

«Tưng tưng, trời mới bình minh,

«Hương hoa ngũ cúng sắm sanh lễ thường».

Đưa nàng đến trước *Phật* đường;

Tam qui, ngũ giái, cho nàng xuất gia.

1920 Ao xanh đổi lấy ca sa;

Pháp danh lại đổi tên ra *Trạc tuyền*.

Sớm khuya tính đủ dầu đèn;

Xuân thu cắt sẵn hai tên hương trà.

Nàng từ lánh gót vườn hoa,

1925 Dường gần rừng tía, dường xa bụi hồng.

---

1. Par «*Tam qui — les trois refuges* (en sanscrit *Tricharana*)» on entend la profession de foi bouddhiste, qui consiste dans les formules suivantes : «歸依佛 *Qui y Phật* — *Je me réfugie en Bouddha*», «歸依法 *Qui y pháp — Je me réfugie en Dharma (la loi religieuse)*», et «歸依僧 *Qui y tăng — Je me réfugie dans l'état religieux (Sangha)*».

Les «*cinq Défenses (Pancha Vêramanî)*» sont les suivantes :

1° Ne tuez pas ce qui a vie.

2° Ne volez pas.

3° Ne soyez pas luxurieux.

4° Ne parlez pas à la légère.

5° Ne buvez pas de vin.

(W. F. Mayers, *Chinese reader's manual.*)

2. Le vêtement des bonzes s'appelle en annamite «*áo ca sa*». Il est fait de morceaux d'étoffe jaune rapportés.

« de vieux arbres, des viviers, des rocailles.   1915

« Qu'elle s'y rende et garde la pagode en psalmodiant des prières !

« Alors que l'aurore amène les premières clartés du jour,

« elle préparera les cinq offrandes d'épices et disposera tout pour les
  » cérémonies accoutumées ».
On conduisit la jeune femme dans le temple de Bouddha

pour qu'elle y menât la vie religieuse en faisant la profession de foi, 1920
  en observant les cinq défenses [1].
Elle changea ses vêtements bleus contre la robe des bonzesses [2],

et son nom (mondain) contre le nom religieux de *Trạc tuyền* [3].

Matin et soir on lui mesurait l'huile, on lui comptait les bougies suffisantes,
et, pour toute l'année, deux petits serviteurs lui furent assignés [4].

Depuis que dans ce jardin elle s'était retirée,   1925

il lui semblait qu'elle se rapprochait de la sainteté, qu'elle s'éloignait
  des souillures humaines [5].

3. Ce nom signifie « *la source purifiante* ».

4. Litt. : « *Pour le printemps — et l'automne — (on lui) désigna — tout
prêts — deux — noms — d'encens — et thé* ».

Les petits serviteurs désignés sous le nom de « *hương trà* » ont, comme
leur nom l'indique, pour attributions principales d'allumer l'encens et de
servir le thé.

5. Litt. : « *Elle était comme — près de — la forêt — violette, — elle était
comme — loin de — la poussière — rouge* ».

Dường est verbe par position.

Dans la phraséologie bouddhique, le mot « *rừng — forêt* » désigne la
sainteté, parce qu'elle est réputée s'acquérir dans les monastères, lesquels
sont situés au sein des forêts qui couvrent les montagnes. Quant au mot
« *tía* », il est là pour faire pendant à l'adjectif « *hồng* » qui occupe la place
correspondante dans le dernier hémistiche.

Nhân duyên đâu lại còn mong?

Khỏi đều thẹn phấn, tủi hồng, thì thôi!

Phật tiền thảm lấp, sầu vùi;

Ngày phô, thủ tự; đêm nồi tâm hương.

1930   Cho hay giọt nước nhành dương,

Lửa lòng tưới tắt mọi đường trần duyên.

Sồng nâu từ trở màu thuyền,

Sân thu trăng đã vài phen đứng đầu.

Quan phòng, thẹn nhặt, lưới mau!

1935   Nói cười trước mặt, rơi châu vắng người!

Các kinh viện sách đôi nơi!

« *Bụi hồng* » est la traduction annamite de l'expression chinoise « 紅塵 *hồng trần — la poussière rouge* ». Par « 塵 *trần — poussière* », les bouddhistes entendent tout ce qui attire dans le monde, tout ce qui tient à l'intérêt ou à la vanité humaine, tous les attraits que la matière exerce sur nous, et qu'ils rangent dans les six catégories suivantes, appelées par eux les six 塵 (六塵 *lục trần*, en sanscrit *Bâhya ayatana*) :

1° 色 *Sắc*, la forme (sansc. *Rûpa*).

2° 聲 *Thinh*, le son (sansc. *Sadda*).

3° 香 *Hương*, l'odorat (sansc. *Gandha*).

4° 味 *Vị*, le goût (sansc. *Rasa*).

5° 觸 *Xúc*, le toucher (sansc. *Pôttabha*).

6° 法 *Pháp*, la perception du caractère ou de l'espèce (sansc. *Dharma*). On dit que ces 塵 sont « rouges », parce que de même que le rouge,

Pouvait-elle rêver encore au bonheur de cette terre?

Elle était désormais affranchie des honteuses vanités du monde [1]!

Devant l'autel de *Phật,* elle sentait s'engourdir sa tristesse [2].

Le jour elle pratiquait l'abstinence [3], elle gardait la pagode; la nuit dans le brûle-parfums elle entretenait l'encens.

Il faut savoir que les gouttes de l'eau qui jaillit de la branche de *Dương*   1930

calment par leur fraîcheur le feu des passions en effaçant toute souillure mondaine.

Depuis que, revêtant la robe brune [4], elle était entrée en religion,

la lune plusieurs fois dans la cour avait brillé sur sa tête.

La porte était soigneusement fermée; (elle était là comme un oiseau que le) filet enserre.

En présence des autres elle parlait gaiement; seule, elle répandait des larmes!   1935

Le palais de la prière et le cabinet d'étude étaient éloignés l'un de l'autre [5];

étant une couleur éclatante, attire les regards, de même ils attirent sur eux l'attention de notre esprit.

1. Litt. : « *Elle échappait à — la chose — d'avoir honte de — le fard, — de déplorer — le rouge, — et voilà tout!* »

2. Litt. : « *Devant le Bouddha — (son) affliction — était couverte de terre, — (sa) tristesse — était couverte de terre* ».

3. Les bonzes font abstinence tous les jours.

4. Litt. : « *(Quant à) la couleur de sŏng — brun — depuis qu' — elle était retournée à — la couleur — du bouddhisme,* »

Le *sŏng* est une écorce qui fournit la couleur jaune marron avec laquelle on teint l'étoffe qui sert à faire les habits des bonzes.

Le mot « *thuyền* » dit M. WELLS WILLIAMS, signifie : « demeurer assis, plongé dans une contemplation abstraite, comme cela est requis pour le « *dyana* » ou abstraction; d'où ce mot est devenu un des termes par lesquels on désigne les prêtres de Bouddha », et par extension les bouddhistes en général.

5. Litt. : « . . . . *(étaient) deux — endroits* ».

Trong gang thước lại bi mười quan san!

Những là ngậm thở ngùi than,

Tiểu thơ phải buổi vấn an về nhà.

1940 Thừa cơ *Sanh* mới lén ra;

Xăm xăm đến mái vườn hoa với nàng.

Sụt sùi kể nỗi đoạn tràng;

Giọt châu tầm tả ướt tràn áo xanh!

Rằng : «Cam chịu bạc với tình!

1945 «Chủ đông để tội một mình cho hoa?

«Thấp cơ thua trí đờn bà;

«Trông vào, đau ruột; nói ra, ngại lời!

«Vì ta cho lụy đến người;

---

1. Litt. : « *Dans — un empan — de coudée, — en outre, — elle était triste — (quant à) dix — passages — de montagnes* ».

Après le goût du parallélisme, celui qui domine le plus chez les poètes annamites est le goût des oppositions. Ce vers en est un exemple assez remarquable. L'auteur parle ici de *dix passages de montagnes* pour exprimer le grand éloignement où *Kiều* se trouve des siens, parce que c'est par les passages que l'on franchit les montagnes, et que plus il y en a, plus cela suppose de montagnes placées les unes derrière les autres, et, par conséquent, plus la distance est grande. Il ne faut pas oublier que le pays où se passe l'action du poème est une région très montagneuse. « *Mười — dix* » est pris ici pour une quantité indéterminée, mais considérable.

2. Litt. : « *Les gouttes — de perles — abondamment — en le mouillant — débordaient sur — son vêtement — bleu* ».

Le mot « *xanh — bleu* » n'a ici d'autre emploi que de rimer avec le mot

Mais toute enfermée qu'elle était dans un espace resserré, là bas, par
delà les montagnes, au loin sa pensée s'envolait !

Pendant qu'elle gémissait en son cœur et se livrait à la tristesse,

il advint que la grande dame alla visiter sa famille.

Sanh profita de l'occasion; il sortit en cachette   1940

et se rendit tout droit au jardin de la pagode pour y rejoindre *Kiều*.

Tandis qu'elle lui contait en pleurant ses infortunes,

des flots de larmes qu'il versait son vêtement était trempé [1].

«Je l'avoue», dit-il, «j'ai payé votre affection d'ingratitude [2],

« et moi qui pourtant suis le maître, j'ai laissé tomber sur vous seule 1945
» ce malheur [3]!

«Je me suis laissé vaincre par la ruse et la finesse d'une femme!

«Quand je fais un retour sur moi-même, je sens mon cœur se déchi-
» rer! Lorsque je veux parler, mes paroles meurent dans ma gorge [4]!

« C'est moi qui causai votre infortune;

«*ỉnh*» qui termine le vers suivant. Dans les habitudes de la prosodie annamite, les deux sons «*anh*» et «*inh*» sont, en effet, considérés comme rimant
ensemble. *Kiều* ne porte pas réellement un vêtement bleu, puisqu'on a vu
quelques vers plus haut qu'elle l'avait échangé contre la robe jaune brun
des bonzesses.

3. Litt. : «..... *De plein gré — je confesse — avoir été ingrat — avec
(envers) — (votre) affection*»,

4. Litt. : «*(Moi qui) gouverne — l'Orient — ai laissé — la faute (le malheur) — tout seul — à — la fleur (à vous)!*»

5 Litt. : «*(Quand) je regarde (cela) en dedans (de moi-même) — je souffre
— (quant à mes) entrailles; — (quand) j'en parle — en dehors (de moi-même)
— je suis obstrué — (quant à mes) paroles!*»

Ce vers est un modèle de parallélisme au point de vue du rôle grammatical des mots et de l'opposition des idées On voit en effet qu'il n'est

«Cát lầm, ngọc trắng, thiệt thòi xuân xanh!

1950   «Quản chi lên các, xuông gành?

«Cũng toan sống thác với tình cho xong!

«Tông đường chút chửa cam lòng;

«Căn răng bẻ một chữ đồng làm hai!

«Thẹn mình đá nát vàng phai!

1955   «Trăm thân dễ chuộc một lời được sao?»

Nàng rằng : «Chiếc bá sóng đào

«Phù trầm cũng mặc lúc nào rủi may!

«Chút thân quằn quại vùng vẫy,

pas un verbe, une particule, un substantif du premier hémistiche qui n'ait son pendant dans le second.

1. Litt. : «*(Que le) Dolique rampant — a trempé dans l'eau — (et) la pierre précieuse — blanche — a été endommagée — dans (son) printemps!*»

2. Litt. : «*Je tiendrais compte — en quoi — de monter dans — un palais, — de descendre — une falaise?*»

宗堂 *Tông đường*» est une expression chinoise qui signifie «*celui qui préside aux ancêtres*», c'est-à-dire le chef de la famille, qui a seul mission d'accomplir les cérémonies de leur culte.

3. Litt. : « *Il mord — (ses) dents — (de ce que), rompant — l'unique — caractère — đồng (ensemble), — on en a fait — deux!* »

L'expression «*căn răng — supporter avec beaucoup de peine* (litt. : *mordre ses dents)*» constitue un verbe actif composé dont le régime direct est la proposition entière qui le suit — Le père de *Thúc sanh* croit encore que *Túy kiều* a péri dans l'incendie de sa maison.

4. . . . . de ce qu'une personne d'une telle valeur succombe par ma faute sous le poids d'une semblable infortune.

5. Allusion à la première strophe de l'ode du **詩經** intitulée «**柏舟** *Bá châu — le bateau de cyprès*».

« c'est par moi que s'est flétrie votre fraîche et brillante jeunesse[1]!

« Que ne ferais-je point (pour vous plaire)[2]? 1950

« Que je vive ou que je meure, je veux être digne de vous!

« Le chef de ma maison [2] n'est nullement consolé encore,

« et il est irrité de voir notre union rompue [3]!

« Je suis honteux de ce que la pierre est brisée, de ce que l'or est
» terni [1]!

« Que ne puis-je au prix de cent vies racheter la parole (violée).» 1955

« Telle », dit *Kiều,* « qu'un bateau de cyprès [5] emporté par les grands
» flots,

« au gré du bonheur ou de l'infortune je flotte ou je suis submergée!

« Pendant que je me débattais (contre les malheurs qui m'accablent)[6],

以　微　如　耿　亦　汎
敖　我　有　耿　汎　彼
以　無　隱　不　其　柏
遊。酒。憂。寐。流。舟。

« *Phiếm bỉ bá châu!*
« *Diệc phiếm kỳ lưu!*
« *Cánh cánh bất mị,*
« *Như hữu ẩn ưu.*
« *Vi ngã vô tửu*
« *Dĩ ngao di du.*

« Flottant à l'aventure, il s'en va, le bateau de cyprès!
« Il flotte à l'aventure, et le courant l'emporte!
« Sans repos comme sans sommeil,
« Je suis semblable à un blessé qui souffre!
« Ce n'est pas que je manque de vin
« pour errer çà et là au gré de mon caprice!»
Le bois de cyprès est réputé propre à construire des barques.
6. Litt. : «*(Pendant que mon) peu — de corps — pliant sous le poids —
se démenait,*»

«Sống thừa còn tưởng đến rày nữa sao?

1960   «Cũng liều một giọt mưa đào;

«Mà cho thiên hạ trông vào, cũng hay!

«Chút vì cầm đã bén dây,

«Chẳng trăm năm, cũng một ngày duyên ta!

«Liệu mà mở cửa cho ra!

1965   «Ấy là tình nặng; ấy là ơn sâu!»

Sanh rằng : «Riêng tưởng bấy lâu!

«Lòng người nham hiểm! Biết đâu mà lường?

«Nữa khi dông tố phụ phàng,

«Có riêng đấy cũng lại càng cực đây!

1970   «Liệu mà xa chạy cao bay!

«Ái ân ta có ngằn nầy mà thôi!

«Bây giờ kẻ ngược người xuôi;

«Biết bao giờ lại nối lời nước non?»

---

1. Litt. : «*Tout aussi bien — je me suis exposée à — une — goutte — d'averse*».

2. Notre amour a pris naissance.

3. L'expression «*trăm năm — cent ans*» signifie «*toute la vie*».

4. Litt. : «*(S'il) y avait — du particulier — là, — tout aussi bien — en retour — d'autant plus — ce serait douloureux — ici!*»

« aurais-je pu m'attendre à vivre jusqu'à ce jour ?

« J'ai dû subir quelques tracas [1], 1960

« et si je me laissais voir, (votre femme) le saurait.

« Quoi qu'il en soit, le *cẩm* avait été mis d'accord [2],

« et notre union a duré sinon cent ans [3], du moins un jour !

« Voyez à m'ouvrir la porte afin que je puisse sortir !

« Ce sera là une grande preuve d'affection ! Ce sera un bienfait 1965
» signalé ! »

« Je n'ai jamais cessé d'y penser ! », (lui) dit *Sanh* ;

« (mais) ma femme est méchante et dissimulée ! Comment savoir ce
» qu'il faut faire ?

« Si quelque tempête venait à nous séparer de nouveau

« et qu'il vous survînt quelque ennui, j'en souffrirais plus encore que
» vous [4] !

« Efforcez-vous de vous enfuir bien loin [5], 1970

« et notre amour toujours sera le même !

« Nous sommes aujourd'hui séparés l'un de l'autre [6] !

« qui sait quand nous pourrons renouer l'union que nous nous jurâmes [7] ?

« *Đấy* », mot tonkinois qui est synonyme de « *đó* — *là* » signifie ici « *vous* »,
de même que « *đây* — *ici* » signifie « *moi* ».

5. Litt. : « *Voyez à — loin — courir, — haut — voler,* »

6. Litt. : « *Maintenant — (il y a) celui qui — est à contre — courant —*
(et) la personne — (qui va) dans le sens du courant !* »

7. Litt. : « *... de nouveau — nous joindrons — les paroles — d'eaux —*
(et) de montagnes ?* »

Dẫu rằng : «Sông cạn, đá mòn,

1975 «Con tằm đến chết cũng còn kéo tơ!»

Cùng nhau kể lể sau xưa.

Nói rồi, lại nói; lời chưa hết lời!

Mặt trông, tay chẳng nỡ rời!

Hoa tì đã động tiếng người nẻo xa.

1980 Ngẩn ngơ nói tủi, đứng ra;

Tiểu tho đâu đã thềm hoa bước vào!

Cười cười, nói nói ngọt ngào.

Hỏi chàng : «Mới ở chốn nào lại chơi?»

Dối quanh, *Sanh* mới liệu lời :

1985 «Tầm hoa quá bước, xem người viết kinh».

Khen rằng : «Bút pháp đã tinh!

«So vào với thiếp *Hương đình* nào thua?

---

1. *Sanh* veut dire par là qu'aucune circonstance ne peut les empêcher de s'aimer. Puisque des situations impossibles à réaliser ne sauraient amener ce résultat, à plus forte raison en est-il ainsi de celles qui sont possibles.

2. Nous nous aimerions toujours de même.

3. Litt. : « *Elle riait, — riait, — disait — disait — (des choses) mielleuses.* »

4. Elle fait semblant de ne pas reconnaître son mari et de le prendre pour un étranger.

5. Une des fonctions de *Túy kiều* dans la pagode était d'y écrire des

« Quand les fleuves seraient à sec, quand les pierres seraient usées[1],

« le ver à soie, jusqu'à sa mort, filera toujours son cocon[2]. 1975

Ensemble ils s'entretenaient de l'avenir et du passé.

Quand ils avaient fini de parler, de rechef ils parlaient encore; leur
    langue était infatigable!
Ils se regardaient, et leurs mains ne pouvaient se séparer.

Une servante (vint les prévenir) qu'au dehors on entendait du bruit.

(Sanh), indécis, exprima sa douleur; il se préparait à partir, 1980

quand, tout-à-coup la noble dame s'avança sous la vérandah fleurie.

Son visage était riant, sa parole mielleuse et aisée[3].

» D'où êtes-vous venu vous promener ici?» demanda-t-elle (à Thúc
    sanh)[4].
Ce dernier, alors, chercha des détours :

« Je cueillais des fleurs », dit-il. « Entraîné trop loin dans ma course, 1985
    » (j'ai) profité de l'occasion pour visiter (cette) personne qui écrit
    » des oraisons[5].
« Elle a une main merveilleuse ! » ajouta-t-il en louant (Kiều).

« Comparées au modèle de Huong đình[6], ses œuvres, certes! n'auraient
    » point le dessous!

prières. — Ce vers, extrêmement concis, ne peut être complétement rendu
en français que par une phrase assez longue.
    6. 香亭 Thuong đình — le pavillon des parfums, plus communément
nommé 蘭亭 Lan đình — le pavillon du Lan (Epidendrum), était au
IVᵉ siècle de l'ère chrétienne, le rendez-vous d'un cercle de lettrés distingués et joyeux dont les compositions en prose et en vers étaient transcrites
par la main du célèbre calligraphe 王羲之 Vuong hy chi. On a gravé,
à différentes époques, des facsimile de ses textes sur des tables de marbre,

6*

«Tiếc thay lưu lạc giang hồ!

«Ngàn vàng thiệt cũng nên mua lấy tài!»

1990 «Thuyền trà rót nước *Hồng mai;*

Thong dong nối gót, thơ trai cũng về.

Nàng càng e hĩ ủ ê;

Dí tai hỏi lại hoa tì trước sau.

Hoa rằng : «Bà đến đã lâu!

1995 «Chôn chơn đứng nép, độ đâu nửa giờ.

«Rành rành chơn tóc kẻ tơ;

«Mấy lời nghe hết đã dư tỏ tường;

«Bao nhiêu đoạn khổ, tình thương,

«Nỗi ông vật vã, nỗi bà thở than!

2000 «Dặn tôi đứng lại một bên;

---

et les reproductions de ces inscriptions sont connues sous le nom du pavillon d'où provenaient les originaux.

Ce 王羲之 *Vương hy chi* ou 逸少 *Dật thiếu* vécut de l'année
321 à l'année 379 de l'ère chrétienne. C'était un fonctionnaire distingué.
mais il est particulièrement célèbre pour son talent d'écrivain. C'est à lui
que l'on doit en très grande partie les principes de l'écriture moderne. On
lui attribue l'invention de la forme appelée 楷書 *giai thơ*. Il est désigné
souvent sous le nom de 王右軍 *Vương hữu quân*, à cause du titre de
sa charge qui était celle de « 右軍將軍 *Hữu quân tướng quân*».
(MAYER's, *Chinese reader's manual.*)

    1. Litt. : «. . . . (dans) les fleuves — et les lacs,»

« Pauvre femme! Dans ce monde[1], égarée loin de sa voie,

« en vérité son talent vaudrait bien mille pièces d'or! »

(Kiều) leur versa le thé de *Hồng mai*, 1990

puis, avec une allure pleine d'aisance, ils retournèrent chez eux de
    compagnie[2].
La jeune femme, de plus en plus soucieuse,

parlant à l'oreille de la servante, lui demanda le détail (de ce qui
    s'était passé)[3].
« Cette dame », dit celle-ci, « était là depuis longtemps.

« Elle s'est tenue immobile, aux aguets dans un coin, environ une 1995
    » demi-heure.
« Elle a saisi jusqu'à la moindre chose[4],

« et, sans en perdre une seule, a entendu toutes vos paroles[5];

« toutes vos paroles de tristesse, toutes vos paroles d'amour,

« ce que vous disiez en contant vos peines, les soupirs que madame
    » a poussés!
« Elle m'a commandé de rester debout auprès d'elle; 2000

---

2. Litt. : « *Avec aisance — joignant — les talons (de l'un à ceux de l'autre),
— (à) des livres — le cabinet — tout aussi bien — ils s'en retournèrent* ».

3. Litt. : « . . . . . *en avant — et en arrière* ».

4. Litt. : « *Elle a distingué clairement — la base — des cheveux — et les
intervalles — des fils de soie grége* ».

L'adverbe « *rành rành — clairement* » est ici verbe actif par position.

5. Litt. : « *(Quant au fait que) les paroles — elle a entendu — toutes, —
il y a eu — un superflu — clairement* ».

Par leur position, les deux adjectifs « *dư — superflu* » et « *tỏ tường
— clair* », deviennent le premier un verbe qualificatif, et le second un
adverbe.

«Chán tai rồi mới bước lên trên lầu».

Nghe thôi, kinh hãi xiết đâu?

«Đờn bà dường ấy thấy âu một người!

«Ấy mới gan! Ấy mới tài!

2005 «Nghĩ, càng thêm nghỉ! Rởn gai! Rụng rời!

«Người đâu sâu sắc nước đời?

«Mà chàng *Thúc* cũng ra người bỏ tay!

«Thiệt tang bắt được dường nầy,

«Máu ghen ai cũng nheo mày cắn răng!

2010 «Thế mà êm, chẳng đãi đằng;

«Chào mời vui vẻ, nói năng dịu dàng!

«Giận ru? Ra dạ thế thường;

«Cười ru? Mới thiệt khôn lường hiểm sâu!

1. Litt. : «*(Lorsque le fait de) déborder — (quant à ses) oreilles — a été complètement terminé*, ... »

2. Litt. : «*(Quant à les) voir — certainement — il y a une unique — personne!*»

«*Một người — une unique personne*» devient par position une expression verbale impersonnelle.

3. Litt. : «*(Si) de vrais — objets volés — saisir — elle a pu — de cette manière.*»

Il y a ici une allusion aux codes annamite et chinois, qui règlent, en cas de vol, la gravité de la peine sur la valeur du corps du délit (贜 tang), c'est-à-dire des objets volés, réunis en un tout.

併贜論罪者、將所盜之贜合而爲一、卽

« puis, après avoir tout entendu, elle est montée au mirador[1] ».

A ces mots, qui dira l'effroi (de *Kiều*)?

« Certes! » dit-elle « jamais on n'a vu qu'une femme de cette espèce[2]!

« Quelle énergie, et quelle habileté!

« Plus j'y pense et plus cette pensée m'obsède! J'en ai la chair de 2005
» poule! J'en tremble de frayeur!

« Où trouver de par le monde une personne plus redoutable?

« Quant à ce *Thúc*, c'est un homme qui rampe sur les mains (devant
» elle)!

» Si elle a pu contre nous acquérir une semblable preuve[3],

« qui ne serait, (à sa place,) transporté de jalousie[4]?

« Peut-être (cependant) se tiendra-t-elle en paix, et n'en fera-t-elle 2010
» point une affaire,

« puisqu'elle s'est montrée aimable et gaie, que ses paroles étaient
» affables!

« (Mais) lorsqu'elle est irritée, elle dissimule; sa contenance ne change
» point[5],

« et l'on ne peut savoir les pièges qu'elle cache dans son sourire[6].

賊之輕重論罪之輕重。 *Tình tang luận tôi giả, tương sơ đạo*
chi tang hiệp nhi vi nhứt, tức tang chi khinh trọng luận tội chi khinh trọng ».

(皇越律例、卷之 一, page 20, verso.)

4. Litt. : « *(Quant au) sang — de jalousie — qui (que ce soit) — tout aussi*
bien — froncerait — les sourcils — (et) mordrait — (ses) dents! »

5. Litt. : « *Est-elle irritée? — elle produit au-dehors — un ventre (un cœur)*
— de la condition — ordinaire »;

6. Litt. : « *Rit-elle? — alors — véritablement — il est difficile de — me-*
surer — (son fait d') être dangereuse! »

« *Ru* » est une particule interrogative particulière à la phraséologie tonkinoise.

«Thân ta ta phải lo âu!

2015 «Miệng hùm độc rắn ở đâu chốn nầy!

«Ví chăng chắp cánh cao bay!

«Rào cây lâu, cũng có ngày bẻ hoa!

«Phận bèo, bao quản nước sa?

«Linh đinh đâu nữa, cũng là linh đinh!

2020 «Chỉn e quê khách một mình,

«Tay không, chửa dễ tìm vành ấm no!»

Nghĩ đi nghĩ lại quanh co,

Phật tiền sẵn có mọi đồ kim ngân.

Bên mình giắt để hộ thân,

2025 Lóng nghe canh đã một phần trống ba.

Cất mình qua ngọn tường hoa,

1. *Quelque piége ici me menace.*

2. Litt. : «*m'attacher des ailes*».

3. *Si elle me garde si longtemps près d'elle, c'est qu'elle me ménage quelque douloureuse surprise.*

4. Litt. : «*(Dans ma) condition — de lentille d'eau — combien est-ce que — je m'inquiète de — l'eau — qui tombe?*»

De même que la lentille aquatique, étant constamment plongée dans l'eau, n'éprouve ni bien ni mal de la pluie qui tombe sur elle, de même *Kiều*, habituée à être abreuvée de douleur, s'occupe fort peu des nouvelles souffrances qui peuvent l'attendre.

«Il me faudra veiller sur ma personne!

«(car) quelquepart ici se trouvent la dent du tigre ou le venin du 2015
  » serpent[1]!

«Que ne puis-je me donner des ailes[2] et m'envoler au haut des airs!

«Si elle enferme longtemps l'arbre, c'est pour en briser un jour les
  » fleurs[3]!

«A la lentille de marais qu'importe la pluie qui tombe[4]?

«Qu'elle surnage ici ou là, ce n'en est pas moins surnager!

«Mais vraiment j'ai peur que, toute seule, au sein d'un pays étran- 2020
  » ger,

«les mains vides, je ne puisse pourvoir à ma subsistance[5]!»

Après s'être abandonnée à bien des réflexions diverses[6],

(elle vit) que dans la pagode[7] elle avait sous la main tous les usten-
  siles d'or d'argent.

Elle les prenait avec elle pour subvenir à ses besoins,

(lorsque) en prêtant l'oreille elle entendit frapper le premier coup 2025
  de la troisième veille.

Elle se hissa, franchit la crête du mur du jardin,

---

5. Litt. : «. . . . pas encore — il est facile — de chercher — le cercle —
d'être chaudement — et d'être rassasiée».
  Les deux choses qui sont les plus essentielles à l'existence sont le vêtement et la nourriture.
  D'un autre côté, pour que cette existence ne cesse point, il faut que ce
qui l'entretient nous soit fourni sans interruption. De là cette métaphore,
dans laquelle le poète représente la vie matérielle comme un cercle, c'est-
à-dire une succession non interrompue de luttes contre le refroidissement
et la faim.

6. Litt. : «(Comme) en réfléchissant — elle allait, — en réfléchissant — elle
venait — tortueusement,»

7. Litt. : «Devant le Bouddha.»

Lần đường theo bóng trăng tà về tây.

Mịt mù dặm cát, chồi cây.

Tiếng gà đêm có, dấu giày cầu sương.

2030 Canh khuya thân gái dặm trường,

E đàng sá! Phần thương dãi dầu!

Trời đông vừa rạng ngàn dâu.

1. Litt. : « *Il faisait obscur — (quant aux) dặm — de sable — (et) aux touffes — d'arbres* ».

2. Voilà une série de huit substantifs placés à la suite l'un de l'autre. « *Voix, coq, herbe, nuit, trace, chaussure, pont, rosée!* » Au premier coup d'œil on serait tenté de croire que le poète a voulu poser à ses lecteurs une véritable énigme. Cependant, en s'aidant de la règle de position et de la loi du parallélisme qui sont, comme je l'ai déjà dit à plusieurs reprises, les deux clefs de la traduction des poésies annamites, on peut arriver assez facilement à fixer le sens de ce vers.

En vertu de la loi du parallélisme, il est dès l'abord à peu près certain que ces huits substantifs, ou plutôt ces huit mots présumés tels, doivent être divisés également par une coupure qui formera deux propositions composées chacune de quatre monosyllabes. Et en effet, en y regardant de plus près, on voit que « *tiếng — voix* » et « *cỏ — herbe* », premier et quatrième mot du premier des hémistiches ainsi formés, présentent, au point de vue des choses qu'ils expriment, une relation non douteuse avec leurs correspondants du second, qui sont « *dấu — trace* » et « *sương — rosée* ». La *voix* du coq *fait reconnaître* son voisinage, comme la *trace* laissée par les pieds de quelqu'un *fait reconnaître* son passage. D'un autre côté *l'herbe* est, la nuit, imprégnée de *rosée*. Il n'est donc guère possible d'admettre une autre coupure, et nous avons bien là deux propositions parallèles, renfermant deux idées évidemment correspondantes.

Cela étant, il n'y a plus qu'à découvrir quel est, dans chacune de ces deux propositions, celui des quatre substantifs qui fait fonction de verbe; car toute proposition suppose l'existence de cette partie du discours. Or, si on ne le détermine pas immédiatement dans la première, on voit que, dans la seconde, le mot « *dấu — trace* » est seul susceptible de jouer ce rôle. Il suit de là, toujours en vertu du parallélisme, que dans le premier hémistiche, le verbe sera le mot correspondant à « *dấu* », c'est-à-dire « *tiếng* ». On s'apercevra bien vite alors que « *gà — coq* » et « *giày — chaussure* » étant, par la nature même des objets qu'ils expriment, des génitifs inséparables

et suivit le chemin dans la direction de l'ombre (que formait) la lune
en s'inclinant vers l'occident.

Sur la route, dans les touffes d'arbres [1], partout régnait l'obscurité.

Elle entendait le coq dans l'ombre. Sur le pont trempée de rosée sa
chaussure laissait une trace [2].

Au cœur de la nuit, pauvre enfant qui parcours cette longue route, 2030

je redoute pour toi ce voyage! j'ai compassion de tes fatigues!

Au moment où au sommet des mûriers [3] l'on voyait s'éclaircir le ciel
oriental,

des substantifs «*tiêng*» et «*dấu*», ils doivent forcément les suivre dans leur
fonction grammaticale; et que si ces derniers mots sont verbes, ils doivent
s'unir à eux pour former deux expressions verbales impersonnelles correspondantes, qui se traduiront en français par : «*Il y a des cris de coq*» —
«*Il y a des traces de chaussures*». Cela étant bien établi, il est facile de voir
que les substantifs «*đêm — nuit*» et «*cầu — pont*», sont au locatif par position, et signifient «*dans la nuit*», «*sur le pont*». «*Le pont de rosée*», c'est
«*le pont trempé de rosée*». Cette sorte de génitif elliptique est courante dans
la poésie cochinchinoise.

Quant au mot «*cỏ — herbe*», le poëte, comme dans une multitude de
cas analogues, ne l'a probablement placé après le «*đêm — nuit*», que pour
sacrifier au parallélisme, en mettant dans le premier hémistiche, au rang
correspondant à celui qu'occupe dans le second le mot «*sương — rosée*»,
une épithète qui lui corresponde par une certaine concordance d'idées.
L'herbe étant souvent représentée dans la poésie comme trempée de rosée,
le mot qui la désigne en annamite lui a paru suffisamment approprié à son
but. Il ne s'est guère inquiété de voir s'il constituait au mot «*đêm — nuit*»
une épithète bien nettement compréhensible. Les poëtes de la Cochinchine
ne s'embarrassent pas pour si peu! «*La nuit herbue*», c'est *la nuit pendant
laquelle la jeune fille foule l'herbe en s'enfuyant.* On saisit cette relation avec
un léger effort d'intelligence; mais dans l'esprit du poëte, le véritable mérite du mot «*cỏ*», c'est qu'il répond bien au mot «*sương*».

Il faudra donc traduire littéralement ce vers comme il suit :
«*Il y a des cris de coq — (dans) la nuit — herbue; — Il y a des traces
de chaussures — sur le pont — baigné de rosée.*»

3. Litt. : «*Le ciel — de l'Orient — tout juste — commençait à s'éclaircir
— au haut — des mûriers*».

Il s'agit de ces mûriers nains qu'on cultive en bordure dans les champs.
Voilà pourquoi l'auteur peut dire qu'on voit l'horizon s'éclairer à travers
le sommet de leurs branches. Cette sorte de mûrier a été introduite depuis
peu dans l'agriculture française sous le nom de mûrier *Lhou.*

Bơ vơ nào đã biết đâu là nhà?

Chùa đâu trông thấy nẻo xa!

2035   Rành rành «*Chiêu ẩn am*» ba chữ bày.

Xăm xăm gỏ cữa bước vào.

Trụ trì, nghe tiếng, rước, mời vào trong.

Thấy màu ăn mặc nâu sồng,

Giác duyên sư trưởng lành lòng liền thương.

2040   Gạn gùng nhành ngọn cho tường;

Lạ lùng nàng hẩy tìm đường nói quanh.

«Tiểu thiền quê ở *Bắc kinh;*

«Qui sư qui phật, tu hành bấy lâu.

«Bổn sư rồi cũng đến sau;

2045   «Dạy đưa pháp bửu, sang hầu sư huinh.

«Rày vâng diện hiến rành rành!

---

1. Ces trois mots sont chinois.

2. Litt. : «*(Quant aux) rameaux — (et quant à) la cîme . . . .*»

3. Litt. : «*(Etant) étrangère, — la jeune femme — chercha — un chemin — de parler — par détours*».

4. Le mot 飯 signifie «*se conformer à la loi*». Les bouddhistes désignent sous le nom de «三飯 *tam qui — les trois qui*», trois actions ou plutôt trois manières d'être qui consistent à suivre le bouddha, la loi et les règles du sacerdoce. Ces 三飯 paraissent être la conséquence ou la

elle marchait à l'aventure, et ne savait où (rencontrer) une habitation.

Au loin, tout-à-coup, elle aperçut une pagode,

sur laquelle elle vit clairement inscrits ces mots : « *Temple de l'appel* 2035
»*à la retraite* » [1]
Elle alla droit (à cet édifice), heurta la porte et entra.

Le gardien, entendant du bruit, vint au devant d'elle et l'invita à
pénétrer dans l'intérieur.
En voyant qu'elle portait un vêtement teint de la couleur marron que
donne le *Sồng,*
le cœur bienveillant de la supérieure *Giác duyên* se prit de sympathie pour elle.
Elle l'interrogea sur les moindres détails [2] afin de tout connaître 2040
clairement;
(mais) la jeune étrangère s'efforça de lui donner le change [3].

« Je suis de Pékin » (dit-elle),

« et depuis bien longtemps, embrassant la vie religieuse, je me suis
»vouée au culte de Bouddha [4].
« D'ailleurs ma supérieure doit venir ici plus tard.

« Elle m'a commandé de vous apporter ces objets précieux du culte [5]. 2045

« À ses ordres fidèlement j'obéis et vous les présente [6] ! »

---

réalisation des 三 歸 dont j'ai parlé dans une note antérieure. Le présent vers n'en mentionne que deux, le premier et le dernier.

5. Litt. : « *Elle m'a ordonné — de (vous) transmettre — (ces) de la loi —
(choses) précieuses, — (et de,) me transportant (ici), — assister — le bonze —
(mon) frère aîné* ».

Dans la religion bouddhique, les bonzes et les bonzesses sont considérés
comme étant, au point de vue religieux, de même sexe. C'est pour cela
qu'ils s'appellent tous indifféremment « *huynh — frère aîné* ».

6. Litt. : « *face à face — je les présente* ».

Chuông vàng, khánh bạc bên mình dở ra.

Xem qua, sư mới dạy qua:

«Phải nơi *Hàng thủy* là ta hậu tình?

2050   «Hiền đồ đường sà một mình;

«Ở đây chờ đợi sư huinh ít ngày!

«Gởi thân được chốn am mây.

«Muối dua đắp đổi, tháng ngày thong dong!

«Kệ kinh câu cũ thuộc lòng,

---

1. Le *khánh* est une espèce d'instrument de musique consistant en une plaque sonore suspendue à un cadre de bois plus ou moins ornementé, et dont on joue en la frappant avec un marteau. Il servait dans l'antiquité à régler, comme une espèce de diapason, le ton de tous les instruments de musique. Ainsi que l'indique la clef du caractère qui le désigne, on le fabriquait avec une pierre sonore. On en a fait ensuite de différentes matières Aujourd'hui le métal qui sert à sa fabrication est généralement le même que celui qui entre dans la composition des cloches. Celui dont il est parlé ici est en argent. C'est probablement une des espèces appelées 笙磬 *Sanh khánh* ou 頌磬 *Tụng khánh*; dénominations que le P. A. ZOTTOLI, qui a donné dans son *Cursus litteraturæ sinicæ* (Vol. II, notæ præviæ, p. 67) une description complète de toutes les variétés de cet instrument, traduit par *fistularis* et *hymnifer*.

Ces *khánh*, isolés ou multiples selon l'usage auquel on les destinait, ont été en usage à la Chine de toute antiquité. Nous voyons au 42° paragraphe du XIV° livre du 論語 Confucius lui-même jouer de cet instrument. Le livre des vers en parle en plusieurs endroits. (Voy. les odes 鼓鐘, 執兢, 有瞽 et 那.) Bien plus, il était déjà très employé 2300 ans avant l'ère chrétienne; car on le voit mentionné dans le 書經 ou Livre des Annales au chapitre intitulé « 禹貢 *Võ cống — le tribut de Võ*», à l'occasion des contributions à fournir par les habitants de la province de 豫州 *Dư châu*: «錫貢磬錯 *Tích cống khánh thố — on fournissait, lorsqu'on en était requis, des pierres à polir les khánh*».

Les clochettes et cloches de toutes grandeurs sont, comme le *khánh*,

(Puis) elle tendit la clochette d'or et le *Khánh* d'argent [1] qu'elle avait sur elle.

La supérieure les regarda et dit [2] :

«Êtes-vous donc du couvent de *Hàng thủy* que dirige une amie à » moi?

«Vous voyagez bien isolée, ma fille [3] !   2050

«Restez ici quelques jours en attendant ma sœur la supérieure!

«Au sein de cette pagode [4] vous pouvez vous établir.

«Vous en suivrez le régime, et vous y vivrez au jour le jour sans » contrainte [5].

«En fait de prières, vous réciterez celles qui vous sont habituelles » et que vous savez par cœur [6] ;

---

citées souvent dans les classiques. Elles semblent avoir formé avec les tambours (鼓), le fond de la musique chinoise antique.

2. Les Annamites, qui sont peut-être plus formalistes encore que les Chinois, ont dans leur langue des termes spéciaux affectés aux différents degrés hiéraıchiques de la société; et cela, non seulement pour les pronoms personnels, mais encore pour beaucoup de verbes qui, tout en rendant au fond la même idée, varient selon le degré que la personne dont ils expriment l'action occupe dans l'échelle sociale. C'est ainsi qu'ici, au lieu du verbe «*nói*» qui est employé dans les relations ordinaires pour exprimer l'idée de parler, le poète fait usage du mot «*dạy*» qui signifie proprement «*enseigner*», parce qu'il s'agit de la *supérieure* d'un couvent parlant à une de ses subordonnées. S'il était question du roi, ce serait le verbe «*phán* — *juger, rendre une décision*» qu'il faudrait employer. Il est cependant bon de noter que ces nuances, qui sont assez strictement observées dans le style élevé et particulièrement dans la poésie, s'effacent plus ou moins dans la conversation familière.

3. Litt. : «. . . . (mon) vertueux disciple!»

4. Litt. : «. . . . dans le lieu — de la petite pagode — de nuages».

Voir, pour l'explication de cette singulière épithète, ma traduction du *Lục Vân Tiên*, vers 1154, en note.

5. Litt. : «(Quant à) le sel — (et) les légumes, couvrez — et changez (les uns pour les autres) — les mois — (et) les jours — à votre aise.»

Les mots «*đắp đổi tháng ngày*» dont je donne ci-dessus la traduction littérale, correspond à notre expression française «*vivre au jour le jour*».

6. Litt. : «(Vos) prières — (seront) les phrases — anciennes — possédées — (quant au) cœur».

2055 «Hương đèn việc cũ, trai phòng quen tay».

Sớm khuya ra mái phên mây,

Ngọn đèn khêu nguyệt, tiếng chày nặng sương.

Thấy nàng thông huệ khác thường,

Sư càng nể mặt, nàng càng vững chơn.

Le mot 偈 *kệ* signifie proprement les mouvements de main que les bonzes font en priant; 經 *kinh* désigne les prières vocales.

Le verbe se trouve ici, par position, renfermé dans l'expression que forment les quatre derniers monosyllabes du vers. Cette application de la règle de position est mise en relief par la disposition parallèle que l'on constate entre ce vers et le suivant, qui complète le distique, et dont le sens littéral est : «*(Votre) service — (sera) les actions — anciennes; — le jeûne — de la chambre — (sera) celui auquel vous êtes habituée — (quant aux) mains*», et où il est facile de voir que «*hương đèn*», litt. «*l'encens et les lampes (l'entretien de l'encens et des lampes, le service du temple)*» répond à «*kệ kinh*», «*việc cũ*» à «*câu cũ*», et, par continuation du parallélisme, «*quen tay*» à «*kệ kinh*» et à «*trai phòng*».

Le mot «*tay — main*» est placé là pour obtenir dans la quantité des monosyllabes qui composent chacune des expressions correspondantes le parallélisme qui existe déjà dans les idées qu'elles représentent. L'emploi de ce mot est d'ailleurs justifié par la nature du verbe qui l'accompagne, la main étant l'organe de notre corps avec le secours duquel nous accomplissons la plus grande partie des actions *accoutumées* de notre vie.

La prière des bonzes, appelée «*kệ kinh*», se fait le matin à quatre heures et le soir à six. Un religieux entre alors dans la pagode et y récite la prière, qu'il accompagne de temps en temps par des coups frappés sur une cloche avec un instrument en forme de pilon. C'est ce que, dans leur langage spécial, ils appellent «*công phu — la corvée*».

1. Voir la note précédente.

2. Litt. : «. . . . *sortait (de sa cellule pour entrer sous) — le toit — aux cloisons — de nuages*».

3. Voici encore un vers qui, tant à cause des inversions qu'il contient que d'un singulier artifice poétique dont use l'auteur, semble, à première vue, absolument incompréhensible.

En effet, l'association de ces huit mots : «*Flamme, lampe, moucher, lune, bruit, pilon, lourd, rosée* ne présente dès l'abord rien d'intelligible. Pour en démêler le sens, il faut commencer par éliminer les deux mots *nguyệt* et

« Vous ferez le service auquel vous êtes accoutumée, et vous jeûnerez 2055
» selon vos habitudes [1] ».

Matin et soir, entrant dans la pagode [2],

Kiều haussait la mèche des lampes et frappait du pilon à coups re-
tentissants [3].

En voyant cette jeune femme d'une rare perspicacité,

la supérieure de jour en jour la comblait de plus d'égards, et de jour
en jour Kiều lui témoignait plus de déférence [4].

suong, qui n'ont ici d'autre rôle que celui de cheville. L'auteur avait besoin
de compléter le premier hémistiche par un monosyllabe quelconque, lequel,
en vertu du parallélisme, devait nécessairement avoir pour pendant à la
fin du second hémistiche un autre monosyllabe exprimant une idée analogue.
Comme les deux mots « nguyệt — lune » et « suong — rosée » sont très
fréquemment associés en poésie (probablement parceque la rosée se dépose
sur la terre pendant les nuits où le ciel est découvert, et où, par conséquent,
les rayons de la lune ne sont pas interceptés), il a adopté ces deux monosyllabes, pour en faire la terminaison de chacun des deux hémistiches.

On peut admettre cependant que, parlant de fonctions qui se renou-
vellent avec la plus grande régularité, l'auteur a pu être conduit par la
pensée de cette régularité même à choisir de préférence deux mots exprimant des phénomènes qui se reproduisent pendant la nuit, laquelle vient
régulièrement interrompre le jour.

Quoi qu'il en soit, une fois ces deux chevilles éliminées, nous nous trouvons
en présence des mots importants du vers (s'il m'est permis de m'exprimer
ainsi). Ces mots sont placés dans l'ordre suivant :

Ngọn đèn khêu . . . . tiếng chày nặng . . . . .

Or, en examinant les trois premiers, il est très facile de constater d'après
le sens même de ces mots qu'il y a ici une inversion. En effet, le mot
khêu joue toujours (autant qu'on peut employer cet adverbe en parlant d'un
monosyllabe annamite) le rôle de verbe actif. Son régime direct se trouve
donc dans les mots ngọn đèn qui le précèdent, et il faut traduire : « Elle
haussait la flamme (la mèche) des lampes ». Cela étant acquis, nous devons, en
vertu du parallélisme, retrouver la même valeur grammaticale dans les trois
mots correspondants « tiếng chày nặng »; c'est-à-dire que l'adverbe « nặng —
lourd » deviendra un verbe (rendre lourd), lequel régira par inversion les
deux mots « tiếng chày — le bruit du pilon ». Or « rendre lourd le bruit du
pilon » ne se dirait pas en français; mais on comprend facilement que le
sens de cette métaphore annamite est « appuyer avec le pilon, frapper fort
avec le pilon de manière à produire un bruit retentissant ».

4. Le mot « chon — pied » est ici pour faire le pendant de « mặt — visage »
dans l'expression « nể mặt — avoir des égards », litt. : « avoir égard au visage ».

7

2060   Cửa thuyền vừa trăng cuối xuân;

Bóng hoa đầy đất; vẻ ngần ngang trời.

Gió quang, mây tịnh thảnh thơi.

Có người đàn việt lên chơi cửa già.

Dở đồ chuông khánh, xem qua,

2065   Khen rằng : «Khéo hệt của nhà *Hoạn nương!*»

Giác duyên thiệt ý lo lường;

Đêm thanh mới hỏi lại nàng trước sau.

Nghĩ rằng : «Khôn nỗi giấu màu!»

Les pieds servent d'ailleurs à une personne qui reçoit un ordre pour se rendre au lieu où elle doit l'exécuter, comme les mains servent à en opérer l'exécution elle-même. C'est dans ce sens qu'il faut comprendre l'expression pittoresque « *Kẻ tay chon* — *les serviteurs* », ceux qui sont pour ainsi dire *les pieds et les mains* du maître.

1. Litt. : « . . . . *la nuance* — *d'argent* ».

2. Le mot *tịnh* veut dire à la fois «*calme et pur* »; mais on ne pourrait en français appliquer directement aux nuages la première de ces épithètes

3. J'ai omis, en rétablissant le texte en *chữ nôm* de rectifier le premier des caractères de l'expression «*Đàn việt*». Il faut lire 檀 et non 垃. Les 檀越 *Đàn việt* ou 檀那 *Đàn na* sont des bienfaiteurs (施主 *thí chủ*) des couvents bouddhiques. Au moyen des dons qu'ils leur font, ils traversent (越) la mer de la pauvreté. *Dana* est le nom que porte en sanscrit la vertu de la charité religieuse et du renoncement (Voy. Wells Williams, au car. 檀.)

Le mot 伽 *già*, qui termine ce vers est une abréviation pour 伽藍 *già lam* ou 僧伽藍 *tăng già lam*, expression bouddhique qui vient du sanscrit *sangharama* et signifie «*un monastère*» ou «*un couvent*» (Voy. Wells Williams, au car. 伽.)

Devant la porte de la bonzerie le printemps, sur sa fin, passait. 2060

Les fleurs couvraient la terre; en travers du ciel brillait la Voie
lactée[1].

Le vent était vivifiant, le calme régnait; les nuages (d'un blanc)
pur[2] étaient plaisants à la vue.

Un pieux bienfaiteur vint faire un tour au couvent[3].

Comme il examinait[4] les objets du culte, il considéra la clochette et
le *Khánh.*

«C'est singulier.» dit-il, en les admirant. «Ils sont absolument pareils 2065
»à ceux qui sont chez madame *Hoạn!*»

Giác duyên en son cœur ressentit quelque inquiétude,

et, prenant à part la jeune femme[5], elle la pressa de nouvelles questions.

Pensant qu'elle ne pourrait lui céler la vérité[6],

---

4. Litt. : « .... *il soulevait* ».

5. Litt. : « *Par une nuit sereine* ..... ». Dans les pays chauds surtout
la nuit est, lorsqu'elle est belle et sereine, le moment des promenades, et,
par suite, des apartés et des confidences. De là cette expression métaphorique.

6. Litt. : « *Elle réfléchit — disant que — difficilement — elle parviendrait
à dissimuler — la couleur (les apparences),* »

Le verbe «*nổi*», qui signifie littéralement «*surnager*» est ici par position
au causatif. et se traduirait par «*faire surnager*». Il est assez facile de
comprendre la relation qu'il y a entre cette signification primitive du mot
et son sens dérivé qui est ici «*parvenir*». Un objet qui surnage n'est pas
perdu; on peut s'en emparer; mais il en est autrement de celui qui va au
fond de l'eau. Ici, le résultat à obtenir est une action, celle de «*dissimuler
les apparences*»; et cet action est assimilée à un objet qu'on ne pourrait
faire surnager sur l'eau. On ne pourrait saisir cet objet, puisqu'il serait
allé au fond; c'est-à-dire que l'on ne peut atteindre le résultat désiré.

Màu — la couleur, et par dérivation «*les apparences, les manifestations
extérieures*» désigne métaphoriquement les signes auxquels on reconnaît la
vérité d'un fait, d'une situation. En effet, de même que la couleur d'un
objet le fait saisir à nos yeux, de même les indices visibles font reconnaître
la véritable situation des choses, la vraie nature des événements.

7*

Sự mình nàng mới gót đầu bày ngay.

2070 «Bây giờ sự đã dường nầy,

«Phận hèn, dầu rủi, dầu may, tại người!»

Giác duyên nghe nói rụng rời.

Nửa thương, nửa sợ, bối hối chẳng xong.

Dĩ tai nàng mới giãi lòng :

2075 «Ở đây cửa *Phật,* là không hẹp gì!

«E chăng những sự bất kỳ ;

«Để nàng cho đến thế thì cũng thương!

«Lánh xa trước! Liệu tầm đường!

«Ngồi chờ nước đến nên đường con quê!»

2080 Có nhà mụ *Bạc* bên kia;

1. Litt. : «*(Quant à) l'affaire, — d'elle-même — la jeune femme — enfin — (quant au) talon — (et quant à) la tête — l'exposa — tout droit».*
L'expression «*quant au talon et à la tête»* ou, ce qui revient au même, «*du talon à la tête»* ressemble beaucoup à notre locution *‹ de la tête au pied»*; mais cette dernière manière de s'exprimer ne s'emploie pas en français lorsqu'il s'agit d'un fait moral.

2. Litt. : «*(Quant à — ma) condition — vile, — soit — le malheur, — soit — le bonheur — est en — vous!»*

3. Litt. : «*. . . . la porte — de Phật — (qui) est — non — étroite — en quoi (que ce soit)».*

4. Litt. : «*Je crains, — qui sait? — des choses — sans — terme fixé»*;
La finale «*chăng*» (modification de «*chẳng*», lequel est pour «*hay là chẳng — ou non»*), qui se place d'ordinaire à la fin des phrases et leur donne un sens interrogatif ou dubitatif, se trouve, par l'effet d'une licence poétique, transposée immédiatement après le verbe. Je la traduis dans l'explication

(Cette dernière) lui exposa sans détours son histoire d'un bout à
l'autre [1].

« Et maintenant que les choses ont tourné ainsi », dit-elle, 2070

« vous tenez dans vos mains la perte et le salut d'une pauvre créa-
» ture [2] ! »

Giác duyên à ces mots fut saisie de frayeur.

Suspendue entre la compassion et la crainte, elle ne pouvait sortir
de son indécision.

Enfin, parlant à l'oreille de *Kiều*, elle lui fit connaître sa pensée.

« Ici », dit-elle, « dans la maison de *Phật,* on ne contraint qui que ce 2075
» soit [3] !

« Mais (cependant) je crains qu'il ne survienne quelque événement
» imprévu [4],

« et, si je vous y laissais exposée [5], j'aurais (ensuite) à vous plaindre !

« Fuyez avant, fuyez loin ! Voyez à chercher votre voie !

« Attendre ici sans bouger que le flot monte et vous arrête serait
» chose par trop inepte [6] ! »

Non loin de là demeurait une vieille femme nommée *Bạc,* 2080

littérale de ce vers par « *qui sait?* » afin de lui conserver le plus possible
sa valeur dubitative.

 5. Litt. : « *Si je laissais — (vous) jeune femme — jusqu'à (ces choses là),
— de cette manière — alors — tout aussi bien — je vous plaindrais !* »
Thế est pour *thế ấy,* comme je l'ai expliqué plus haut.

 6. Litt. : « *Restant assise — attendre que — l'eau — arrive — deviendrait
— la manière — d'une (sotte) fille de campagne !* »
Ce vers fait allusion à un dicton annamite dont la vulgarité fait un singulier contraste avec la dignité de la personne dans la bouche de laquelle
le poète le met. Pour exprimer qu'une personne court un danger menaçant,
on dit que l'eau lui monte jusqu'à cette partie du corps que l'on appelle
en latin *podex (nước tới trôn).* C'est qu'en effet lorsque, dans une inondation
par exemple, on s'est laissé surprendre par le flot et qu'il est arrivé à cette
hauteur, il n'est plus possible de courir pour lui échapper.

Am mây quen lối đi về dầu hương.

Nhắn sang, dặn hết mọi đường,

Dọn nhà hẫy tạm cho nàng trú chơn.

Những mảng được chốn an thân,

2085 Vội vàng nào kịp tính gần tính xa?

Nào ngờ cũng tổ bợm già,

Bạc bà học với *Tú bà* đồng môn?

Thấy nàng lợt phấn đượm son,

Mảng thầm dược chốn bán buôn có lời.

2090 «Hư không.....!» đặt bỏ nên lời!

Nàng đà gión giác rụng rời lắm phen.

Mụ càng xuôi đuổi cho liền;

Lấy lời hung hiểm ép duyên *Châu Trần*.

---

1. Litt. : «*(Dans la) pagode — de nuages, — étant familiarisée avec — les sentiers, — elle allait — et venait — (quant à) l'huile — et l'encens*».

2. Litt. : «*.... est-ce que — elle était à temps — de calculer — le près — et de calculer — le loin?*»

3. Litt. : «*.... du même — ancêtre — une drôlesse,*»

4. Le mot 門 *môn — porte* est assez souvent employé dans les textes chinois non seulement dans le sens de *secte, classe, profession*, mais encore dans celui d'*école*. Confucius l'emploie déjà ainsi dans cette parole, qui est rapportée dans le 論語 *Luân ngǔ* (Liv. XI, § 2). «從我於陳蔡者皆不及門也 *Tùng ngă ư Trần Thái giả, giai bất cập môn dã.* — De tous ceux qui m'ont suivi dans l'état de *Trần* et dans celui de *Thái*, on n'en trouverait aucun dans mon école».

qui fréquentait la pagode, offrant de l'huile et de l'encens [1].

Giác duyên la fit venir et lui donna ses instructions

afin qu'elle disposât sa demeure pour y donner à la jeune femme un
asile provisoire.
Toute à la joie d'avoir trouvé une retraite paisible,

(*Kiều*) ne put, dans son empressement, ni calculer ni réfléchir [2].   2085

Pouvait-elle se douter (qu'elle avait affaire) à une vieille misérable
de la même catégorie [3],
et que *Bạc bà* avait étudié à la même école [4] que *Tú bà*?

Voyant cette jeune personne au teint de rose et de lys [5],

la vieille se réjouit en son for intérieur de cette occasion de bénéfice.

« Ce qui tombe dans le fossé . . . ! » Elle savait le proverbe [6] !   2090

Saisie d'effroi, la jeune femme ne cessait de frissonner.

La matrone la pressait sans lui laisser de répit,

et voulait, par d'affreux discours, la contraindre au mariage [7].

---

5. Litt. : « . . . . à *couleur pâle — de céruse, — à couleur vive — de ver-*
millon, »

6. L'expression « *hư không* — litt. : *gâté et vide* » signifie généralement
« *sans cause* » et désigne subsidiairement, comme c'est le cas ici, « une chose
dont on ne pouvait prévoir la rencontre et que l'on trouve par hasard, *une
aubaine* ».

7. Litt. : « *Prenant — des paroles — effrayantes — elle forçait — l'union
— de Châu — et de Trân* ».

On dit en chinois « 共 結 朱 陳 *Cọng kiêt Châu Trân* » pour « con-
tracter un mariage ». Dans l'ouvrage intitulé « *Đông châu li't quoc* » et qui
est une histoire romanesque des petits états qui subsistèrent en Chine du
huitième au troisième siècle de l'ère chrétienne, on voit des alliances se

Rằng : «Nàng muôn dặm một thân,

2095   «Lại mang nây tiếng dữ gần lành xa!

«Khéo! Oan gia của phá gia!

«Còn ai dám giữ vào nhà nữa đây?

«Kíp toan kiếm chốn xa dây;

«Không nhưng, chớ dễ mà bay đường trời?

2100   «Nơi gần, thì chẳng tiện nơi;

«Nơi xa, thì chẳng có người nào xa!

«Nầy chàng *Bạc hạnh* cháu nhà.

«Cũng trong thân thích ruột rà; chẳng ai!

former fréquemment entre ceux de 朱 *Châu* et de 陳 *Trần*. C'est de là qu'est venue l'expression qui nous occupe, et dans laquelle les familles qui s'allient par le mariage de leurs membres sont comparées à ces deux petits royaumes.

1. Litt. : « . . . . quant à — dix mille — dặm — un unique — corps,»

2. Litt. : «(et) en outre — vous êtes entachée d' — une réputation — (telle que) le cruel — est près — et le doux — est loin!»

«Mang» signifie «porter suspendu au cou ou à l'épaule»; et «lẫy», lorsqu'il est placé après un autre verbe, indique en général que l'acte exprimé par ce dernier est fait par le sujet pour lui-même, que l'effet de cet acte le concerne lui-même et non un autre. Quant aux mots «dữ gần lành xa», ils se rapportent au mot «lời» sous-entendu ici par l'auteur, et signifient « les méchantes paroles sont rapprochées, les bonnes sont éloignées». De plus, ce dicton devient par position un véritable adjectif composé qualifiant le substantif «tiếng — renommée» qui le précède.

3. Litt. : « . . . . . un lieu — de tordre — (où l'on tord pour vous) — le lien».

Il s'agit des liens tordus par le vieillard *Nguyệt lão*. (Voy. la note sous le vers 549.)

4. Litt. : «(Si) vous restez oisive, — est-ce que — il y aura de la facilité — pour — voler — dans le chemin — du ciel?»

«Vous êtes», lui dit-elle, «isolée, éloignée de votre pays [1],

«et sur vous l'on dit plus de mal que de bien [2]!　　　　2095

«Ce qui vient des maisons que le destin poursuit corrompt, certes! » les autres familles!

«Qui voudrait encore ici vous accueillir dans sa demeure?

«Il faut vous hâter de chercher un parti [3],

«sinon vous n'avez plus aucun moyen de salut [4]!

«Il n'y a près d'ici rien de convenable [5],　　　　2100

«et loin de ces lieux vous n'auriez personne!

«Voici mon neveu *Bạc hạnh*.

«C'est un de mes parents directs, et non point le premier venu [6]!

Si *Kiều* n'accepte pas le parti qu'on lui offre, elle ne trouvera sur cette terre aucun chemin par où elle puisse échapper. Il faudrait, pour ce faire, qu'elle s'envolât au ciel, chose qui lui est impossible.

5. Litt. : « *Le lieu — rapproché — d'un côté — ne pas — est commode — (en tant que) lieu;* »

Le dernier «*noi*» ne doit pas être considéré comme un substantif qualifié par l'adjectif «*tiện*» qui le précède; car dans ce cas le génie particulier de la langue annamite exigerait qu'il fût suivi de ce dernier. Ce mot *noi* devient par position un véritable adverbe de manière. Il existe, il est vrai, quelques locutions où l'adjectif semble être placé avant le substantif, comme cela a lieu en chinois (voy. la grammaire annamite de P^{us} Trương Vĩnh ký, p. 31); mais outre que dans ces cas, fort rares d'ailleurs, la valeur substantive du monosyllabe qui suit l'adjectif pourrait être contestée, je ne crois pas qu'il y ait des motifs suffisants pour regarder l'expression «*tiện noi*» comme une nouvelle exception à cette règle si générale en annamite qui veut que l'adjectif soit toujours placé après le nom qu'il qualifie.

6. Litt : « *Tout aussi bien — il est parmi — (mes) parents — d'entrailles; — ne pas — il est (un) qui?* »

La préposition «*trong — parmi*» devient ici verbe par position.

Quant au mot «*ai — qui?*» qui termine le vers, il joue ici un rôle des plus singuliers.

«Cửa nhà buôn bán *Châu thai*;

2105   «Thiệt thà có một, đơn sai chẳng hề!

«Thế nào nàng cũng phải nghe!

«Thành thâu rồi sẽ liệu về *Châu thai*.

«Bấy giờ ai lại biết ai?

«Dẫu lòng biển rộng, sông dài thinh thinh.

2110   «Nàng dầu chẳng quyết thuận tình,

«Trái lời nẻo trước, lụy mình đến sau!»

Nàng càng mặt ủ, mày châu.

Càng nghe mụ nói, càng đau như dần.

Nghĩ mình túng đất sẩy chơn!

2115   Thế cùng nàng mới xa gần thở than :

«Thiếp như con én lạc đoàn;

Ce mot, qui est ordinairement un pronom, se transforme ici par position en un véritable substantif. « *Bạc hạnh* n'est pas (un) *qui?* »; c'est-à-dire : il n'est pas de ces gens dont on dit : « *qui est-il?* »; il est connu, et non pas le premier venu, un étranger.

1. Litt. : « *(En fait d')* être honnête, — il y a — l'unique *(lui)*; — *(quant au fait d')* être sincère, — à manquer à sa parole — il ne penserait pas! »

2. Litt. : « *(Lorsque)* d'établir — *(votre)* personne — vous aurez achevé,... »

3. Litt. : « *Au gré de* — *votre cœur* — *(qu'il y ait)* la mer — *vaste* — et les fleuves — *longs* — d'une manière immense! — *(livrez-vous sans frein à vos désirs!)* »

«Il possède à *Châu Thai* une maison de commerce.

«Sa sincérité est extrême; jamais il ne voudrait tromper[1]! 2105

«Bon gré malgré, jeune femme! il vous faut écouter (mes paroles)!

«Lorsque vous serez mariée[2], vous verrez à vous rendre à *Châu thai*.

«(Tous les deux) jusqu'à présent vous n'avez point fait connaissance.

«A votre guise livrez-vous aux épanchements de l'amour[3].

«Si vous n'êtes pas décidée à vous montrer obéissante, 2110

«si tout d'abord vous me résistez[4], plus tard il vous en coûtera!»

Les traits de la jeune femme s'assombrissaient de plus en plus; de plus en plus ses sourcils se fronçaient.
Plus elle écoutait les paroles de la vieille, et plus son cœur était à la torture[5].
Elle pensait à son extrême embarras, à la chute qu'il lui fallait faire[6]!

Réduite aux abois, en soupirant elle parla ainsi : 2115

«Telle que l'hirondelle égarée loin de ses compagnes

---

1. Litt. : «*Si vous êtes opposée à — mes paroles — dans le sentier — d'a-vant, — vous attirerez des mécomptes à — vous — (pour) plus tard*».
Le mot «*néo — sentier*» est employé dans un sens détourné et un peu vague. Il répond ici assez exactement à notre mot «conjonctures». On trouve fréquemment le substantif «*đàng — chemin*», employé d'une manière analogue.

5. Litt. : «...... *de plus en plus — souffrait — comme (si) — on battait sa chair à coups de marteau*».
«*Dần*» signifie proprement «*battre la viande pour la mortifier*».

6. Litt. : «*Elle réfléchissait — (sur ce qu') elle-même, — acculée — quant au terrain, — portait à faux — le pied!*»

«Phải cung, rày đã sợ làn mày cung!

«Cùng đàng, dầu tính chữ *«tùng»*;

«Biết người, biết mặt; biết lòng làm sao?

2120   «Nữa khi muôn một thế nào,

«Bán hùm, buôn quỉ, chắc vào lưng đâu?

1. Litt. : « *Ayant supporté l'action préjudiciable de — l'arc, — maintenant — désormais — je crains — la portée — du ressort — de l'arc!* »

Nous avons en français, en style plus familier, un proverbe analogue : « *Chat échaudé craint l'eau froide* ».

La signification que je donne ici au mot *«phải»* est celle qu'il a, non seulement devant un verbe qui exprime une action *préjudiciable* au sujet (cas spécial où il devient une des marques du passif), mais encore devant un substantif qui désigne un instrument, un objet, une action, une influence capable de nuire à une personne quelconque. On saisit facilement comment, de l'idée de nécessité exprimée primitivement par ce verbe dont le sens primordial est *«falloir, devoir»*, on peut passer à celle qu'il exprime ici. Celui qui souffre une action préjudiciable pour lui y est condamné par sa destinée. Il *doit* la souffrir, *quoi qu'il fasse*. Les croyances d'un peuple se retrouvent jusque dans la phraséologie, et il n'y a rien d'étonnant à ce que le fatalisme bouddhique des Annamites se réfliète jusque dans la forme du passif adoptée par eux, lorsque ce passif renferme en lui-même l'idée de châtiment, de condamnation ou simplement de préjudice inévitable. (Voir, sous le vers 74, la note sur les différentes acceptions du mot « 緣 *duyên* »)

2. Litt. : « ..... *si — je songe à — mettre en pratique le caractère* 從 (*tùng*), »

Les deux derniers mots du vers deviennent par position une expression verbale. L'auteur ne pouvait faire suivre le verbe *«tính — compter, songer à»* du simple mot *«tùng»*; car, outre qu'il lui fallait placer avant un autre monosyllabe affecté d'un des tons *trắc*, ce mot *«tùng»* est un vocable chinois qui ne s'emploie guère seul en annamite dans le sens qu'il a ici. Il fallait indiquer par le procédé ordinaire (lequel consiste à faire précéder les termes de cette nature du mot *«chữ — caractère»*) qu'il s'agit ici de l'une des Trois obéissances (三 從), à savoir celle qui concerne la femme dans ses rapports avec le mari; mais alors, le verbe corrélatif à *«tính»* manquant, c'est l'expression entière « 字 從 *chữ tùng* » qui doit forcément en jouer le rôle. Il ne faut donc pas traduire ces deux mots par *«le caractère* 從 », ce qui n'exprimerait pas l'action supposée par le verbe *«tính»*

«et blessée par une flèche[1], maintenant je crains la portée de l'arc!

«Si, me voyant à bout de ressources, je me décide[2] à épouser cet
» homme,

«en faisant connaissance avec lui, j'apprendrai bien quel est son vi-
» sage; mais que saurais-je de son cœur?

«Si, dans la suite, il arrivait quelque événement imprévu[3],   2120

«ayant traité sans garantie, quelle assurance pourrais-je voir[4]?

qui signifie «compter, songer à *faire* quelque chose», mais bien, comme je
le fais, par «*mettre en pratique le caractère* 從».

3. Litt. : «*En outre — quand — dans dix mille (choses) — il y (en) aura
une — d'une manière — quelle qu'elle soit,*»

Ce vers, extrêmement concis, ne peut être compris sans une stricte application de la règle de position. «*Muôn — dix mille*» est au locatif par
rapport à «*môt — une*», comme l'indique la place qu'il occupe et qui est,
surtout en poésie, celle des expressions circonstancielles de temps ou de
lieu. «*Môt*» est verbe, comme étant le seul mot de la phrase susceptible
d'avoir cette acception que nécessite forcément la présence de la préposition «*khi — quand*» au commencement de la phrase. Enfin le mot «*nào*»
qui la termine, et qui signifie ordinairement «*quel ou quelle*», prend ici le
sens de «*quelle que ce soit, quelconque*» qui doit lui être attribué toutes les
fois qu'il se trouve dans une phrase exprimant une supposition, un doute,
une condition, comme aussi dans les phrases interrogatives ou négatives où,
soit la particule de négation «*không ou chẳng*», soit toute autre particule
équivalente se trouve exprimée.

L'expression «*une chose sur dix mille*» signifie «*un événement imprévu quel
qu'il soit*». En effet, lorsqu'il s'agit de prévoir les événements qui peuvent
arriver, le champ est illimité; on peut en supposer *dix mille*, c'est-à-dire
une quantité aussi grande qu'on le voudra.

4. Litt. : «*Vendant — le tigre — et trafiquant de — le diable, (le fait
d') être sûr — qu'ils entreront dans — (mes) reins (ma ceinture) — est où?*»

La figure que contient ce vers, tout obscure qu'elle soit au premier
abord, est incontestablement d'une grande originalité.

On ne vend pas sérieusement à quelqu'un un tigre ou un diable; car il
est évident que cette terrible marchandise est par trop difficile à livrer;
d'où suit la présente métaphore pour désigner un contrat illusoire, dans
lequel l'une des parties est dans l'impossibilité absolue de savoir quel marché
elle fait en réalité. — Les Annamites sont dans l'habitude de placer dans
leur ceinture l'argent ou les choses précieuses qu'ils reçoivent ou portent
avec eux.

«Dầu ai lòng có sở cầu,

«Tâm minh xin quyết với nhau một lời!

«Chứng minh có đất có trời,

2125   «Bây giờ vượt biển ra khơi quản gì?»

Được lời, mụ mới ra đi,

Mách tin họ *Bạc*. Tức thì sắm sinh.

Một nhà dọn dẹp linh đình;

Quét sân, đặt trác, rửa bình, thắp hương.

2130   *Bạc sanh* quì xuống vội vàng,

Quá lời nguyện hết *Thành hoàng, Thổ công.*

---

1. Litt. : « *Si — quelqu'un (vous) — dans (son) cœur — a — ce qu' – il demande,* »
Voir, pour cet emploi du mot « *ai* » la note de ma traduction du Luc Vân Tiên, sous le vers 206.

2. Litt. : ‹ *(Quant au) cœur — jurant devant la Divinité — je vous demande d' — affirmer — envers moi — un mot!* »
Le mot « 饒 *nhau* » qui répond au 相 chinois, exprime parfois comme lui une action unilatérale.

3. Litt. : « . . . . . *de, naviguant sur — la mer, — m'éloigner — au large — je m'inquiète — en quoi?* »

4. Pour accomplir la cérémonie.

5. Litt. : « *En excédant — les paroles — il prie — en tout — Thành hoàng — (et) Thổ công* ».
Thành hoàng est regardé comme le dieu tutélaire des villages. Je trouve dans le célèbre livre annamite intitulé « *Biện phân tà chính* (辨 分 邪 正) l'origine du culte dont ce personnage est l'objet.
« Ce *Thành hoàng* », dit l'ouvrage que je viens de citer, « était un géné-
» ral qui vivait sous la dynastie des *Đường* et s'appelait *Trương tuần* Il
» remplissait les fonctions de vice-roi. Une révolte ayant eu lieu, il fut vaincu
» dans un combat qui se livra sur une plage de sable. Lorsque le Roi ap-

« Si vous avez réellement l'intention de réaliser cette alliance[1],

« veuillez me le garantir par un engagement sacré[2]!

« Avec le ciel et la terre pour témoins de cette promesse,

« sans plus d'inquiétude, je suis prête à tout affronter[3]! »   2125

En possession de ces paroles, la vieille alla

prévenir *Bạc*. On prépara aussitôt (les présents de mariage);

on disposa une maison bien montée.

La cour fut balayée; on y plaça des estrades, on nettoya les vases,
on alluma l'encens.

Bac sanh s'empressa de s'agenouiller[1],   2130

et, avec un flux de paroles, prit *Thành Hoàng*, prit *Thổ công*[5] à
témoin de son serment.

»prit que *Trương tuần* avait perdu la vie dans la bataille, il lui décerna
»aussitôt le titre de *Thành hoàng* (城 皇) et lui éleva un temple pour
»l'y adorer, voulant ainsi reconnaître la loyauté sans tache de ce fidele
»sujet». (*Biện phân tà chính*, p. 88.)

Quant à *Thổ công*, le dieu des jardins chinois, le *Biện phân* le confond
avec *Thổ chủ*, lequel, d'après cet ouvrage, n'est autre que 王 質 *Vương
chất*, un des immortels les plus celèbres parmi ceux qui rêverent les *Đạo
sĩ*. Cependant Mgr. TABERD, dans son *Dictionarium anamitico-latinum*, les
considère comme deux personnages distincts.

Voici ce qu'en dit le livre chinois intitulé 列 仙 傳 *Liệt tiên truyện
— Histoire des Immortels*» : « 王 質 *Vương chất* était un homme de 衢
»州 *Cù châu* qui vivait sous les 晉 *Tấn*. Il alla dans la montagne pour
»abattre des arbres, et s'avança jusqu'à 石 室 山 *Thạch thất san* (la
»montagne de la maison de pierre). Ayant aperçu dans la grotte des vieil-
»lards qui faisaient une partie d'échecs, *Chất* déposa sa cognée et les re-
»garda (jouer). Les vieillards lui donnèrent un objet qui ressemblait à un
»noyau de jujube; ils lui ordonnèrent de le garder dans sa bouche et d'en
»avaler le jus. (Ils lui affirmèrent qu'en ce faisant) il ne ressentirait plus
»ni la faim ni le soif. Voilà longtemps que tu es ici! lui dirent-ils ensuite;

Trước sân lòng đã giãi lòng;

Trong màn làm lễ tơ hồng kết duyên.

Thành thân, mới rước xuống thuyền;

2135 Thuận buồm một lá xuôi miền *Châu thai*.

Thuyền vừa đậu bến thảnh thơi,

Bạc sanh lên trước, tìm nơi mọi người.

Cùng nhà hàng viện xưa nay!

Cũng phường bán thịt; cũng tay buôn người!

2140 Xem người định giá vừa rồi,

» tu feras bien de t'en retourner. *Chất* prit (donc) sa coignée; mais le manche
» était réduit en poussière! Il se rendit chez lui en toute hâte. (Or depuis
» qu'il avait quitté sa demeure) il s'était écoulé plusieurs siècles et il y avait
» bien longtemps qu'il ne restait plus personne de sa famille. Il rentra dans
» la montagne où il reçut le 道 *Đạo* (embrassa les pratiques du Taosséisme)
» On l'y rencontre souvent.» (列仙傳 Liv. III, page 3, verso.)

Cette histoire est précédée dans l'exemplaire que je possède d'une gra-
vure chinoise où l'on voit *Vương Chất* qui, coiffé d'un grand chapeau de
paille, s'appuie les bras croisés sur un rocher dans une posture pleine d'a-
bandon, et regarde d'un air à la fois curieux et sagace les deux Immortels
absorbés par leur partie. Les figures de tous les personnages sont remplies
de naturel et d'expression; mais, chose singulière! l'échiquier sur lequel
les deux joueurs concentrent toute leur attention est absolument vide de
pièces!

La version que je viens de traduire du 列仙傳 ne montre nullement pourquoi *Vương Chất* est considéré par les Chinois et les Annamites
comme le génie protecteur des jardins. Celle que je trouve dans le *Biện
phản* et qui diffère considérablement de la première donne au contraire une
explication très naturelle de cette croyance.

Thổ chủ (土主), lit-on dans cet ouvrage, était un homme qui vivait au temps des *Tần*. Il s'appelait *Vương Chất*, était bûcheron et demeu-

Au lieu de la cérémonie les cœurs s'étaient épanchés.

Dans la chambre nuptiale on accomplit les rites du mariage [1],

et, lorsque l'union fut consommée, *(Bạc)* conduisit *(Kiêu)* à une barque dans laquelle il la fit descendre.

La voile obéissante les poussa vers le pays de *Châu thai.*   2135

Dès que le bateau eût en sûreté accosté l'embarcadère [2],

Bạc sanh débarqua le premier et s'enquit d'une maison publique [3].

C'était encore un comptoir comme l'autre !

Un marché de chair (humaine! et là se trouvait) encore une personne faisant commerce de ses semblables !

Dès qu'elle eut vu la jeune femme et que l'on eut fixé le prix,   2140

---

lait dans le *phủ* de *Son tây* 山西). Comme il était allé un jour faire du bois sur une montagne nommée *Thạch thất,* il y vit de mauvais esprits lui apparaître sous la forme de joueurs d'échecs. S'étant aussitôt approché pour regarder (la partie), ces démons lui enlevèrent tout sentiment, et l'empêchèrent ainsi de retourner chez lui. Ils donnèrent en outre à son visage une laideur extraordinaire. Lorsque plus tard il fut revenu à lui et retourna dans sa maison, ses enfants lui voyant ce visage étrange ne le reconnurent point et le prirent pour un imposteur. *Vương Chất* fut très affecté de se voir méconnu par ses petits fils *(sic).* Il les quitta, s'en fut, et construisit immédiatement dans un coin du jardin une espèce d'appentis dont il fit sa demeure, afin de pouvoir, en allant et venant, apercevoir ses petits enfants. Après sa mort ces derniers construisirent sur l'un des côtés du jardin une cabane en forme d'appentis dans laquelle ils l'adorèrent, parce qu'ils pensaient qu'il leur avait autrefois rendu quelque service en surveillant le jardin lorsqu'ils se trouvaient absents. *(Biện phân tả chính,* p. 92.)

1. Litt. : « *Dans l'intérieur de — les tentures — faisant — les cérémonies — de la soie — rouge — ils nouèrent — l'union* ».

2. Litt. : « .... *un lieu — de tous les — hommes* ».

3. 行院 *Hàng viên* signifie littéralement : « *un enclos renfermant des marchandises* ».

Mỗi hàng một đã ra mười, thì buông.

Mướn người thuê kiệu rước nàng;

Bạc đem, mặt bạc kiếm đàng cho xa.

Kiệu hoa đặt trước thềm hoa;

2145 Bên trong thấy một mụ ra vội vàng.

Đưa nàng vào lạy gia đàng.

Cùng thân mày trắng! Cùng phường lầu xanh!

Thoát trông, nàng đã biết tình!

Chim lồng khôn nhẽ cất mình bay cao!

2150 «Chém cha cái số hoa đào!

«Gỡ ra, rồi lại buộc vào như chơi!

«Nghĩ đời mà ngán cho đời!

1. Litt. : « L'argent — ayant été apporté, — le visage — ingrat — chercha — (un) chemin — pour — s'éloigner ».

Il y a ici un assez médiocre jeu de mots qu'il est impossible de conserver en français, et qui roule sur la similitude existant entre le nom du faux mari de Thý kiều d'une part et, de l'autre, la double signification du mot « bạc », lequel veut dire à la fois « argent » et « ingrat ».

2. Les mots « kiệu hoa » sont le renversement de l'expression chinoise « 花轎 hoa kiệu » qui désigne la chaise à porteurs de cérémonie dans laquelle les nouvelles mariées sont conduites à la maison de leur époux. Le poète l'emploie par ironie, et fait allusion au mariage simulé au moyen duquel on a trompé la jeune femme. Quant au mot « hoa » qui sert d'épithète au mot « thềm », il est susceptible d'un double sens, et peut être compris, soit dans le sens des relations impures qu'il désigne métaphoriquement, soit avec sa signification primordiale, les vérandas étant généralement ornées de vases de fleurs et de plantes grimpantes.

l'acheteur, voyant qu'il gagnerait dix pour un, se décida.

Il loua des hommes et une chaise pour aller prendre *Kiều,*

et l'ingrat *Bạc,* ayant touché son argent[1], s'arrangea pour s'esquiver.

Lorsque devant la vérandah fleurie[2] l'on eût déposé la chaise de
noces,
(Kiều) vit de l'intérieur accourir une vieille femme.   2145

Cette dernière la fit entrer et la conduisit devant l'autel de l'esprit
protecteur de la maison[3] (afin qu'elle) s'y prosternât.
C'était encore le génie aux sourcils blancs! C'était encore une maison de plaisir!
La jeune femme d'un coup d'œil connut ce qu'il en était!

mais un oiseau en cage ne peut prendre son essor et s'élever dans
les airs!
«Maudit soit», s'écria-t-elle, «le destin (que me valent) mes charmes[4]! 2150

«destin qui, m'ayant délivrée, se fait un jeu de m'enchaîner, de
» m'emprisonner de nouveau!
«Je pense à mon existence, et mon existence m'écœure!

3. 管 仲 *Quản Chung* ou 白 眉 *Bạch mi,* l'idole des femmes de mauvaise vie dont il a déjà été question plus haut (voy. au vers 930).

4. Litt. : «*(On aurait dû) décapiter — ton père, — (ô mon) destin — de
fleuri — pêcher (de belle personne)!»*

Ces mots «*chém cha*» constituent une des imprécations les plus graves
chez les Annamites. Pour en comprendre toute la violence, il faut se rappeler combien, de même que les Chinois, ce peuple attache d'importance à
la perpétuation de la race. Or celui qui la profère contre quelqu'un exprime
par là le regret que le père de celui qu'il insulte n'ait pas été tué avant
d'avoir eu aucun enfant, ce qui aurait amené l'anéantissement de sa descen-
dance. Au fond ce genre de malédiction est tellement passé dans leurs habitudes qu'ils ne se rendent pas même compte du sens des paroles qu'ils
profèrent. C'est ce qui explique la singulière application que *Túy kiều* en
fait à sa destinée, laquelle est un être purement moral.

8*

«Tài tình chi lắm cho Trời Đất ghen?

«Tiếc thay nước đã đánh phèn

2155 «Mà cho bùn lại nhuốm lên mấy lần!

«Hồng quân với khách hồng quần!

«Đã xây đến thế, còn hờn! Chửa tha!

«Lỡ từ lạc bước bước ra,

«Cái thân liễu những từ nhà liễu đi!

2160 «Đầu xanh đã tội tình chi?

«Má hồng đến quá nửa, thì chửa thôi?

«Biết thân chạy chẳng khỏi Trời!

«Cũng liều mặt phấn cho rồi ngày xanh!»

1. Litt. : « . . . . que l'eau — ait été traitée par l'alun, »
Lorsque l'eau est trouble les Annamites y mettent une petite quantité d'alun et la remuent ensuite. L'alun entraîne au fond toutes les souillures Kiều exprime par cette figure l'idée qu'elle avait été débarrassée une première fois de la souillure qu'elle avait contractée en séjournant dans l'immonde établissement de la vieille Tú bà.

2. Litt. : « mais — qu'on avait fait que — la fange — de nouveau — la souillant — montait — combien de — fois! »

3. Litt. : « Le grand — tour de potier — avec — son hôte — la jeune fille, — a tourné — à en venir à — (cette) manière; — (et) encore — il est irrité, — (et) pas encore — il pardonne! »
Le Ciel, créateur de toutes choses suivant la mythologie annamite, est comparé à un potier qui façonnerait avec son tour tous les êtres qui sont dans ce monde.

4. Litt. : « Égarée, — depuis qu' — errante — (quant aux) pas — en marchant — je suis sortie (de ma demeure), »
Par suite de leur position différente, le premier « bước » est un substantif et le second un verbe.

« Quel si grand mérite ai-je en moi, que le Ciel et la Terre m'honorent
    » de leur jalousie ?

« N'ai-je donc échappé (une première fois) à ma honte [1]

« que pour que cette fange remonte et revienne toujours me souiller [2] ? 2155

« L'auteur de toutes choses envers moi, (pauvre) fille,

« à ce point a poussé la rigueur, et sa rage n'est point apaisée [3] !

« Depuis qu'égarée dans ma voie, mes pas errants m'ont portée loin
    » de ma demeure [4],

« Depuis que, quittant ma famille, je me suis hasardée à partir, je
    » m'attendais à ces affronts [5] !

« Qu'est-elle donc, cette faute qui pèse sur ma jeune tête ?   2160

« À l'expier j'ai usé déjà plus de la moitié de mes charmes, et ce
    » n'est pas assez encore ?

« Je sais que je ne puis me soustraire (à la persécution) du Ciel [6] !

« Je sacrifierai donc ma beauté jusqu'à la fin de mes jeunes ans [7] ! »

5. Litt. : « (Si) la personne (de moi) — a été risquée, — ce n'est que —
(par le fait que) de — la maison — me risquant — je suis partie ! »

Ce vers est très cherché ; l'auteur vise à y produire une espèce de jeu
de mots au moyen de la répétition du caractère « 料 liệu ».

6. Litt. : « Je sais que — ma personne — en courant — ne pas — échap-
pera à — le Ciel ! »

Nous avons vu ailleurs le Ciel représenté comme un immense filet qui,
englobant toute la surface de la terre, ne permet à personne de lui échapper. La même idée se retrouve ici.

7. Litt. : « Tout aussi bien — je risque — mon visage — fardé — pour —
terminer — mes jours — verts ! »

Tant que notre héroïne sera jeune elle excitera l'amour de tous, et cet
amour lui suscitera de nouvelles persécutions. Elle s'y résigne ; mais elle
espère que, lorsque la vieillesse aura détruit sa beauté, elle retrouvera enfin
le calme. — Le mot « phẩn — fard » est adjectif par position, et a pour
correspondant le mot « xanh — vert » qui termine le second hémistiche.

Lần thâu gió mát trăng thanh,

2165   Bỗng đâu có khách biên đình đến chơi.

Râu hùm, hàm én, mày ngài;

Vai đôi thước rộng; thân mười thước cao.

Đường đường một đứng anh hào!

Côn quyền hơn sức, lược thao gồm tài.

2170   Đội trời đạp đất ở đời!

Họ *Từ*, tên *Hải*; vốn người *Việt đông*.

Giang hồ quen thú vẫy vùng.

---

1. Litt. : « . . . . on avait traversé — les vents — frais — et les lunes — sereines ».

Les phénomènes météorologiques s'étaient succédés les uns aux autres, le temps avait passé.

2. Les Chinois considèrent cette conformation particulière du visage comme un signe d'habileté à la guerre et de valeur indomptable. Dans le célèbre roman 好述傳 — *l'histoire d'un mariage bien assorti* (XIVᵉ chap., pages 1 et 2), le héros 鐵中玉 s'approche d'un vaillant général qu'un échec amené par la trahison a fait condamner à mort; et, constatant qu'il a «une tête de léopard, des yeux ronds comme des bracelets, *une mâchoire d'hirondelle* et qu'il porte au menton une *barbe de tigre*» (生得豹頭 環眼燕頷虎鬚), il déclare qu'il doit être un remarquable chef de guerre (此將才也) et il se porte caution pour lui.

Le *Ngài* est un insecte dont la forme est très analogue à celle du ver à soie; cependant il est plus ondulé et se termine en pointe.

3. On rencontre ici une singulière erreur dans le texte en caractères idéographiques. Les épaules du héros y sont dites larges de *cinq pouces* (*năm tấc*)! J'ai pris sur moi de la corriger et de remplacer ces deux caractères par ceux qui représentent les mots «*đôi thước* — deux coudées». La coudée annamite équivaut à 0ᵐ,487. Le double, c'est-à-dire 0ᵐ,974 est une mesure

Peu à peu le temps s'était écoulé [1],

lorsque tout-à-coup un étranger (venu) de la frontière, arriva pour 2165
se divertir.

Il avait la barbe du tigre, la mâchoire de l'hirondelle; ses sourcils
ressemblaient au *Ngài* [2].

Ses épaules étaient larges de deux coudées [3], sa taille était haute de
dix.

C'était un héros imposant!

Au jeu du bâton, à la boxe il surpassait les plus forts; il possédait
dans les *Lược* et les *thao*, une science consommée [4].

Il était puissant sur la terre [5]!   2170

Son nom de famille était *Từ*, son petit nom était *Hải*; *Việt đông*
était son pays.

Son existence se passait à faire du bruit dans le monde.

---

plus convenable pour les épaules d'un géant qui, dit le poète, est haut de
près de *cinq mètres!*

4. Litt. : «*(Quant au) bâton — (et au) poing — il avait plus que — de la
force; — (quant aux) lược — (et aux) thao — il réunissait — (tous) les talents*».

Voir ce que j'ai dit au sujet de l'origine des 三畧 *Tam lược* et des
六韜 *Lục thao* dans la note sous le vers 14 de ma traduction du *Lục
Vân Tiên.*

Le premier de ces ouvrages est attribué par aucuns non à 姜太公
Khương thái công, mais à un personnage légendaire appelé 黃石公
Hoàng thạch công. Le second se divise en six chapitres, intitulés :

1° 龍 *Long* — le dragon.

2° 虎 *Hổ* — le tigre.

3° 文 *Văn* — la littérature.

4° 武 *Võ* — la guerre.

5° 貂 *Báo* — le léopard.

6° 犬 *Khuyển* — le chien.

5. Litt. : «*Il portait sur la tête — le ciel, — il foulait sous ses pieds —
la terre — dans — le monde!*»

Gươm đàn nửa cánh, non sông một chèo.

Qua chơi thây tiếng nàng *Kiều;*

2175   Tâm lòng nhi nữ cũng xiêu anh hùng.

Thiếp danh đưa đến lầu hồng;

Hai bên cũng liếc, hai lòng cũng ưa.

Từ rằng : «Tâm đảm tương kỳ !

---

1. Litt. : «*Son épée — brandissant — (avec) la demie — réunion des deux bras, — sur les fleuves — il employait une seule — rame*».

Je ne traduis pas le mot «*non — montagnes*» que l'auteur, avec cette indépendance qui caractérise les poètes annamites, emploie ici uniquement comme cheville, et qu'il choisit pour cette seule raison qu'il se trouve très fréquemment associé dans les poésies au mot «*sông — fleuves*», auquel il fait opposition.

2. Le mot «*thấy*» qui signifie le plus ordinairement «*voir*», est pris ici dans le sens d'*entendre*. On dit très bien en annamite « 休信 *thấy tín* » pour «*apprendre une nouvelle*». En chinois parlé il en est de même, et 聽見 y signifie simplement «*entendre*».

. 3. Le verbe «*xiêu*» qui est ordinairement neutre devient ici causatif par position.

4. L'expression 帖名 *thiếp danh*, qui signifie littéralement «*billet de nom*» n'est, comme il est facile de le voir, pas autre chose que le renversement conforme à la syntaxe annamite du substantif composé chinois 名帖, lequel désigne une feuille de papier rouge sur laquelle un visiteur inscrit son nom et ses qualités, et qu'il fait parvenir quelque temps d'avance à la personne qu'il doit aller voir. Ces 名帖 représentent à peu de chose près nos cartes de visite.

5. Litt. : «*Nos cœurs — et nos vésicules biliaires — mutuellement — se rencontrent !* »

Cette expression équivaut au dicton chinois suivant, dont elle ne diffère d'ailleurs que par un mot : « 心腹相期 *Tâm phục tương kỳ* — *les cœurs et les ventres se rencontrent*».

Le cœur et le ventre sont deux parties très centrales et très essentielles du corps humain; aussi les Chinois ont-ils été tout naturellement portés à en faire le siège de nos sentiments les plus intimes, comme nous le faisons d'ailleurs aussi nous-mêmes en ce qui concerne le cœur. Dire que le cœur

Brandissant son épée d'une main et s'aidant d'une seule rame, sur
les fleuves il naviguait[1].

Venu pour se divertir, il entendit parler[2] de *Kiều,*

et vers le cœur de la jeune fille s'inclina celui du héros[3]. 2175

Dans le palais du plaisir sur un billet il envoya son nom[4].

Après que du coin de l'œil ils se furent examinés, leurs deux cœurs
se mirent d'accord.

«Entre nous», dit *Tù,* «s'est établie la sympathie[5]!

et le ventre de deux personnes se rencontrent signifie donc métaphoriquement que leurs sentiments les plus intimes cadrent parfaitement, qu'il existe
entre elles une sympathie absolue.

Cette manière figurative de s'exprimer a très vraisemblablement sa source
dans le chapitre du 書 經 (Livre des Annales) intitulé 盤 庚 *Bàn canh,*
chapitre dans la troisième section duquel on lit cette phrase : 今 予 其
敷 心 腹 腎 腸 歷 告 爾 百 姓 于 朕 志 « *Kim dư kỳ phu*
»*tâm phục thận tràng, lịch cáo nhữ bá tánh vu trẩm chí* — Maintenant j'ai
»mis à découvert *mon cœur, mon ventre,* mes reins et mes entrailles, et je
»vous ai dévoilé toute ma volonté, ô vous, cent familles!»

On trouve déjà cette expression avec le sens de «*confident*» dans le
詩 經 ou Livre des Vers :

. . . .

. . . .

赳 赳 武 夫
公 侯 腹 心

«*Cả Cu võ phu*
«*Công hậu phục tâm!*

«Cet intrépide guerrier
«(est bien fait pour être) le confident (litt. : *le ventre et le cœur*) du Prince!»

Le poète annamite a probablement remplacé le *ventre* par la vésicule
biliaire *(đảm)* pour faire une allusion anticipée à la conduite pleine d'amour
et de courage que va montrer son héroïne à l'égard du guerrier *Từ Hải.*
En effet, si les Chinois et les Annamites font comme nous du cœur le siège
des sentiments affectueux, c'est dans la vésicule biliaire ou dans le foie
qu'ils placent le courage.

«Phải người trăng gió vật vờ hay sao?

2180   «Bấy lâu nghe tiếng má đào!

«Mắt xanh chẳng để ai vào đồng không!

«Một đời được mấy anh hùng?

«Bỏ chi cá chậu chim lồng mà chơi?»

Nàng rằng : «Người dạy quá lời!

2185   «Thân nầy còn dám xem ai làm thường?

«Chút riêng, chọn đá thử vàng,

«Biết đâu mà gởi can tràng vào đâu?

1. Litt. : « *Vous êtes — une personne — de lune — et de vent, (une personne avec laquelle on a un commerce passager comme le plaisir qu'on goûte à se
promener au clair de la lune ou à s'exposer à une brise rafraîchissante) — (et)
avec qui l'on a des relations oiseuses — ou — comment cela?»*

«Đi vật vờ» signifie «errer, flâner». Cette expression devient par position un adjectif qualificatif qui, de même que celles qui la précèdent ne
peut être rendue en français que par des périphrases.

2. Litt. : «*(Un) œil — noir — ne pas — laisse — qui que ce soit — entrer
dans — (sa) cavité — vainement!*»

Pour comprendre ce vers, il est nécessaire de se reporter à l'anecdote
suivante que l'on trouve dans le traité chinois 幼學 (section 身體
類. Liv. 2, p. 27 v°) :

«阮籍作青眼厚待乎人 *Nguyễn Tịch tác thanh nhãn hậu
» đãi hồ nhơn* — *Nguyễn Tịch*, en leur montrant (les pupilles) noires (de ses
» yeux (litt.: en faisant des yeux noirs), témoignait sa bienveillance aux gens*»

Commentaire : «*Nguyễn Tịch* était un lettré qui pouvait montrer le noir
» ou le blanc de ses yeux. Lorsqu'il voyait un homme instruit et bien élevé,
» il le recevait en lui montrant le noir. Sa mère étant morte et 稽喜
» *Kê Hỉ* étant venu lui faire des compliments de condoléance, *Tịch* lui mon-
» tra le blanc. 康 *Khang*, frère cadet de *Hỉ*, s'avança alors, portant son
» *cầm* sous son bras, et lui offrit du vin à deux mains. *Nguyễn Tịch* fut ravi
» et montra le noir.»

«Êtes-vous donc une personne avec laquelle, par occasion, l'on se
» divertit en passant[1]?

« J'avais depuis longtemps entendu parler de votre beauté!   2180

‹ A l'œil d'un connaisseur personne ne peut se soustraire[2]!

« Combien, dans une vie, rencontre-t-on de héros?

« Ne peut-on se divertir avec un poisson dans un vase, avec un oiseau
» en cage? »

« Seigneur, vous daignez me flatter »! lui répondit la jeune femme[3].

« Comment pourrais-je vous[4] regarder comme le premier venu?   2185

« Pauvre créature que je suis[5], choisissant, pour éprouver l'or, une
» (bonne) pierre (de touche),

« comment saurais-je à qui donner mon cœur[6]!

Tử Hải, en parlant de son œil *noir*, se pose comme un connaisseur qui
sait, comme *Nguyễn Tịch*, reconnaître les personnes distinguées.

Le mot annamite 樫 *xanh* qui, de même que le chinois 青 *thanh* dont
il est probablement une altération, signifie ordinairement « *bleu* » ou « *vert* »,
prend aussi parfois, comme lui, le sens de « *noir* ».

3. Litt. : « . . . . *Vous — en enseignant — dépassez — les termes (vous me
traitez d'une façon trop polie pour une personne de ma condition!)* »

L'expression « *dạy — enseigner* » s'emploie souvent lorsqu'il s'agit de paroles adressées par un supérieur (réel ou supposé tel par politesse) à son
inférieur. On dit en chinois d'une manière analogue : « *recevoir les instructions de quelqu'un* » pour « *s'entretenir avec lui* ».

4. Ce vers peut être entendu dans un double sens. Si l'on prend le mot
« *ai* » dans son acception ordinaire, on devra l'interpréter ainsi : « *Comment
une créature aussi vile que moi pourrait-elle traiter de pair à égal avec qui que
ce soit?* › *Kiều* faisant entendre par là à *Tử Hải* qu'elle n'est pas digne des
compliments qu'il lui fait. Si au contraire on entend ce mot dans le sens
de « *vous* », comme j'ai montré précédemment qu'il y a ordinairement lieu
de le faire dans les situations semblables à celle-ci, il faut adopter la version que j'ai donnée. Je la regarde comme préférable, parce qu'elle s'accorde mieux tant avec la situation qu'avec les vers qui suivent.

5. Litt. : « *Le peu — particulier (de moi)* . . . .

6. Litt. : « *Je saurais — où — pour — confiant — (mon) foie — (et mes)*

«Còn như vào trước ra sau,

«Ai cho kén chọn vàng thau tại mình?»

2190   *Từ* rằng : «Lời nói hữu tình!

«Khiến người lại nhớ câu *Bình nguyên quân!*

«Lại đây xem lại cho gần,

«Phỏng tin được một vài phần hay không».

Thưa rằng : «Lượng cả bao dung!

2195   «*Tấn dương* được thây mây rồng có phen!

«Rộng thương cỏ nội, hoa hèn,

«Chút thân bèo bọt dám phiền mai sau!»

Nghe lời vừa ý gặc đầu.

---

entrailles — les *faire entrer* — *où?* — *(où serait pour moi le moyen de savoir à qui confier . . . . ?)»*

1. Litt. : «*Encore* — comme (d') — *entrer* — par devant — et de *sortir* — par derrière,»

2. Dans le honteux esclavage auquel je suis réduite, il ne m'est point permis de m'attacher de préférence aux gens doués d'un cœur élevé

3. Le 平原君 *Bình nguyên quân* dont il s'agit ici mourut en 250 avant l'ère chrétienne. Ce nom, qui signifie «prince de 平原 *Bình nguyên*, est un titre qui fut conféré à 趙勝 *Triệu thắng*, le plus jeune frère du souverain qui régnait alors sur l'état de *Triệu. Bình nguyên quân* fut un des chefs qui conduisirent les luttes dont fut précédé le triomphe final de la maison de 秦 *Tần* sur les états feudataires, et il se trouva plusieurs fois à la tête des combinaisons militaires ou diplomatiques formées en vue de résister aux empiétements de l'envahisseur. Il est un des Quatre Chefs (四豪) de cette période, et fut, comme ses contemporains, à la tête d'une troupe considérable de fidèles partisans. Pour satisfaire le ressentiment de l'un d'eux qui était bossu il mit à mort une concubine favorite

‹Quant à ce qui est d'agir à ma guise[1].

«Qui m'aurait laissée, à mon gré, choisir l'or, et (laisser) le cuivre[2]?»

‹Vos paroles sont sages», dit *Tu;* 2190

« Elles rappellent au souvenir la phrase sur *Bình nguyên quân*[3].

‹Je suis venu ici pour vous considérer de plus près

‹ et voir si je puis avoir quelque part à vos faveurs.»

«Que votre magnanimité se montre indulgente!» dit-elle.

Le chef de *Tấn đương* réussit parfois dans ses entreprises[4]! 2195

« Soyez généreux envers l'herbe de la plaine! ayez compassion d'une
» humble fleur,

« de ma chétive personne, qui, faible comme le *Bèo* et la mousse,
» n'ose s'appuyer sur vous, et tôt ou tard vous pèsera!»

En l'entendant, par ces paroles, accéder à son désir, *Tu hai* secoua
la tête.

qui avait ii de sa difformité. (MAYERS, *Chinese reader's manual*, pages 175
à 176.)

Ce personnage avait une grande réputation d'hospitalité; il comblait ses
hôtes de présents splendides. *Tu* lui compare galamment *Tây kiều*, et dit
que de même que *Bình nguyên quân* traitait avec une générosité sans égale
les personnes qu'il recevait bien qu'elles fussent innombrables, de même la
jeune femme comble de ses inappréciables faveurs tous ceux qui viennent
les demander.

4. Litt.: «*(Quant au fait que) Tấn Đương — obtient — de voir — les
nuages — du dragon, — il y a — des fois!*»

Ceci est une sorte de plaisanterie littéraire singulièrement cherchée. *Tây
kiều* fait entendre à *Tu hai* que la fortune le favorisera dans les rapports
galants qu'il veut avoir avec elle comme elle favorisa jadis *Đương cao tô* qui,
de simple gouverneur du *Quận de Tấn đương*, devint empereur de la Chine.

Le dragon qui, d'après l'antique dictionnaire chinois 說文, est le
chef des trois cent soixante espèces de reptiles à écailles, a seul le pouvoir de monter dans les nuages (ce qu'il fait chaque printemps).

Cười rằng : «Tri kỷ trước sau mấy người?

2200   «Khen cho con mắt tinh đời!

«Anh hùng đứng giữa trần ai! Mới già!

«Một lời đã biết đến ta!

«Muôn chung ngàn tứ, cũng là có nhau!»

Hai bên ý hiệp, tâm đầu;

2205   Khi thân, chẳng lựa là cầu; mới thân!

Ngỏ lời nói với băng nhơn,

Tiền trăm lại cứ nguyên ngân phát hoàn.

Phòng riêng sửa chốn thanh nhàn;

Đặt giường thất bửu, vây màn bát tiên.

Comme il est d'ailleurs, en sa qualité de chef des êtres surnaturels, le symbole spécial de tout ce qui concerne l'Empereur de la Chine, «voir les nuages du dragon» ou voir le dragon venir à soi dans les nuages qu'il habite, c'est devenir empereur soi-même.

1. Litt. : « . . . . . . (Quant à) connaître — soi — avant — (et) après, — combien d' — hommes se connaissent? »

2. Litt. : « . . . . Alors — c'est très bien! »

Le mot «già» signifie directement «vieux»; mais comme une personne qui est parvenue à la vieillesse a atteint tout son développement, cette idée a fait prendre également ce mot dans le sens de «parfait», ou plutôt de «parfaitement»; car ce mot ne s'emploie guère ainsi que comme adverbe.

3. Le 鍾 Chung est une ancienne mesure qui équivalait suivant les uns à quatre, suivant les autres à trente-quatre ou même soixante-quatre 斗 Dẩu. — On appelle 駟 Tứ un attelage de quatre chevaux.

Les termes «muôn chung — dix mille chung», «ngàn tứ — mille tứ» sont employés ici par le poète pour désigner une fortune considérable. Nguyễn Du les a tirés, en leur donnant la forme annamite, du philosophe chinois 孟子 Mạnh tử.

«Combien», dit-il en riant, «est-il de cœurs qui s'accordent en tous
» points[1]?

«Que vous avez des yeux charmants! 2200

«(Moi, je suis) un héros debout au milieu du monde! Nous sommes
» faits pour nous entendre[2]!

«Pour que nous nous connaissions, une parole a suffi!

«Je serais riche à dix mille *chung*, je posséderais mille *tứ*, que tou-
» jours nous vivrions ensemble[3]! »

Les volontés et les cœurs des deux parts se trouvaient d'accord.

Qu'est-il besoin, quand l'amour est venu, de frais pour se faire aimer[4]? 2205

L'on porta des propositions en s'aidant d'un intermédiaire,

et l'on rendit les centaines d'onces déboursées primitivement[5].

Une chambre à part fut préparée, asile de leur bonheur[6],

et l'on y dressa un lit orné des sept choses précieuses; on l'entoura
de rideaux (portant, brodés,) les huit génies[7].

萬 鍾 則 不 辨 禮 義 而 受 之 *Vạn chung, tắc bất biện lễ*
nghĩa nhi thọ chi! — (Mais s'il s'agit de) dix mille *chung*, on les acceptera
sans s'inquiéter des convenances ou de la justice! (孟 子, Liv. VI, 1e section, chap. X, § 7.)

伊 尹 ...... 繫 馬 千 駟 弗 視 也 *Y Doãn, hệ mã thiên tứ,*
phất thị dã! — Y Doãn ...... quand on lui aurait attelé mille *tứ* de chevaux, ne les aurait pas même regardés! (Id. Liv. V, chap. VII, § 2.)

4. Litt. : « *Quand — on s'aime, — ne pas — on tient compte de — cher-*
cher; — alors enfin — on s'aime! »

5. Litt : « *L'argent — en centaines — encore — conformément à — l'origi-*
naire — argent — en le produisant au dehors — on rendit ».

Tú hải rembourse à la propriétaire de la maison de prostitution le prix
qu'elle avait payé pour acquérir *Túy kiều.*

6 Litt. : « *Dans une chambre — spéciale — on disposa — le lieu — du*
bonheur ».

7. Pour ces objets précieux, voir ma traduction du *Lục Vân Tiên,* p. 225.
Quant aux huit génies, ce sont des hommes qui, élevés au rang de divi-

2210 Trai anh hùng, gái thuyền quyên,

Phỉ nguyền sính phụng, đẹp duyên cỡi rồng.

Nửa năm hương lửa đang nồng;

Trượng phu phút đã động lòng bốn phương.

Trông vời trời biển minh mông;

2215 Thanh gươm, yên ngựa, lên đàng thẳng xông.

Nàng rằng : «Phận gái chữ tùng!

«Chàng đi, thiếp cũng quyết lòng xin đi!»

Từ rằng : «Tâm đẩm tương tri,

«Sao chưa thoát khỏi? Nữ nhi thường tình!

2220 «Bao giờ mười vạn tinh binh,

nités, sont regardés maintenant comme les protecteurs des arts. Ils sont d'origine Đạo sĩ; voici leurs noms :

1° 呂洞賓 Lữ Đồng Thần, qui porte une épée et accorde son assistance à ceux qui se livrent à la pratique de l'escrime. Il est l'objet d un culte de la part des malades.

2° 漢鍾離 Háng Chung Ly tient un éventail avec lequel, disent quelques-uns, il évente et ranime les âmes des mortels.

3° 藍乎荷 Lam Biên Hà porte un panier de fleurs et une bêche: il protège les jardiniers fleuristes.

4° 鐵枴李 Thiết Linh Lý porte une calebasse et une béquille; c'est le patron des magiciens.

5° 曹國舅 Tào Quốc Cựu, coiffé d'un bonnet de mandarin, tient a la main des castagnettes. Il est invoqué par les bouffons et les comédiens

6° 張果老 Trương Quữ Lão tient une boîte à pinceaux en bambou. Il forme au beau style les écrivains et les lettrés.

Ce héros, cette noble fille   2210

au gré de leurs désirs s'abandonnèrent aux transports de l'amour[1].

Leur feu dura la moitié d'une année;

puis tout-à-coup le guerrier se mit à penser à la gloire[2].

Les yeux dirigés vers l'espace, avisant le ciel et la mer immenses,

Il ceignit son glaive tranchant, sella son coursier et, sur le chemin, 2215
droit devant lui il s'élança.

« Le devoir d'une femme », dit *Kiều*, « est de suivre celui qu'elle
» aime[3] !

« Dans mon cœur, puisque vous partez, j'ai résolu de partir aussi! »

« (A présent) » répondit *Từ* « que notre connaissance est intime[4],

« comment n'avez-vous pas fui encore? (car) c'est ainsi d'ordinaire
» (qu'en agit) le cœur de la femme!

« Lorsqu'avec des bataillons innombrables de guerriers,   2220

7° 韓湘子 *Hàn Tương tử* est représenté sous la forme d'un jeune
homme qui joue de la flûte. C'est le patron des musiciens.

8° Enfin 何仙姑 *Hà Tiên Cô*, génie du sexe féminin, se tient debout sur un pétale de fleur qui flotte sur l'eau. Elle a dans les mains une
fleur de Lotus, et un panier. On invoque son secours en matière de ménage.
(Voy. le *Dictionnaire* de S. WELLS WILLIAMS, au mot *Siên*.)

1. Litt. : « *dans une belle alliance — épousèrent — le phénix, — dans une
plaisante — alliance — chevauchèrent — le dragon* ».

2. Litt. : « ..... *fut ébranlé — (quant au) cœur — (au sujet de) — les
quatre — points cardinaux (le désir d'étendre partout sa réputation fit battre
son cœur)*.

3. Litt. : « ...... *la condition — de la femme — est — le caractère —
suivi e! »*

Les deux mots « *chữ tùng* » deviennent par position un verbe qualificatif.

4. Litt. : « .... *(nos) cœurs — (et nos) foies — se connaissent mutuellement* ».

9

«Tiếng bề dậy đắt, bóng sinh dẹp đường,

«Làm cho rõ mặt phi thường,

«Bấy giờ ta sẽ ruốc nàng nghi gia!

2225 «Bằng nay bốn biển không nhà!

«Theo, càng thêm bận! Biết là đi đâu?

«Đành lòng chờ đó ít lâu!

«Chầy chăng là một năm sau. Vội gì?»

Quyết lời, dứt áo ra đi,

2230 Gió mây bằng đã đến kỳ dặm khơi!

Nàng thì chiếc bóng song mai.

Ngày thâu đăng đẳng; nhặt gài then mây.

---

1. La figure contenue dans le dernier hémistiche est si énergique et si frappante que j'ai cru pouvoir me permettre de la conserver telle quelle dans la traduction, bien qu'elle fasse dans notre langue un effet quelque peu étrange.

2. Litt. : «(que) j'aurai fait que — je sois mis en évidence — (quant à mon) visage — d'une manière non ordinaire,»

3. Litt. : «. . . . dans les quatre mers.

4. Litt. : «tranchant d'un seul coup — le vêtement . . . .»

Cette singulière métaphore est la conséquence d'une autre qui est assez fréquemment employée en poésie, et dans laquelle on compare un ménage bien uni à un vêtement pourvu de son collet, parce que cette pièce accessoire, qui représente la femme, est absolument inséparable du corps du vêtement, qui figure le mari.

5. Il y a ici transposition du mot «bằng — comme» dont la place grammaticale est avant les deux substantifs «gió mây». En l'y reportant, la traduction littérale sera celle-ci :

«du bruit de mes tambours faisant trembler la terre, de l'ombre[1] des
» drapeaux balayant les chemins,

«je me serai distingué du vulgaire[2],

«je viendrai vous chercher afin de nous unir!

«En ce moment dans le monde entier[3] je n'ai pas (même) une de-
» meure!

«Vous ne feriez, en me suivant, qu'accroître votre détresse! (car) où 2225
» pourriez-vous aller?

«Veuillez bien en ce lieu m'attendre quelque temps!

«au plus tard, pendant un an. Nous n'avons rien qui nous presse!»

Ils conviennent de tout; l'on se sépare[4] et *Từ* s'éloigne,

semblable au vent et aux nuages, lorsque le temps est venu pour eux
de (se rendre au) large[5].

La jeune femme, isolée, dans sa chambre[6] demeura. 2230

Lentement les jours s'écoulèrent! sa porte était fermée à tous[7].

«*comme — (lorsque) le vent — (et) les nuages — sont arrivés à — le terme
fixé — des dặm — du large!*»

6. Litt. : «*La jeune femme — alors — fut dépareillée — quant à l'ombre
— de sa fenêtre — de mai.*»

Cette manière de parler, singulière au premier abord, n'en renferme pas
moins une idée très gracieuse. Lorsqu'un couple est bien uni les deux
époux sont souvent rapprochés l'un de l'autre et, le soir, la lumière de la
lampe qui éclaire l'intérieur de la chambre nuptiale réflète leur ombre à
tous deux sur le store qui clôt la fenêtre. Un observateur placé à l'extérieur peut donc voir souvent passer et repasser derrière ce store une ombre
double; mais si l'un des époux vient à s'absenter, il n'apercevra plus qu'une
ombre unique, une ombre *dépareillée.* — Le mot «*mai*» intervient ici comme
une épithète vague, renfermant en elle-même une idée d'élégance, de dé-
licatesse. Il n'implique pas absolument l'existence d'une représentation de
l'arbuste *mai* sur le store dont il s'agit.

7. Le mot *mây* — *nuages* est encore une épithète simplement *ornementale,* qui fait pendant au mot «*mai*» et rime avec «*giầy*» qui termine le
vers suivant.

9*

Sân rêu chẳng vẽ dấu giày.

Cỏ cao hơn thước; liễu gầy vài phân.

Đoái thương muôn đặm tử phần;

2235 Hồn quê theo ngọn mây Tần xa xa!

Xót thay huyên cội xuân già!

Tấm lòng thương nhớ biết là có ngui?

«Chốc ra mười mấy năm trời.

«Còn ra khi đã da mồi tóc sương!

2240 «Tiếc thay chút ngãi cũ cường!

1. Cette métaphore est très obscure. Elle signifie qu'il se passa un temps
assez long. Par ces mots : « le saule maigrit », l'auteur du poème veut probablement dire que l'arbre, en vieillissant, perd un certain nombre de ses
branches, ou que son feuillage devient plus clairsemé; et réciproquement,
cette raréfaction de la verdure des saules indique que le temps a marché.

2. Litt. : « En regardant en arrière, — elle avait compassion de — les dix
mille — dặm — du tử — et du phần ».

J'ai parlé du 梓 tử. Le 枌 phần est l'orme blanc. En se reportant
à la note sous le vers 1047, on saisira facilement comment le premier de
ces arbres entre dans la figure employée ici par le poète. Quant à l'arbre
枌, il faut, pour se rendre compte du rôle qu'il y joue, se reporter à
l'ode 東門之枌 du 詩經, dont la première strophe décrit les
divertissements auxquels se livrent ensemble auprès de l'une des portes les
citoyens d'une même ville. On pourra saisir alors comment le souvenir de
l'arbre dont il est parlé au premier vers de cette strophe peut susciter dans
l'esprit de Kiều la pensée du pays absent :

婆	子	宛	東
娑	中	丘	門
其	之	之	之
下	子	栩	枌

Sur la mousse de la cour aucun pied ne marquait son empreinte.

L'herbe dépassa une coudée, et le saule quelque peu maigrit[1].

(Kiều) était émue, en pensant au lieu de sa naissance[2] qu'une immensité (séparait) d'elle,

et, au souvenir du pays, à la suite des nuages qui couronnaient le 2235
(mont) Tân, son âme bien loin s'élançait!

Combien elle souffrait (à la pensée de) son vieux père et de sa vieille
mère[3].

Où pouvait-elle à ses regrets trouver un adoucissement?

«Déjà plus de dix ans se sont écoulés!» (pensait-elle).

«S'ils sont encore en ce monde, ils doivent porter le sceau de la
» vieillesse! la neige a couronné leur tête[4]!

«Je le regrette (aussi), ce cœur que le hasard avait attaché au mien[5]! 2240

> «Đông môn chi phần!
> «Uyển khưu chi vũ!
> «Tử trung chi tử
> «Bà' ta kỳ hạ.
«(Ce sont) les ormes de la porte orientale!
«(Ce sont) les chênes d'Uyển Khưu!
«La fille de Tử Trung
«sous (ces arbres) se livre à la danse.»

(詩經 Sect. I, Liv. XII, ode 2.)

Je m'aperçois que j'ai omis de rectifier le texte en caractères figuratifs,
qui porte 粉 au lieu de 扮. Je signale ici cet oubli.

3. Litt. : « Elle était émue — combien! — (au sujet de) le Huyện — tronc
— et le Xuân — vieux! »

4. Litt. : « Encore — il ressort — un quant (il est probable que) — dès à
présent — ils ont une peau — de tortue caret, — ils ont des cheveux — de rosée! »
L'expression «da môi — peau de tortue caret» désigne l'aspect que présente des vieillards très âgés. Cette comparaison vient de ce que
les taches dont elle est semée la font ressembler quelque peu à la cara-
pace du reptile dont il s'agit. — La particule verbale de passé «da», qui
exprime ici que la modification dont il s'agit est dès à présent accompli,
fait un verbe composé des quatre derniers mots du vers.

5. Litt. : « Je regrette — combien! — le peu d' — affection — intime et
contractée par hasard! »

«Dẫu lìa mối chỉ, còn vương tơ lòng!

«Duyên em dầu nối chỉ hồng,

«May ra khi đã tay bồng, tay mang!»

Tấc niềm cố quốc, tha hương,

2245   Đường kia, nỗi nọ ngổn ngang bời bời.

Cánh hồng bay bổng tuyệt vời!

Đã mòn con mắt, phương trời đăm đăm!

Đêm ngày luống những âm thầm,

Lửa binh đâu đã ầm ầm một phương!

2250   Ngất trời, sát khí mơ màng!

Đầy sông kình ngạc, chật đàng giáp binh!

Người quen thuộc, kẻ đông quanh,

Rủ nàng hãy tạm lánh mình một nơi.

1. Litt. : « Quoique — nous soyons séparés — (quant au) bout — de fil, — encore — nous sommes pris dans — la soie — du cœur ! »

Kiều veut dire par là que si le fil rouge, symbole du mariage, n'attache pas leurs personnes l'une à l'autre, l'amour, comme un autre fil, réunit encore leurs deux cœurs.

2. On se rappelle qu'en se vendant pour payer la dette de son père, Túy kiều avait chargé sa sœur Túy Vân d'épouser à sa place son fiancé Kim Trọng.

3. Litt. : « Par bonheur — il ressort — (un) quand (il est probable que) — dès à présent — leurs mains — portent, — leurs mains — soutiennent suspendu au cou (un enfant) ! »

La facture de ce vers est presque entièrement semblable à celle du vers 2239.

«Bien que nous n'ayons pu être époux, nos âmes sont restées atta-
» chées l'une à l'autre! [1]

« Si de cette union ma sœur cadette a renoué les fils [2],

‹ dans leurs bras ils doivent porter, embrasser un doux fardeau [3] ! »

En son cœur le souvenir du pays, la douleur de son exil [4]

se trouvaient confondus ensemble. 2245

L'aigle [5] avait tout-à-coup pris son vol à perte de vue !

à le suivre ses yeux s'étaient lassés, le ciel leur paraissait obscur !

Tandis que la pensée (de *Từ hải*), nuit et jour, hantait l'esprit (de
la jeune femme),

tout-à-coup dans un coin de l'horizon éclatèrent les feux d'une
armée.

Les vapeurs du massacre obscurcissaient le ciel; (aux yeux de *Kiều* 2250
tout) devint confus [6] !

Les *Kình*, les *Ngạc* [7] remplissaient les fleuves; les chemins étaient
pleins de guerriers cuirassés !

Ses connaissances, ses voisins

la pressaient, pour un temps, de chercher un refuge.

---

4. Litt. : « . . . . le vieux — royaume, — l'autre — village, »
5. Litt. : « L'aile — de l'oie sauvage . . . . »
C'est à *Từ Hải* que s'applique cette désignation poétique.
6. Litt : « Il y eut obscurcissement — (quant au) ciel; — de la tuerie —
les vapeurs — firent indistinct ! »
7. *Kình* est le nom de la baleine, à une espèce fabuleuse de laquelle
les Chinois attribuent une longueur de mille *li*. — Quant au *Ngạc*, ce nom
désigne d'après M. WELLS WILLIAMS le crocodile et le gavial du Gange. Le
premier aurait, dit-on, existé primitivement près de Swatow dans la rivière
Han, d'où on l'aurait banni par des exorcismes à l'époque de la dynastie
des T'âng.
Sous les noms de *Kình* et de *Ngạc*, le poète désigne ici métaphoriquement des guerriers redoutables et armés de cuirasses.

Nàng rằng : «Trước đã hẹn lời!

2255   «Dẫu trong nguy hiểm, dám rời ước xưa?»

Còn đang giùi thẳng ngẩn ngơ,

Mái ngòai đã thấy ngọn cờ, tiếng la!

Giáp binh kéo đến quanh nhà;

Đồng thanh cùng hỏi : «Nào là phu nhơn?

2260   Hai bên mười vị tướng quân

Đặt gươm, cởi giáp, trước sân khấu đầu.

Cung nga thể nữ nối sau,

Rằng : «Vâng lịnh chỉ rước chầu vu qui!»

Sân sàng phượng tán, loan nghi.

2265   Hoa quang giáp giới, hà y rõ ràng.

Kéo cờ, nổi trống, lên đàng;

---

1. Litt. : « . . . . Auparavant — j'avais fixé (quant au lieu ou au terme) — ma parole! »

2. Comme il s'agit de hauts personnages, le poète croit devoir employer ici des termes plus nobles. C'est pour cela qu'à l'expression annamite « một tiếng » il substitue les mots chinois « 同聲 đồng thanh ».

Les mots 夫人 phu nhơn s'emploient pour désigner les femmes de fonctionnaires ou d'officiers d'un rang très élevé. N'ayant pas à ma disposition de terme français équivalent, je les traduis par « la femme du chef » afin d'indiquer autant que possible la nuance qu'ils expriment.

3. Litt. : « . . . . . frappaient le sol — de leur tête ».

Ces généraux font le grand salut chinois appelé 磕頭 kŏ t'eôu auquel répond le Lạy annamite.

« A l'attendre (en ces lieux) j'engageai ma parole[1] ! » dit-elle ;

« Oserais-je, même au sein du péril, violer le serment d'autrefois ? » 2255

Elle hésitait encore, indécise,

quand elle vit au dehors (flotter) un étendard, et entendit le bruit du gong.
L'armée, s'avançant, entoura la demeure,

et tous, d'une voix, demandèrent : « Où est la femme du chef[2] ? »

De chaque part, dix généraux   2260

déposaient leurs armes, dépouillaient leur cuirasse, et se prosternaient à (l'entrée de) la cour[3].
Des filles d'honneur arrivaient ensuite

qui disaient : « Nous (allons) selon l'ordre du Prince, conduire Madame à son époux[4] ! »
Tout était prêt ; les superbes parasols et la magnifique escorte[5],

le brillant bonnet qui flottait au vent, les splendides vêtements 2265 brodés.
On hissa le drapeau, le tambour résonna, et l'on se mit en marche.

---

4. Litt. : « *Obéissant — aux ordres — de la volonté souveraine, — en vous accompagnant — nous escorterons — votre transport chez votre époux* ».

J'ai rappelé plus haut la première strophe de l'ode 桃夭 (Livre des Vers, Sect. I, Liv. 1, ode 6), d'où l'expression « 于歸 *vu qui* » tire son origine.

5 Litt. : « . . . . de phénix — les parasols, — de Loan — les cérémonies, »

Les noms des deux oiseaux fabuleux « 鳳 *Phụng* » ou « *Phượng* » et « 鸞 *Loan* » désignant les époux dans le langage élégant, on en a fait aussi par dérivation des épithètes que l'on applique au luxueux appareil dont est formé le cortège des mariages de la haute société.

Le texte porte 輦 par erreur. Il faut lire 傘.

Trúc tơ nổi trước, kiệu vàng kéo sau.

Hỏa bài tiền lộ ruổi mau;

Nam đình nghe động trống chầu đại dinh.

2270   Kéo cờ lũy, phát súng thành.

Từ công ra ngựa, thân nghinh cửa ngòai.

Rở mình, lạ vẻ cân đai;

Hãy còn hàm én, mày ngài như xưa!

Cười rằng : «Cá nước duyên ưa!

2275   «Nhớ lời nói những bao giờ hay không?

«Anh hùng, mới biết anh hùng!

Rày xem! Phỏng đã cam lòng ấy chưa?

Nàng rằng : «Chút phận ngây thơ

---

1. Litt. : *« Les bambous et la soie »*.

Les instruments de musique que l'on emploie le plus souvent (flûtes, guitares, etc) sont formés de ces deux matières.

2. Le mot « 火 *hỏa* » n'est pas ici le substantif *feu*, mais un adverbe qui en est formé. Il signifie donc *« à la manière du feu »*, c'est - à - dire : *« d'urgence et en toute hâte »*.

Le mot « 牌 *bài* » est le nom d'une tablette sur laquelle est inscrit soit un ordre souverain, soit un décret émanant d'un haut fonctionnaire. Il désigne ici *« le porteur* de cette tablette ». Nous disons en français d'une manière identique *« deux cents fusils »*, *« vingt lances »*, *« dix tambours »*. La traduction littérale de l'expression *« hỏa bài »*, basée sur la règle de position, sera donc : *«(un courrier qui) d'urgence et en toute hâte — porte la tablette »*.

La musique [1] allait, précédant, le palanquin doré suivait.

Prenant les devants, un rapide courrier [2] s'élança sur la route avec
vélocité,
(tandis qu')au palais du sud on entendait, dans la cour d'honneur,
le tambour battre à l'assemblée,
sur les murs on hissait les drapeaux; l'on tirait le canon du rempart. 2270

Tù công sortit à cheval et alla recevoir en personne (la jeune femme)
hors des portes.
Son costume brillait, splendide; son bonnet et sa ceinture étonnaient
(les yeux) de leurs (riches) couleurs [3];
(mais) il avait encore cette large mâchoire [4], ces sourcils de *Ngài*
d'autrefois!
Il riait. « Nous étions faits l'un pour l'autre [5] ! » dit-il.

« Vous rappelez-vous les paroles qui jadis furent prononcées? 2275

« Un (cœur de) héros sait seul discerner un (cœur) héroïque [6] !

« Voyez maintenant! Pensez-vous que vos désirs soient satisfaits? »

« Pauvre femme simple d'esprit [7], » dit-elle,

---

3. Litt. : « *Il était splendide — (quant à sa) personne; — il était merveil-
leux — quant aux nuances — du bonnet — (et) de la ceinture;* »

4. Litt. : « . . . . *sa mâchoire d'hirondelle* ».

5. Litt. : « . . . . *(Quant au) poisson — (et à) l'eau, — (notre) union — est
favorable. (Nous jouirons dans notre union du même bonheur que le poisson
éprouve à se trouver dans l'eau, qui est son élément naturel)!* »
Il y a encore lieu de remarquer ici la similitude absolue qui existe
entre l'annamite et le français. Nous disons aussi, en effet : « *heureux comme
un poisson dans l'eau* ».

6. On peut aussi supprimer la virgule et traduire ainsi : « *Un héros trouve
enfin un autre héros* ». Je préfère néanmoins la première version, parcequ'elle
conserve au mot « *biết — savoir, connaître* » son acception la plus directe et
la plus naturelle.

7. Litt. : « . . . . *(moi) peu de — condition — de privé de raison — enfant,* »

«Cũng may! Dây cát, được nhờ bóng cây!

2280 «Đến bây giờ mới thấy đây!

«Mà lòng đã chắc những ngày một hai!»

Cùng nhau trông mặt, cả cười,

Dan tay về chốn trướng mai tự tình.

Tiệc bày thưởng tướng, khao binh.

2285 Ầm trầm trống trận, rập rình nhạc quân.

Vinh hoa bỏ thuở phong trần;

Chữ «tình» ngày lại thêm thân một ngày.

Trong quân, nhơn lúc vui vầy

Thong dong mới kể sự ngày hàn vi;

2290 Khi *Vô tích,* khi *Lâm tri,*

Nơi thì lừa đảo, nơi thì xót thương.

«Tấm thân rày đã nhẹ nhàng;

«Chút còn! Ân oán đôi đàng chưa xong!»

---

1. Litt. : « *Mais — mon cœur — avait été solide — (pendant) tous ces jours — (quant à) un — (et quant à) deux (absolument)!* »

2. Litt. : « *. . . . dans le lieu — des rideaux — de Mai — pour causer de — l'amour* ».

3. Les expressions « *âm trầm — harmonieux* » et « *rập rình — bruyamment* » deviennent ici par position des verbes impersonnels.

«Liane frêle, j'ai le bonheur de m'abriter sous l'ombre d'un arbre!

«Aujourd'hui enfin je vous retrouve ici! 2280

«Mais pendant ces (longs) jours mon cœur jamais n'avait douté[1]!»

Ils se regardent l'un l'autre, et tous deux rient aux éclats;

puis, se tendant la main, dans une chambre ils vont causer de leur
amour[2].

Un festin fut dressé pour récompenser les chefs, pour fêter les soldats vainqueurs.

Le tambour des batailles harmonieusement résonna; la musique mili- 2285
taire entonna ses accords bruyants[3].

La gloire faisait oublier les moments de fatigue,

et leur affection de jour en jour se resserrait[4].

Au sein de l'armée, profitant de ces heures joyeuses,

elle (put) enfin librement raconter ses jours d'infortune;

ce qu'elle (souffrit) à *Vô tích*, ce qui (se passait) à *Lâm tri;* 2290

comment ici on la trompa, comment là on eut pitié d'elle.

«Maintenant», dit-elle (à *Từ công*), «mes peines ont disparu;

«mais (il me reste) quelque (souci)! Quant aux bienfaits, quant à
»la vengeance, rien n'a été réglé encore[5]!

4. Litt. : «*Le caractère* — «*affection*» — *journellement* — *encore* — *ajou-*
tait — *l'intimité* — *d'un jour*».

L'adjectif 親 *thân* — *intime* devient substantif par position.

5. Litt. : «*Un peu* — *reste encore* : — *(quant à) le bienfait* — *(et) la ven-*
geance, — *les deux* — *côtés* — *pas encore* — *sont terminés!*»

Từ công nghe nói thủy chung,

2295 Bất bình, nổi trận; đùng đùng sấm vang!

Nghiêm quân tuyển tướng săn sàng.

Dưới cờ một lệnh, vội vàng ruổi sao.

Ba quân chỉ ngọn cờ đào.

Đạo ra *Vô tích*, đạo vào *Lâm tri*.

2300 Mấy người phụ bạc xưa kia,

Chiếu danh, tầm hoạch, bắt về, đãi tra.

Lại sai lệnh tiễn truyền qua

Giữ giàng họ *Thúc* một nhà cho yên.

Mụ *Quản gia*, vãi *Giác duyên*,

2305 Cũng sai lệnh tiễn đem tin rước mời.

Thệ sư kể hết mọi lời.

---

1. Litt. : «.... eut attendu — tout — le commencement — et la fin,»

2. Lisez dans le texte 嚴君 et non 嚴軍. L'expression *Nghiêm quân* signifie en chinois «celui qui commande dans la famille».

3. Litt. : «Sous — les drapeaux — il y eut, un ordre: — en toute hâte — ils se précipitèrent — à la manière des étoiles..

Le substantif *sao* devient adverbe par position.

Sous la dynastie des 周 Châu le nombre de troupes que l'empereur et les princes feudataires avaient le droit d'entretenir fut réglé. Le souverain pouvait avoir six corps d'armée ou 軍 *quân* qui se composaient de 12,500 hommes selon les uns, et de 10,000 ou même de 4,500 selon les autres. Les princes feudataires de la première classe en avaient trois et les autres deux ou même un seul suivant leur rang hiérarchique respectif. *Ta*

Lorsque *Từ công* fut au courant de tout[1],

il s'irrita; sa fureur éclata comme le tonnerre! 2295

Le maître choisit des chefs qu'il avait tout prêts sous la main.

Dans le camp un ordre fut donné; et, tels que des étoiles (filantes),
ils partirent avec vélocité[2].
L'armée mit au vent son brillant étendard[3].

Un corps marcha sur *Vô tích* et l'autre entra dans *Lâm tri*.

De ceux qui autrefois avaient agi méchamment[4], 2300

l'on rechercha les noms; on s'enquit d'eux, on les saisit; ils furent
amenés, on les interrogea.
Une dépêche aussi fut expédiée avec des instructions

ordonnant de faire garder à vue une famille du nom de *Thúc* sans
attenter à son repos[5].
Quant à l'intendante et à la bonzesse *Giác duyên,*

un autre avis leur porta des nouvelles et une invitation à (se pré- 2305
senter).
Les troupes[6], dans une harangue, furent mises au courant de tout.

---

công est assimilé ici à un prince feudataire de première classe; le poète lui
attribue, par conséquent, le plus haut rang après l'empereur. Voilà pourquoi son armée est censée se composer de trois *quân* (三 軍 *tam quân,*
ou, en annamite, *ba quân*). — Le mot «*đào*» n'est ici qu'un simple ornement de style.

4. Litt. : «*ingrats*».

5. Litt. : «*d'une manière paisible*».

6. Litt. : «*Haranguant les troupes . . . . .*».

Le mot 誓 *thệ* est emprunté au 書 經 *Thơ kinh* ou *Livre des Annales* Son sens primitif est «*jurer*» et il signifie par suite «*proclamation,
harangue militaire*». On trouve dans le commentaire du 三 字 經, par
王 晉 升 l'explication de cette dérivation assez obscure : «誓 者 信

Lòng lòng cũng giận, người người chớp uy!

Đạo trời báo phục chỉn ghê!

Khéo thay một mẩy tóm về đòi nơi!

2310   Quân trung gươm lớn, giáo dài!

Vệ trong thị lập; cơ ngoài song phi.

Sân sàng tề chỉnh uy nghi!

Vác đồng chật đất; sanh kỳ dẹp sân!

» 也。人君恭行天討命將誓師信賞必罰之
» 辭。 *Thệ giả tín da. Nhon quân cung hành thiên thao, mạng tướng thệ sư,*
» *tín thưởng tất phạt chi từ* — Le mot « *thệ* — *jurer* » veut dire *tín* — *fidé*
» *lité dans les engagements.* Le prince des hommes, mettant respectueusement
» en pratique les châtiments que le ciel ordonne, commande aux généraux
» de *proclamer avec serment* devant leurs troupes qu'ils récompenseront fidèle-
» ment et ne failliront point à punir. »

On voit que la harangue dont il s'agit ici ne rentre que très imparfaite-
ment dans la pompeuse définition de *Vương tấn thắng.*

1. Litt. : « *Tous les cœurs — tout aussi bien — étaient irrités; — tous les*
hommes — lançaient des éclairs — d'une manière imposante! »

2. Litt. : « *Les gardes — du dedans, — assistant, — se tenaient debout; —*
les drapeaux (compagnies) — du dehors — en parc — s'étendaient ».

Lisez 旗 au lieu de 奇 dans le texte en caractères.

La comparaison des deux expressions « *quân trung* » et « *vệ trong* », qui
forment le commencement des vers 2310 et 2311, fait parfaitement ressortir
la différence absolue de construction qu'amène, avec des termes tout-à-fait
analogues, l'application de la règle de position faite dans deux langues
d'un génie opposé. Évidemment le signe chinois 中 *trung* et le signe 冲
trong (équivalent de celui qui se trouve dans le texte en caractères), sont
identiques au point de vue de leur signification intrinsèque; et le second,
comme l'indiquent assez sa structure et la prononciation qui lui est affectée, n'est au fond que l'altération du premier; mais comme l'expression
« 軍中 *quân trung* » appartient à la langue chinoise, le premier de ces
deux mots devra être mis au génitif, et l'on traduira (dans) l'intérieur de
l'armée; tandis que 衛冲 étant au contraire une expression annamite
(bien que le premier de ses deux termes soit chinois), ce sera le second

Tous les cœurs étaient irrités! Les yeux lançaient des éclairs; les
visages étaient sévères [1]!

Les voies du Ciel, quand il se venge, sont vraiment épouvantables!

et c'est merveille de voir comment de toutes parts (les coupables)
sont, par lui, rassemblés en un instant!

Dans l'armée (l'on ne voyait) que grandes épées, longues lances! 2310

La garde intérieure, debout, assistait; les compagnies du dehors se
développaient sur les ailes [2].

Tout est prêt, tout est en ordre; c'est un spectacle imposant [3]!

Les armes, serrées, (hérissent) la terre; la cour est pleine de drapeaux [4].

mot qui devra être affecté de ce cas, et la traduction sera : «les gardes
de l'intérieur».

Bien qu'il s'agisse de la Chine et d'un révolté chinois, l'auteur du poème,
qui est annamite, attribue aux troupes de *Từ Hải*, usurpateur de l'autorité
souveraine de l'Empereur, l'organisation de l'armée de son pays. Cette dernière, en effet, se compose en gros de deux éléments distincts : 1º Une
armée royale, composée de régiments désignés sous le nom de «Gardes
(衛 *Vệ*)»; 2º des milices provinciales appelées «Pavillons (旗 *Kỳ* ou *Cờ*).
Les unes et les autres sont formées de troupes astreintes au service militaire décennal, et appelées par bans.

Elles sont d'ailleurs organisées d'une manière à peu près semblable;
mais la première est plus considérée, et les officiers qui la commandent
sont plus élevés d'un rang dans la hiérarchie du mandarinat que leurs col-
lègues de même grade de l'armée des 旗. C'est parmi eux que sont choi-
sis le 正領兵 *Chánh lãnh binh*, général en chef, et le 副領兵
Phó lãnh binh, lieutenant-général qui commande à toutes les troupes de
l'armée. Ils sont en outre spécialement affectés à la garde de la capitale.
Aussi *Nguyễn du* donne-t-il dans le présent vers le rôle principal aux 衛
冲 *Vệ trong*, gardes *intérieures* ou de la capitale, tandis qu'il place au second rang les 旗外 *Cờ ngoài*, compagnies (pavillons) *extérieures* ou provinciales.

L'expression «song phi» est chinoise, comme la plus grande partie des
termes militaires de la langue annamite.

3. Litt. : «*C'est prêt, — c'est en ordre, — c'est imposant!*»
La concision de ce vers est remarquable.

4. Le texte porte « . . . . *de sanh et de kỳ*».
Le 旌 *sanh* est une espèce d'oriflamme en plumes de diverses couleurs

10

Trướng hùm mở giữa trung quân;

2315   *Từ công* sánh với phu nhơn cùng ngồi.

Tiên nghiêm trống chửa dứt hồi,

Điểm danh trước; dẫn chực ngoài cửa viên.

Từ rằng : «An oán hai bên

«Mặc nàng xử quyết, báo đền cho minh!»

2320   Nàng rằng : «Nhờ cậy oai linh,

«Hãy xin báo đáp ân tình cho phu!

«Báo ơn rồi sẽ trả thù!»

Từ rằng : «Việc ấy để cho mặc nàng!»

Cho gươm truy đến *Thúc lang.*

2325   Mặt như chàm đổ, thân dường cây run!

suspendu par une boucle à la gueule d'un dragon recourbé qui termine la hampe, et terminé par une espèce de rosette.

Le 旗 *kỳ* ou *cò* est d'une forme très différente. C'est un véritable drapeau carré à bord découpé en forme de flammes et attaché latéralement à une hampe surmontée d'une tête de dragon portée sur un cou recourbé comme celle du 旌. De la gueule du dragon sortent deux bandelettes. Sur la surface de l'étendard sont représentés huit ours et huit tigres. L'ours et le tigre qui avoisinent la hampe sont dressés; les six autres sont placés alternativement les uns au-dessus des autres dans l'attitude de la course.

Les Chinois possèdent en réalité neuf espèces d'étendards; mais comme ils se rapportent tous par la forme soit au 旌, soit au 旗, on a fait des noms réunis de ces deux types une expression générique désignant les drapeaux ou bannières, de quelque nature qu'ils soient.

Au milieu de l'armée la tente du chef est ouverte[1].

Từ công et la princesse s'y asseoient côte à côte.   2315

Le tambour n'a pas cessé de battre aux champs[2]

que déjà l'on fait l'appel des personnes convoquées; puis on les fait
attendre en dehors de la tente.

Từ dit : « Pour les bienfaits comme pour les injustices

« c'est à vous, madame, de juger et de prononcer sur la récompense
» ou l'expiation ! »

« Appuyée », dit *Kiều*, « sur votre autorité puissante,   2320

« permettez que, selon la justice, je paie de retour les services et
» l'affection !

« Puis, après les récompenses, la vengeance aura son tour ! »

« Madame », répondit *Từ*, « agissez à votre guise ! »

(Alors) elle commanda aux gardes armés[3] d'amener *Thúc lang*.

Son visage était vert de peur. Il tremblait comme un chien (près du 2325
feu)[4]!

---

1. Litt. : « *Le pavillon — du tigre — est ouvert — au milieu de — du
milieu — le quân* ».

2. Litt. : « *(Quant à) de celui qui est en tête — la batterie, — le tambour
— pas encore — a interrompu — (sa) batterie* ».

Le mot « *hôi* » est le correspondant annamite du chinois « *nghiêm* ».

3. Le mot « *guom* » signifie littéralement « *épée* », et par dérivation « *bourreau* ».

Túy kiều veut d'abord effrayer *Thúc lang* afin de le punir de sa lâcheté;
après quoi elle donnera un libre cours à son affection en lui faisant de
riches présents.

4. Litt. : « *Son visage — était comme — de l'indigo — répandu; — son
corps — était comme — un chien — qui tremble* ».

Cây est proprement le nom d'une espèce de renard: mais il se prend
aussi dans l'acception de « *chien* ».

Nàng rằng : «Nghĩa nặng ngàn non,

«*Lâm tri* ngây cũ, chàng còn nhớ không?

«*Sâm Thương* chẳng vẹn chữ *đồng,*

«Tại ai? Há dám phụ lòng cố nhơn?

2330   «Gấm trăm cuốn, bạc ngàn cân,

«Tạ lòng dễ xưng báo ân gọi là?

«Vợ chàng quỉ quái, tinh ma!

«Phen nầy kẻ cắp bà già gặp nhau!

«Kiến bò miệng chén chớ lâu!

2335   «Mưu sâu, cũng trả ngãi sâu cho vừa!»

Thúc sanh trông mặt bấy giờ ;

Mồ hôi chàng đã như mưa ướt dầm!

Lòng riêng mầng sợ khôn cầm!

Pour dire qu'une personne est en proie à une terreur violente, on dit en annamite qu'elle tremble «*comme un chien mouillé tremble près du feu*».

1. Litt. : «. . . . . *L'affection — lourde — comme mille montagnes,*»

2. On lit dans le 幼學, Liv. I, page 31, verso : «彼此不合，» 謂之參商 *Bỉ thử bất hiệp, vị chi* Sâm Thương. — Lorsque deux » personnes ne (peuvent) se réunir, on les appelle *Sâm* et *Thương*»; et à la page 2, verso : «參商二星，其出沒不相見 » *Sâm Thương nhị tinh, kỳ xuất một bất tương kiến.* — Les deux étoiles » *Sâm* et *Thương* ne se voient ni à leur lever ni à leur coucher.»

Commentaire : «L'étoile *Thương* se trouve dans la position 卯 *Mẹo* »(Est direct) de l'Orient; l'étoile *Sâm* se trouve dans la position 西 *Dậu*

«Cet amour immense[1]», dit *Kiều*,

«et les anciens jours de *Lâm tri,* ne vous en souvient-il déjà plus?

«Si les étoiles *Sâm* et *Thương* ne purent se réunir[2],

«qui en fut cause? Mais pourrais-je oublier l'ami d'autrefois[3]?

«Cent rouleaux de *gấm*, mille livres d'argent,   2330

‹ sont certes bien peu de chose en retour de vos bienfaits[4]!

«Votre femme est douée d'une ruse infernale!

«Mais en ce jour le filou et la vieille se rencontrent[5]!

«La fourmi qui rampe au bord de la coupe ne (s'y tient jamais)
» longtemps!
«Si profonde a été son astuce, pour vous profonde est mon affection!» 2335

Alors *Thúc Sanh* regarda son visage,

et, comme une averse de pluie, la sueur inonda son corps!

La joie et la crainte (à la fois remplissaient) son âme; il n'y pouvait
résister.

»(Ouest direct) de l'Occident. Lorsque celle-ci se lève, celle-là se couche,
et jamais elles ne se voient».

3. Litt : «. . . . l'ancien — homme?»

4. Litt. : «*(Quant à)* — *remercier* — *(votre) cœur,* — est-ce que, — l'avouant
comme — *(une chose qui) paye de retour* — *les bienfaits,* — on l'appellerait? ›
«*Dễ*» est pour «*há dễ*», qui signifie littéralement : «*comment serait-il
facile . . . . ?*». Voir sur le sens de cette expression ma traduction de *Lục
Vân Tiên,* à la note sous le vers 542.

5. Je n'ai pu découvrir à quelle anecdote il est fait allusion ici; mais
il est facile de comprendre qu'il s'agit d'un voleur qui, par suite de circonstances probablement merveilleuses, fut découvert par une vieille femme
qu'il avait dépouillée et ne put échapper à son châtiment.

Sợ thay! Mà lại mắng thầm cho ai?

2340   Mụ già, sư trưởng thứ hai

Thoạt đưa đến trước, vội mời rước lên.

Dắc tay, mở mặt cho nhìn :

«*Huê nô* kia với *Trạc tuyền,* cũng tôi!

«Nhớ khi lỡ bước sẩy vời.

2345   «Non vàng chửa dễ đền bồi tấm thương!

«Ngàn vàng gọi chút lễ thường!

«Mà lòng *Phiếu mẫu,* mấy vàng cho cân?»

Hai người trông mặt chần ngần;

Nửa phần khiếp sợ, nửa phần mầng vui.

2350   Nàng rằng : «Xin hãy rốn ngồi!

«Xem cho rõ mặt, biết tôi báo thù!»

Kíp truyền chư tướng hiến phù,

---

1. Litt. : « . . . . *pour qui?* »

Il s'agit ici de *Kiều.* J'ai parlé plus haut de cette acception particulière du pronom « *ai* ».

2. Cette 漂 母 *Phiếu mẫu* blanchissait, comme le rappelle son nom du linge au bord d'un ruisseau; elle y vit arriver un malheureux nommé *Hàn Tín,* exténué de fatigue et mourant de faim. Saisie de compassion, elle lui offrit de la nourriture, et le soigna maternellement jusqu'à ce qu'il eût complétement recouvré ses forces. *Hàn Tín* parvint dans la suite à de hautes

Il tremblait certes bien (pour lui)! mais, au fond de son cœur, il se
réjouissait pour une autre[1]!

Aussitôt que la vieille dame, et la supérieure après elle,　　　2340

eurent été introduites *(Kiều)*, avec empressement, les pria de monter (près d'elle).

Elle leur saisit la main, et se plaça en face d'elles pour s'en faire
reconnaître.

« Cette *Huê nô*, cette *Trạc tuyền*, n'étaient », dit - elle, « autres que
» moi !

« Je me souviens du jour où, égarée dans mon chemin, j'étais tom-
» bée dans l'abîme.

« Une montagne d'or ne saurait payer la pitié (que vous me mon- 2345
» trâtes) !

« Mille onces de ce métal sont un présent bien ordinaire !

« mais combien en faudrait-il pour égaler, dans la balance, le cœur
» de *Phiếu mẫu*[2] ? »

Les deux femmes la regardaient immobiles et stupéfaites,

suspendues entre la frayeur et la joie!

« Veuillez-vous asseoir un instant », dit *Kiều*,　　　2350

« et regarder, pour bien savoir comment j'exerce mes vengeances! »

Aussitôt elle commanda aux chefs de faire comparaître les coupables[3],

dignités et commanda les troupes de l'Empereur. Se souvenant alors des
soins qu'il avait reçus de la vieille blanchisseuse, il la récompensa magni-
fiquement en lui donnant mille onces d'or auxquelles fait allusion le présent vers. *Túy kiều* veut dire par là que, de même que l'or de *Hàn Tín*
ne pouvait équivaloir aux soins maternels que lui avait donnés *Phiếu mẫu*,
de même elle aussi ne saurait payer l'affection dont la vieille dame et la
supérieure lui ont donné autrefois des preuves.

3. 献俘 *hiến phù* est une expression chinoise qui signifie littéralement *« présenter à un supérieur — un captif »*.

Lại đem các tích phạm tù hầu tra.

Dưới cờ, gươm rút nắp ra.

2355   Chánh danh thủ phạm tên là *Hoạn thơ!*

Xa trông, nàng đã chào sơ :

« *Tiểu thơ* cũng có bây giờ đến đây!

«Đờn bà dễ có mấy tay ?

«Đời xưa mấy mặt? Đời nầy mấy gan ?

2360   «Dở giang là thói hồng nhan!

«Càng cay ngọt lắm, càng oan trái nhiều!»

Hoạn thơ phách lạc, hồn phiêu,

Khấu đầu dưới trướng, lựa đều kêu ca.

---

1. Litt. : «*Les femmes — est-ce qu' — elles ont — combien que ce soit — de mains?* (Y a-t-il, oui ou non, plusieurs femmes capables d'agir?)

2. Litt. : «*Dans les siècles — d'autrefois — combien y (en) eut-il — de visages? — dans ce siècle-ci — combien y (en) a-t-il — de foies?*»

L'idée contenue dans ces deux vers est assez obscure. *Kiều* emploie cette figure de rhétorique qui consiste à formuler une affirmation énergique sous le couvert de la forme interrogative, et demande à *Hoàn thơ* si elle croit que, tant dans l'antiquité qu'aujourd'hui, il ne se trouve qu'une seule femme possédant *une main,* c'est-à-dire *capable d'agir;* un visage, c'est-à-dire *douée d'audace;* un foie, c'est-à-dire *douée de courage;* voulant exprimer par là que d'autres que *Hoàn thơ* sont aussi des femmes énergiques et habiles: autrement dit que, sous ce rapport, elle *(Kiều)* la vaut bien.

3. Litt : «*la coutume*».

4. Litt. : «*Hoạn thơ — (quant à son) âme subtile — s'égara, — (et quant à) son âme grossière — inclina*»

Voir à la note sous le vers 116, ce qu'il faut entendre par les mots «*hồn*» et «*phách*». Leur réunion correspond ici à ce que nous entendons

et d'introduire la cause des criminels qu'elle allait interroger.

Au pied du pavillon se tenait un bourreau, une lance nue à la main.

Le nom de la principale coupable (fut appelé); c'était *Hoạn Thơ!*   2355

La jeune femme la regarda de loin, et lui fit un salut sommaire.

«Vous voilà pourtant ici, maintenant, madame!» (dit-elle.)

«Eh bien! n'est-il (en ce monde) qu'une femme (d'énergie)[1]?

«Il n'en manqua pas autrefois; en manque-t-il aujourd'hui[2]?

«L'infortune est le partage[3] de la beauté!   2360

«(mais) plus on est doucereuse et méchante, plus on s'attire de mal-
» heurs!»

Hoạn Thơ, défaillante de terreur[4],

se prosternait devant le trône, cherchant ce qu'elle pourrait dire[5].

---

par «*les esprits*»; et les deux verbes *xiêu* et *lạc,* qui sont séparés ici pour
produire une intercalation élégante, signifient lorsqu'ils sont réunis «*errer
au loin*». La traduction non littérale, mais exacte de ce vers serait donc
celle-ci: «Les esprits de *Hoạn thơ errèrent au loin*». Cette manière de parler ressemble beaucoup à notre locution familière «battre la campagne»;
seulement cette dernière se prend dans le sens de *distraction*, et non de
défaillance comme l'expression annamite.

5. Litt.: «.... *choisissait — des choses — d'en criant — chanter — (elle
cherchait quelle chanson elle pourrait bien chanter).*

Cette expression, très énergique en annamite, serait presque triviale en
français. Nous disons très familièrement dans le même sens: «*chansons que
tout cela!*» ou encore «*que me chantez-vous là?*»

J'ajouterai, pour faire complètement comprendre la portée de cette expression, que lorsque les Annamites du commun se plaignent de quelque
chose ou se défendent contre une accusation, ils sont assez dans l'habitude
de traîner leurs mots en criant du haut de leur tête et en exagérant le
caractère chantant des intonations de leur langue.

Rằng : «Tôi chút dạ đờn bà;

2365 «Ghen tương thì cũng người ta thường tình!

«Nghĩ cho khi các viết kinh,

«Với khi khỏi cửa; dứt tình chẳng theo.

«Lòng riêng riêng cũng kính yêu!

«Chồng chung chớ dễ ai chìu cho ai?

2370 «Trót lòng dãy việc chông gai,

«Còn nhờ lượng biển! Thương bài nào chăng?»

Khen cho thật đã nên rằng :

«Khôn ngoan đến mực, nói năng phải lời!

«Tha ra, thì cũng may đời;

2375 «Làm ra, thì cũng ra người nhỏ nhen!

«Đã lòng tri quá, thì nên!»

Truyền quân lệnh xuống trướng tiền tha ngay.

Tạ lòng lạy trước sân mây.

1. Litt. : « . . . . Je — suis un peu de — ventre (sic) — de femme! »

2. Litt. : «(Quant à) la jalousie, — eh bien! — tout aussi bien — les hommes — sont d'habituel sentiment.»

3. Litt. : « Réfléchissez — pour (moi) — (au sujet de) la fois — du palais — d'écrire — les prières,

avec — la fois — de sortir de — la porte; — coupant court à — mes sentiments, — ne pas — je vous suivis! »

«Mon cœur », s'écria t-elle, « est celui d'une faible femme [1],

« et toute créature humaine est encline à la jalousie [2] !   2365

« Ayez égard à ceci : Lorsque dans la pagode vous écriviez des
» prières,
« une fois sortie de là, je résolus de ne point vous poursuivre [3].

« C'est qu'aussi bien, au fond de mon cœur, je sentais quelque amour,
» quelque respect pour vous !
« Mais consent-on jamais à partager son époux avec une autre ?

« Si je me suis acharnée à vous susciter des ennuis [1],   2370

« je n'en fais pas moins appel à votre cœur magnanime ! N'aurez-
» vous point de pitié pour moi [5] ? »
« Je reconnais », (se dit *Kièu*) « combien est vraie cette maxime :

« La suprême finesse consiste à parler comme il convient !

« Si je la laisse aller, cela me vaudra du bonheur en ce monde ;

« si je pousse l'affaire à fond, je montrerai peu de grandeur [6] !   2375

« Puisqu'elle reconnaît sa faute, tout est bien ! »

Elle ordonna aux gardes de relâcher *(Hoạn thơ)* sur le champ en
sa présence [7].
(La dame) se prosterna dans la cour en signe de gratitude.

---

1. Litt : «*(Si avec mon) entier — cœur — je suscitai — des affaires —
de buisson d'épines,*»
5. Litt. : «*encore — je m'appuie sur — votre magnanimité — de mer (grande
comme la mer); — vous aurez pitié — quant à une disposition — quelle (qu'elle
soit) — ou non?*»
6. Litt. : «*(Si) en agissant — je donne l'expansion, — alors tout aussi bien
— je ressortirai — (à l'état de) personne — petite (de caractère).*»
7. Litt. : «*devant le pavillon*».

Cửa viên lại dắc một dây dẫn vào.

2380   Nàng rằng : «Lộng lộng Trời cao!

«Hại nhơn, nhơn hại! Sự nào tại ta?»

Trước là *Bạc hạnh, Bạc bà;*

Bên là *Ưng, Khuyển;* bên là *Sở khanh;*

Tú bà cùng *Mã giám sanh.*

2385   Các tên tội ấy xét tình còn sao?

Lịnh quân truyền xuống nội đao;

Thề sao, thì lại cứ sao gia hình.

Máu rơi, thịt nát tan tành!

Ai ai trông thấy hồn kinh phách rời!

2390   Cho hay muôn sự tại Trời!

Phụ người chẳng bõ, khi người phụ ta!

Mấy người bạc ác tinh ma,

---

1. Litt. : «*Lộng lông* est une de ces formes irrégulières de superlatif dont abonde la langue annamite.

«*Cao lộng lông*» veut dire «très élevé». L'origine de cette expression est, comme celle de ses analogues, assez obscure. Cependant le mot «*lông*» signifiant «*côtoyer*», «*lộng lộng*» semble porter avec lui le sens de «*s'avancer (ici monter) toujours d'avantage*».

2. Litt. : «*aux de l'intérieur — glaives,*»

3. Litt. : «*Ils avaient juré — (selon un) comment, — alors — en retour — suivant — (ce) comment — on (leur) appliqua — le supplice*»

Par la porte de l'enceinte on introduisit (les prisonniers) attachés
les uns aux autres.

« Ô (ciel) immense ! Ciel élevé [1] ! » s'écria la jeune femme ;   2380

« A qui nuit aux autres, on nuit ! Y suis-je, moi, pour quelque chose ? »

C'étaient d'abord *Bạc hạnh, Bạc bà ;*

d'un côté *Ưng* et *Khuyển,* de l'autre côté *Sở Khanh ;*

(enfin) *Tú bà* et *Mã giám sanh.*

Qu'allait-il maintenant résulter de l'examen de ces coupables ?   2385

Des ordres sont transmis aux bourreaux [2],

et leur châtiment est réglé sur les promesses (qu'ils violèrent) [3].

Le sang coule sur le sol, et les chairs s'en vont broyées !

Quiconque est témoin de cela se sent mourir de terreur [4] !

Cela fait voir que par le ciel toutes choses sont gouvernées.   2390

Aux mauvais traitements des autres nous devons répondre de même,
et ne point les laisser (impunis) [5] !
Ces créatures douées d'une méchanceté infernale

Tous ces misérables avaient violé les promesses qu'ils avaient faites à
Kiều. Le poète suppose que ceux-là même au sujet desquels il n'a pas
mentionné ce fait s'étaient engagés par serment vis-à-vis de la jeune femme.

4. Litt. : « . . . . . . *son âme subtile — est épouvantée ! — Son âme grossière
— se dissout !* »

5. Litt : « *Nous rendons mal pour mal à — les hommes — (et) ne pas
— les laissons de côté — quand — les hommes — manquent d'égard pour
nous !* »

Mình làm, mình chịu! Kêu, mà ai thương?

Ba quân đông mặt pháp trường.

2395   Thanh thiên, bạch nhựt, rõ ràng cho coi.

Việc nàng báo phục vừa rồi,

Giác duyên vội đã gởi lời từ qui.

Nàng rằng : «Thiên tải nhứt thì!

«Cố nhơn đã dễ mấy khi bàn hoàn?

2400   «Rồi đây bèo hiệp, mây tan!

«Biết đâu hạc nội mây ngàn là đâu?»

1. Litt. : «*Eux-mêmes — avaient fait, — eux-mêmes — supportaient! — Ils criaient, — mais — qui — aurait eu pitié?*»

2. Litt. : «*. . . . . (Pour) mille — ans — une (seule) fois!*»
Cette expression est complétement chinoise.

3. Litt. : «*la d'autrefois — personne (vieille amie), — a eu pour facile — combien de — fois — de prendre quelques jours de relâche?*»
Les deux premiers et les deux derniers mots de ce vers sont des expressions chinoises.

4. Litt. : «*(Les choses) étant complétement terminées — ici, — comme des lentilles d'eau — ayant été — réunies, — comme les nuages — nous serons dispersées!*»
On sait que les lentilles d'eau s'agglomèrent sur les eaux tranquilles de manière à y former une couche verte uniforme. *Kiều* use de cette image pour donner une idée de l'étroite amitié qui l'unit à la bonzesse *Giác Duyên*. Elle emploie, au contraire, pour désigner leur séparation imminente et rapide, une figure tirée des nuages, dont la dispersion a souvent lieu à l'improviste sous l'influence d'un vent impétueux et subit.
Les substantifs «*bèo — lentille d'eau*» et «*mây — nuages*» deviennent ici des adverbes de manière que le poëte place, à la manière chinoise, avant le verbe pour donner plus d'énergie aux expressions qu'ils concourent à former.

5. Litt. : «*On saura — où? — la grue — de la plaine — (et) le nuage — du versant escarpé — seront — où?*»

portaient la peine de leurs méfaits[1]! qui se fût ému de leurs cris?

L'armée entière se trouvait sur le lieu de l'exécution.

Le ciel était pur, le jour clair; on pouvait (tout) voir nettement. 2395

Dès que la jeune femme eut rendu (à chacun) ce qui lui était dû,

Giác duyên en toute hâte lui adressa ses adieux.

« Depuis de longues années, nous n'avons eu », dit *Kiều*, « que cette
» occasion (de nous voir)[2]!

« Avez-vous si souvent, ô ma vieille amie! l'occasion de prendre quel-
» ques jours de distraction[3]?

« Après cette entrevue, réunies (un moment), nous allons nous sé- 2400
» parer (encore)[4]!

« Qui saura (désormais) où trouver la grue de la plaine, le nuage de
» la montagne[5]! »

Le premier « *đâu?* — *où?* » se rapporte au verbe « *biêt* — *savoir* ». J'ai
déjà indiqué cette tournure, si familière à la langue annamite, qui consiste
à employer l'adverbe interrogatif de lieu pour composer une formule interrogative équivalent à une négation énergique. « *Où (est le fait de) savoir?* »
c'est-à-dire : « *il n'est pas possible de savoir, on ignore absolument!* »

Le second « *đâu* » conserve au contraire sa signification ordinaire et
directe.

Le 鶴 *Hạc*, dit M. MAYERS, n'est autre que « la *Grus montignesia* de
» Bonaparte (*Grue de Mandchourie* des ornithologistes). Cet oiseau est, après
» le 鳳 *Phụng*, celui que les légendes chinoises, qui le revêtent d'un grand
» nombre d'attributs fabuleux, ont rendu le plus célèbre. On l'y considère
» comme le patriarche de la tribu ailée et le coursier aérien des immortels.
» On y trouve mentionnées quatre espèces de 鶴, à savoir le noir, le jaune,
» le blanc et le bleu. Le noir serait celui qui vit le plus longtemps. Il at-
» teint (dit-on) une vieillesse fabuleuse. Lorsqu'il a six cents ans, il boit,
» mais il ne prend plus de nourriture. Des êtres humains ont été à plu-
» sieurs reprises changés en 鶴, et il manifeste constamment un intérêt
» tout particulier pour ce qui concerne l'espèce humaine. Dans les légendes
» relatives à cet oiseau on trouve ce qui suit : Il est rapporté que *É Công*
» 歡公, prince de *Vệ* du temps de *Châu huệ vương* (676 avant l'ère
» chrétienne) était si attaché à un oiseau de cette espèce qu'il l'emporta
» sur le champ de bataille dans son propre chariot, alors qu'il était engagé

Sư rằng : «Cũng chẳng mấy lâu!

«Trong năm năm lại gặp nhau đó mà!

«Nhớ ngày hành khước phương xa,

2405   «Gặp sư *Tam* vốn là người tiên tri.

«Bảo cho hội hiệp chi kỳ.

«Năm nay là một, nữa thì năm năm!

«Mới hay tiền định chẳng lầm!

«Đã tin đều trước, ắt nhằm đều sau!

2410   «Còn nhiều ân ái với nhau!

«Cơ duyên nào đã hết đâu? Vội gì?

» dans une guerre contre les barbares du nord. Ses troupes, découragées
» par cet engouement de leur chef, se démoralisèrent et furent défaites, et
» l'on dit que la bataille avait été perdue par une grue (因鶴敗 *Nhơn*
» *hạc bại*). Cet oiseau donna une preuve de sa sagacité sous le règne de
» *Tùy dương đế* (année 605 de l'ère chrétienne). Comme ce tyran avait
» exigé une énorme provision de plumes pour orner le costume de ses
» gardes, on poursuivit de tous côtés les oiseaux avec un acharnement im
» pitoyable. Une grue avait son nid sur un arbre élevé. Craignant pour sa
» couvée si elle était attaquée, elle arracha ses propres plumes et les jeta
» à terre pour satisfaire aux besoins des chasseurs ».

           (MAYERS, *Chinese reader's manual*, p. 52.)

    Túy kiều fait entendre par la figure contenue dans ce vers qu'elle
craint de ne plus revoir *Giác duyên*. Les grues errent au gré de leur ins-
tinct, le vent emporte aux quatre points cardinaux les nuages qui couronnent les pics. *Giác duyên* et son amie seront peut-être jetées de même, au
gré des événements, sur des plages inconnues et éloignées l'une de l'autre

    1. Litt. : «. . . . *Tout aussi bien — ne pas — il y aura combien que ce soit
de — longtemps!*

    Le mot «*mấy — combien?*» est un de ceux à la traduction directe des-

«Cela», lui dit la bonzesse, «ne tardera pas bien longtemps[1],

«et dans cinq années d'ici, nous nous retrouverons là bas!

«Je me rappelle qu'un jour, étant allée quêter au loin,

«je rencontrai la religieuse *Tam hiệp* qui est douée du don de pro- 2405
»phétie,
«elle m'a dit les temps de notre réunion[2].

«Cette année-ci en est un; et dans cinq ans viendra l'autre!

«Nous avons vu se réaliser la première partie de sa prédiction[3]!

«Sur le passé, elle est digne de foi; elle aura dit juste (aussi) sur
»l'avenir.
«Des rapports d'affection doivent encore (exister entre nous)!   2410

«Le destin ne nous garde-t-il pas de nouvelles occasions[4]? Qu'avons
»nous donc qui nous presse?»

quels il faut, lorsqu'ils sont accompagnés de la négation, ajouter la formule «*que ce soit*» pour en obtenir la véritable valeur phraséologique.

L'expression «*mấy lâu*» joue ici par suite de sa position le rôle d'un
verbe impersonnel.

2. Les mots 會合之期 *hội hiệp chi kỳ* sont chinois. Ces formules
chinoises, toujours fréquentes dans la poésie annamite, le deviennent encore plus lorsque l'auteur traite un sujet plus élevé ou qu'il fait, comme
c'est le cas ici, parler quelque personnage vénérable.

3. Litt.: «*A présent enfin — nous savons que — (quant à) de l'auparavant, — la fixation — ne pas — elle s'était trompée!*»

前定 *Tiền định* est encore une expression chinoise.

4. Le mot «*nào*», qui représente avec une nuance considérable d'énergie notre formule interrogative «*est-ce que?*» est encore renforcé par le
mot «*đâu*», qui a ici la même valeur phraséologique que dans le premier
hémistiche du vers 2401:

*Les ressorts — de la sympathie que le destin a établie entre nous, — est-ce
que — ils sont — finis — où (se trouve le fait qu'ils n'existent plus)?...*»

Cette traduction littérale donne la signification élémentaire de l'expression *cơ duyên*, qui se prend couramment dans le sens d'une *rencontre for-*

11

Nàng rằng : «Tiền định tiên tri,

«Lời sư đã dạy ắt thì chẳng sai !

«Họa bao giờ có gặp người,

2415 «Vì tôi cậy hỏi một lời chung thân !»

Giác duyên vâng, dặn ân cần,

Tạ từ, thoắt đã dời chơn cõi ngoài.

Nàng từ ân oán rạch ròi,

Biển oan dường đã; vơi vơi cạnh lòng.

2420 Tạ ơn lạy trước *Từ công :*

«Chút thân bồ liễu nào mông có rày ?

«Trộm nhờ sấm sét ra tay ;

«Tấc riêng như cất gánh đầy đổ đi !

tuite et agréable. Le poète l'emploie certainement à dessein ici pour faire ressortir la connexité qui existe entre la destinée de *Túy kiều* et celle de *Giác duyên.*

Voir au commencement de cet ouvrage ce que je dis de la valeur du mot « 緣 *duyên* ».

1. Litt. : «..... (Quant à) de l'auparavant — la fixation — de celle qui d'avance — sait, »

Les éléments des deux expressions chinoises 前定 *tiên định* et 先知 *tiên tri* dont je donne ici le sens littéral sont agencés dans chacune d'elles conformément au génie de la langue à laquelle ils appartiennent, mais elles sont construites l'une par rapport à l'autre conformément à celui de la langue annamite, qui place le génitif en dernier.

2. Litt. : « Pour — moi — j'ai recours à vous — (pour) l'interroger — d'une parole — de (concernant) — ma vie entière ! »

«Au sujet du premier terme que vous fixa la prophétesse [1],

«ce que vous me dites», répondit *Kiều,* «est exact, certainement!

«Si quelque jour vous la rencontrez,

«sollicitez d'elle quelques mots sur la destinée de ma vie entière[2]!»   2415

Giác duyên le promit; elle fit (à la jeune femme) des recommandations détaillées,
prit congé, puis aussitôt elle porta ses pas vers d'autres régions.

Depuis que *Kiều* avait équitablement réglé (tout) ce qui concernait
les bienfaits et la haine,
le chagrin semblait dans son cœur avoir fait place à la joie[3].

En signe de reconnaissance elle se prosterna devant *Từ công.*   2420

«Pauvre créature!» dit-elle; «aurais-je donc pu prévoir ce qui se
»passe aujourd'hui[4]?
«Furtivement, pour agir, je me suis servie de la foudre[5],

«et mon âme est délivrée du lourd fardeau qui l'accablait[6]!

終身 *Chung thân,* litt.: «*l'extrême — corps*», est un idiotisme chinois qui signifie «*toute la vie*».

3. Litt: «*La mer — de l'injustice (du chagrin causé par les injustices su-
bies) — était comme si — dès à présent — elle était presque remplie (de satis-
faction) — (quant au) bord — de son cœur*».

4. Litt.: «*(Mon) peu de — corps — de roseau — et de saule (faible comme
le roseau ou les rameaux du saule) — est-ce que — il aurait eu l'obscure perception que — il y aurait — le maintenant (ce qui se passe maintenant)?*»

5. C'est-à-dire «*de votre puissance, qui est aussi terrible que la foudre*».

6. Litt.: «*Mon pouce (de cœur) — particulier — est comme — si, — s'é-
tant chargé — d'une charge de fléau — pleine, — il l'eût — renversée!*»
Elle compare l'allègement moral qu'elle éprouve au soulagement physique
ressenti par un homme qui, portant un balancier dont la charge est complète, se débarrasse subitement en jetant cette charge sur le sol. On sait que

«Chạm xương ghi dạ xiết chi?

2425   «Dễ đem gan ốc đến nghì trời mây?»

Từ rằng : «Quốc sĩ xưa nay

«Chọn người tri kỷ một ngày được chăng?

«Anh hùng tiếng đã gọi rằng,

«Giữa đàng dầu thấy bất bằng mà tha?

2430   «Huống chi việc cũng việc nhà!

«Lựa là thâm tạ mới là tri ân?

«Xót nàng còn chút song thân,

«Bấy nay kẻ Việt người Tần cách xa!

«Sao cho muôn dặm một nhà

2435   «Cho người thấy mặt, là ta cam lòng?»

les fardeaux se transportent dans tout l'extrême Orient aux deux bouts d'un balancier ou fléau dont la partie moyenne repose sur l'épaule du porteur.

1. Litt. : «(Quant aux faits de) graver sur — (mes) os — et d'inscrire dans — mon ventre, — on énumérerait — quoi?»

2. Litt. : ‹ Comment (me) serait-il facile de, — en apportant — (mon) foie — d'escargot, — payer de retour — une amitié — de ciel — et de nuages?› Dễ est encore ici pour «há dễ».

3. L'expression «quốc sĩ — les hommes distingués, de courage, de grand cœur», signifie littéralement : «du royaume — les lettrés (ou les guerriers)».

Le mot «quốc — royaume» mis au génitif, n'est ici qu'une expression superlative donnant l'idée du summum de la perfection. C'est dans ce même sens que l'on trouve au commencement de ce poème l'expression «quốc sắc» prise dans le sens d'une «beauté accomplie, hors ligne».

4. Litt. : «A quoi bon — de profonds — remercîments — (pour) enfin — être — (une personne qui) connaît — le bienfait?»

«Qui pourrait dire combien profondément vos bienfaits sont gravés
    » dans mon cœur [1]?

«Comment pourrais-je, moi, chétive, payer de retour votre immense 2425
    » affection [2]? »

«Depuis l'antiquité les cœurs magnanimes [3] » dit *Từ*,

«ont-ils toujours rencontré un cœur qui put les comprendre?

«Serait-il digne du nom de héros,

«celui qui, rencontrant l'opprimé sur sa route, (passerait), le laissant
    de côté?

«Lorsqu'en outre il s'agit d'une affaire de famille, (cela est bien plus 2430
    » vrai encore)!

«Qu'avez-vous donc besoin de tant d'actions de grâces pour me prou-
    » ver votre reconnaissance [1]?

«Mon cœur souffre de voir qu'ayant toujours vos parents [5],

«vous fûtes jusqu'à ce jour séparés les uns des autres [6]!

«Comment, puisqu'ils sont si loin, former ensemble une seule famille [7]

«afin qu'ils puissent nous voir? Cela serait si doux à mon cœur!   2435

---

5. Litt. : « . . . . *un peu de — en paire — parents,*»

«*Chút — un peu de*» me semble n être qu'une cheville inutile au sens
général de la phrase.

6. Litt. : «*Jusqu'à présent — ceux — qui sont Việt — et les personnes —
Tần — sont séparés — loin!*»

De même que les habitants de ces deux principautés habitaient des
territoires très éloignés l'un de l'autre, de même, vous et vos parents, vous
avez été jusqu'ici séparés par une longue distance.

7. Litt : «*Comment — faire que — (ceux qui sont séparés par) dix mille
— dặm — soient une seule — famille?*»

Le mot « 朱 *cho*» est ici un verbe annamite qui correspond au chinois
使 ou 叫. — «*Muôn dặm — dix mille dặm*» est une expression elliptique
dont le sens développé est celui que je donne ci-dessus. — Enfin l'expression chinoise « 一 家 *nhất gia — une seule famille*» devient, par position
et sous l'influence de « 朱 *cho*», un verbe composé.

Vội truyền sửa tiệc quân trung,

Muôn binh ngàn tướng hội đồng tẩy oan.

Thừa cơ, trước chế đá tan;

Binh oai từ ấy sấm ran trong ngoài!

2440   Triều đình riêng một góc trời;

Sánh hai văn võ, rạch đôi sơn hà!

Đòi cơn gió quạt, mưa sa,

Huyện thành đạp đổ năm tòa cõi nam.

Phong trần mài một lưỡi gươm;

2445   Những loài giá áo, túi cơm, sá gì?

1. Litt. : « .... pour laver — (sa) vengeance ».

Le mot « 寃 oán — vengeance » qui est affecté d'un ton « bình » ne peut
terminer le vers ; c'est pourquoi l'auteur, usant d'une licence que les poètes
annamites se permettent assez souvent, admet ici pour ce mot la prononciation 平聲 bình thinh ou plane.

2. Il avait triomphé constamment. Le bambou et la pierre sont fort
durs. Pour fendre l'un et pulvériser l'autre il faut surmonter une grande
résistance ; de là cette métaphore.

3. Litt. : « (Lui,) égalant — les (hommes des) deux (sections) des lettres —
(et) de la guerre, — il divisait — en deux — les montagnes — (et) les fleuves ! »

4. Litt. : « (Dans) le vent — et la poussière (dans le monde) — il aiguisait
— une — lame — de glaive ».

« Aiguiser son glaive dans le monde » n'étant pas une figure admise dans
notre langue, je l'ai remplacée par une expression équivalente aussi rapprochée que possible.

Voir, pour la signification des mots « phong trần — le vent et la poussière », ma traduction du Lục Vân Tiên, à la note sous le vers 594.

5. Litt. : « (Quant à) des espèces — de supports à — vêtements — (et) de
sacs — à riz cuit — il (en) aurait fait cas — en quoi ? »

Il s'empressa d'ordonner qu'au milieu du camp un festin fût préparé

(pour les) innombrables guerriers, pour les milliers de généraux qui
s'étaient assemblés afin de venger sa querelle[1].

Grâce à eux le bambou s'était fendu, la pierre avait été réduite en
poudre[2],

et depuis lors sa terrible armée grondait partout comme le tonnerre!

L'Empereur était isolé, relégué dans un coin sous le ciel, 2440

(et lui), vainqueur des savants et des forts, devenait le maître du
monde[3]!

Plusieurs fois, comme le vent qui balaie, comme l'averse qui tombe,

il avait au midi de l'empire bouleversé cinq chefs-lieux de district.

Sur cette terre il brandissait[4] son glaive;

quel cas aurait-il fait de guerriers ineptes et gloutons[5]? 2445

Les mots «*túi cơm*» sont la traduction annamite d'une expression chinoise qui fait allusion à un fait historique assez insignifiant.

On lit dans le 幼學, liv. II, pag. 9 verso : «酒囊飯袋謂
»人少學多餐 *Tửu nang phạn đại vị nhơn thiểu học đa xan* — Par
»les mots «*tửu nang phạn đại*» on veut dire qu'un homme étudie peu et
»mange beaucoup».

Commentaire : «Sous les 唐 *Đàng* (un nommé) 馬 *Mã* gouvernait le
»湘廣 *Hồ quảng*. Il avait reçu le surnom de 楚王 *Sở vương*. C'était
»un homme prodigue, artificieux et arrogant envers les fonctionnaires ....
»Comme il n'accorda jamais aucune attention à la littérature et à l'art
»militaire, les hommes de son temps l'appelèrent 酒囊飯袋 *tửu nang*
»*phạn đại* — un sac à vin et une poche à riz.»

Le poète annamite a remplacé les deux premiers mots chinois du sobri-
quet de *Mã* par les mots annamites 架襖 *giá áo*, qui signifient «*un support à habits, un porte-manteau*». Cette dernière désignation correspond au
chinois 衣架 *y giá*. Il est possible qu'elle se rencontre aussi réunie aux
deux mots suivants dans cette dernière langue (衣架飯袋 *y giá
phạn đại*); mais je ne l'y ai jamais trouvée. Je serais plutôt porté à
croire que *Nguyễn Du* a remplacé la première partie de l'expression citée

Nghinh ngang một cõi biên thùy,

Thiếu gì cô quả? Thiếu gì bà vương?

Trước cờ ai dám tranh cường?

Năm năm hùng cứ một phương hải tần.

2450   Có quan tổng đốc trọng thần,

Là *Hồ Tôn Hiến*, kinh luân gồm tài.

Giẩy xe, vâng chỉ đặc sai;

dans le *Ấu học* (酒 囊) par les caractères (衣 架) afin de former une épithète spéciale, qui est, du reste, admirablement appropriée au caractère des adversaires de *Từ hải*; adversaires qu'il veut dépeindre comme des es pèces de mannequins habillés en soldats, des gloutons sans courage et sans capacité qui n'ont de militaire que l'habit qu'ils portent.

1. Litt. : « *Il manquait — en quoi — de* «cô», — *de* «quả», — *de* «bà» — *(ou) de* «vương» — *(du pouvoir de prendre tel ou tel de ces titres)?* »

L'empereur de Chine, parlant de lui-même, se nomme « 孤 家 — *(l'homme qui appartient à une) famille solitaire, c'est-à-dire sans égale*», et » 寡 人 *quả nhon — l'homme isolé ou sans pareil*». Le nom de 霸 *Bá* se donnait autrefois au chef des princes feudataires. Quant au mot 王 *vương*, il se prend en chinois dans plusieurs acceptions distinctes, qui se rapportent du reste toutes à l'idée de souveraineté. En effet ce caractère est formé, dit le dictionnaire chinois-anglais de MORRISSON, « de trois lignes » horizontales qui représentent le *ciel*, la *terre* et *l'homme*, et d'une ligne » perpendiculaire qui relie ces trois pouvoirs. Il représente par suite la per- » sonne qui agit de la même manière, c'est-à-dire *un chef de nations*. La se » conde ligne est plus près de la ligne supérieure (que de l'autre) pour » montrer qu'un prince doit imiter les vertus du Ciel dont sa position éle- » vée le rapproche ».

Le titre de 王 fut adopté primitivement par 武 王 *Võ vương*, fon- dateur de la troisième dynastie chinoise (celle des 周 *Châu*), en 1122 av J.-Ch. Ce fut dès lors la qualification officielle des souverains de la Chine jusqu'à 王 政 *Vương chánh*, le brûleur de livres, qui prit, en fondant l'é- phémère dynastie des 秦 *Tần* (246 av. J.-Ch.) le titre de 皇 帝 *Hoàng đế* (秦 始 皇 帝 *Tần thi hoàng đế — l'empereur magnifique et au-

Audacieux, au sein d'un pays de frontière,

qui l'empêchait d'agir en empereur, en roi[1]?

Contre ses étendards qui eût osé lutter?

Il tenait depuis cinq ans une région riveraine de la mer.

Le mandarin gouverneur de la province, grand délégué impérial[2], 2450

nommé[3] *Hồ tông hiển*, était un homme d'un savoir accompli.

chargé par l'Empereur d'une mission spéciale, (il arrivait) monté sur son char.

guste qui a commencé la dynastie des *Tần*). «A partir des 秦 *Tần* et des 漢 *Hán*, les princes feudataires», dit le 康熙字典, «reçurent tous »le titre de 王 (按秦漢以下凡諸侯皆稱王). Ce »nom», ajoute le même ouvrage, «est aussi attribué aux parents décédés, »aux oncles et aux frères du souverain».

D'après la transition observée dans le vers annamite, il est clair que le poète entend donner ici au caractère en question son sens primordial, le plus étendu et le plus élevé, qui est celui de *«chef de nations, de roi»*; car en opposant ici le titre de 王 à celui de 霸, il s'est certainement inspiré du passage suivant du philosophe 孟子, dans lequel cette opposition est précisément développée, et où 王 ne signifie rien moins que *«l'Em-*pereur» : «以力假仁者霸。霸必有大國。以德行 仁者王。王不待大。湯以七十里。文王以 百里。 *Dĩ lực giả nhon giả bá; bá tất hữu đại quoc. Dĩ đức hành nhon giả vương; vương bất đãi đại. Thang dĩ thất thập ly, Văn vương dĩ bá lý.* »— Celui qui, se servant de la force, prend pour prétexte l'humanité est »un chef des princes feudataires. Celui qui, par sa vertu, met en pratique »l'humanité est empereur. Pour être empereur, il n'est pas besoin d'attendre »d'avoir un état considérable. *Thang* (fondateur de la dynastie des 商 *Thương*) le fut avec soixante-dix lys; *Văn vương* (fondateur de la dynastie »des 周 *Châu*) le fut avec cent lys».

2. Ce mot signifie littéralement *«impérial-ministre»*. Le caractère «重 *trọng»* n'a pas ici le sens d'«*important»*, mais bien celui d'«*impérial»*.

3 Litt : «.... (quant aux) *Kinh* — et aux *Luân* — réunissait — (tous les) *talents»*.

Tiện nghi bát tiệu, việc ngoài đổng nhung.

Biết *Từ* là đấng anh hùng,

2455 Biết nàng cũng dựa quân trung luận bàn,

Đóng quân, làm chước chiêu an,

Ngọc vàng gấm vóc, sai quan thuyết hàng.

Lại riêng một lễ với nàng,

Hai tên thể nữ, ngọc vàng ngàn cân.

2460 Tin vào gởi trước trung quân,

Từ công riêng nghĩ mười phân hồ đồ!

Một tay gầy dựng cơ đồ,

Bấy lâu biển Sở sông Ngô tung hoành!

Bó thân, về với triều đình,

2465 Hàng thần lơ láo, phận mình ra đâu?

«Áo xiêm buộc trói lấy nhau!

«Vào lòn ra cúi, công hầu mà chi?

«Sao bằng riêng một biên thùy?

___

1. Litt. : «*Depuis si longtemps — sur la mer — de Sở — (et) sur le fleuve — de Ngô — il agissait verticalement — et agissait horizontalement*».

Nous rencontrons encore ici un exemple de cette habitude poétique qui consiste à employer métaphoriquement les noms de deux états de l'anti-

Selon qu'il convenait, contre les rebelles il dirigeait les batailles et
commandait les troupes en campagne.

Sachant que *Từ* était un héros,

et que *Kiều*, qui l'accompagnait, avait sa voix au sein du conseil 2455
militaire,

il fit camper ses soldats, feignit de proclamer la paix,

et fit partir un envoyé chargé de diamants, d'or et de soieries pour
traiter de la soumission.

Comme présent spécial destiné à la jeune femme,

(il lui offrait) deux suivantes, mille livres d'or et de pierres précieuses.

Lorsqu'il reçut dans son camp l'avis de (ce qu'on préparait),   2460

Từ công réfléchit en son cœur. Il était grandement indécis!

Il avait, de sa seule main, constitué son héritage,

et depuis longtemps, partout, impunément en maître il agissait[1]!

Si, se liant (les mains) lui-même, il se rendait à l'Empereur[2],

sujet réduit et inactif[3], quelle serait sa condition?   2465

«(Là) tous», disait-il, «se tiennent ensemble comme liés par leurs
» vêtements!

«S'il faut se courber en entrant, baisser la tête à la sortie, que sert
» (d'avoir) de grandes dignités?

«Est-il rien de mieux que de (régner) entre ses propres frontières?

quite chinoise pour désigner soit des lieux opposés, soit des personnes
jouant des rôles contraires ou connexes.

2. Litt. : «*(Si,) liant — son corps — il revenait — avec — la cour,*»

3. Litt. : «*indolent*».

«Sức nẩy đã dễ? Làm gì được nhau?

2470   «Đục trời, khuẩy nước, mặc dầu!

«Dọc ngang, nào biết trên đầu có ai?»

Nàng thì thật dạ tin người,

Lễ nhiều, nói ngọt; nghe lời, dễ xiêu.

«Nghĩ mình mặt nước cánh bèo,

2475   «Đã nhiều lưu lạc, lại nhiều gian truân!

«Bằng nay, chịu tiếng vương thần,

«Thinh thinh đàng cái, thanh vân hẹp gì?

«Công tư vẹn cả hai bề;

«Dần dà rồi sẽ liệu về cố hương.

2480   «Cũng ngôi mạng phụ đường đường!

«Nở nang mày mặt, rỡ ràng mẹ cha!

«Trên vì nước, dưới vì nhà;

«Một là đắc hiếu, hai là đắc trung!

1. «Dã dễ! — est facile (à réduire!)» Le héros parle ironiquement.

2. Litt. : «(Quant à) agir en long — et agir en travers, — est-ce qu'on sait que — sur (ma) tête — il y ait — qui que ce soit?

Comme «túng» et «hoành» au vers 2463, les mots «dọc» et «ngang» sont ici verbes par position.

«Je suis fort! que feraient-ils tous ensemble contre moi[1]?

‹ Je puis transpercer le ciel et troubler les eaux à ma guise!   2470

«Je puis agir impunément! Qui (donc) est au-dessus de moi[2]?»

La jeune femme, certaine de posséder sa confiance[3],

lui opposait bien des raisons; sa voix était douce; il l'écouta, et facilement il se laissa persuader.

«Pensez» dit - elle «que nous sommes, comme le bèo qui flotte sur »l'eau,

«exposés à de nombreuses vicissitudes, soumis à bien des malheurs! 2475

«Si vous vous laissez maintenant imposer le nom de vassal,

‹ sur le grand chemin vous serez au large! dans votre paix sereine[4] »où sera la contrainte?

«Les intérêts du Prince et les nôtres seront également sauvegardés;

«puis peu à peu viendra le temps où nous pourrons aviser à revenir »dans la patrie.

‹Votre femme, elle aussi, siégera parée de titres honorables[5]!   2480

« son visage resplendira; elle illustrera ses parents!

‹ En haut, vous vous donnerez au pays; en bas, à votre famille;

«vous acquérant, d'une part, un renom de piété filiale, de l'autre, » un renom de loyal sujet!

---

3. Litt. : « . . . . . tenant pour vrai — (quant à son) cœur — la confiance — de lui,»
L'adjectif «thật — vrai» devient verbe par position.
4. Litt. : «dans les bleus — nuages».
5. Litt. : «Aussi — ma dignité (sera) — (celle de) dame titrée — honorablement!»

«Chẳng hơn chiếc bá giữa dòng!

2485   E dè sóng gió hãi húng cỏ hoa!

«Nhơn khi bàn bạc gần xa,

«Thừa cơ, nàng mới bàn ra nói vào.

Rằng : «Trong Thánh đế dồi dào!

«Rưới ra đã khắp; thấm vào đã sâu!

2490   «Bình thành, công đức bấy lâu,

---

1. Allusion à la première strophe de l'ode intitulée 柏舟 *Bá châu* (Voy. la note sous le vers 1956.)

2. Litt. : «*J'éprouve de l'appréhension — (quant à) les flots — et le vent, — je suis saisie de frayeur — (quant à) l'herbe — et aux fleurs!*»

Ce vers, si je puis m'exprimer ainsi, renferme, joint à une concision tout-à-fait annamite, comme un *entrelacement* de deux propositions bien distinctes :

1° «Je crains que les flots n'emportent l'herbe».

(Je crains que, tels que l'herbe fragile qui croît au bord des fleuves, — le *beò* ou lentille d'eau, p ex. —, et que les flots irrités emportent, nous ne soyons victimes d'une catastrophe.)

2° «Je suis saisie de terreur en pensant que le vent peut enlever la fleur».

(Je suis effrayée de l'idée que nous pouvons avoir le sort de la fleur qui croît dans la campagne, et qu'une bourrasque peut enlever.)

Le poète annamite, voulant faire tenir tout cela dans un seul vers et produire en même temps un multiple effet de parallélisme, a tout d'abord supprimé le second verbe (enlever, emporter) qu'entraînait forcément la présence du premier (e dè — j'appréhende que), et l'a remplacé par un équivalent, une doublure *(hãi húng)*. Ensuite, groupant à la fin du premier hémistiche les deux substantifs *(sóng gió)* qui désignent les agents actifs de la catastrophe indiquée, il a réuni de même à la fin du second les deux substantifs *(cỏ hoa)* qui en désignent l'objet. Il a obtenu ainsi un premier parallélisme entre les deux verbes (e dè — hãi húng) qui expriment tous deux la crainte que son héroïne dit ressentir; un second entre les deux groupes *(sóng gió et cỏ hoa)*, qui désignent le premier l'agent et le second

«Nous ne sommes pas plus (assurés) que le bateau de cyprès qui
» flotte au milieu du courant[1]!

«Craignons que les flots et le vent n'emportent l'herbe et les fleurs 2485
» de la plaine[2]!»

Aux moments où (tous les deux) ils causaient de choses et d'autres,

la jeune femme, saisissant l'occasion, tentait de le persuader,

disant : «Comme une averse (bienfaisante, les) dons du Prince se
» répandent sur tout (le peuple)[3]!

«(C'est une pluie) qui arrose en tous lieux (la terre) et la pénètre
» profondément!

«Depuis la pacification de l'Empire, cette longue série de vertus et 2490
» de bienfaits

l'objet de l'action; et enfin un troisième, résultant de l'agencement intérieur
de ces deux groupes eux-mêmes; *sóng* qui exprime l'agent qui a pour objectif *cỏ* se trouvant lui correspondre exactement au point de vue de la
place occupée dans l'hémistiche; et *gió* exprime l'agent qui a pour objectif
hoa se trouvant aussi avec ce mot dans le même rapport de position.

3 Litt. : «. . . . . *Dans — (la personne du) Saint — empereur — il y a
averse!*»

Cette figure ne saurait évidemment être reproduite en français avec la
concision que le poëte cochinchinois lui a donnée.

Les auteurs tant annamites que chinois comparent souvent à une pluie
abondante l'avantage que procurent au peuple la bonne administration et
les bienfaits du Prince. Cette métaphore semble avoir son origine dans le
passage suivant du 書經.

L'empereur 武丁 *Võ đinh,* ayant vu en songe au tombeau de son
père un sage du nom de 說 *Duyệt,* en fait son premier ministre, et, en lui
conférant ses pouvoirs, il lui dit entre autres choses : «若歲大旱、
» 用汝作霖雨 *Nhược tuế đại hạn, dụng nhữ tác lâm vũ* — Si je me
» trouve dans une année de grande sécheresse, je me servirai de vous
» comme d'une pluie abondante.» (書經 Sect. IV, Liv. VIII 說命
上, § 6.)

Il s'agit ici, il est vrai, des services que le Prince attend de son ministre; mais il est assez naturel que les lettrés, qui puisent de préférence
dans les 經 les figures de leur langage, aient plus tard employé celle-ci
en parlant des bienfaits du Prince lui-même.

«Ai ai cũng đội trên đầu; xiết bao?

«Gẫm từ dấy việc binh đao,

«Đống xương vô định; đã cao bằng đầu!

«Làm chi để tiếng về sau?

2495 «Ngàn năm ai có khen đâu *Hoàng sào?*

«Sao bằng lộc trọng, quyền cao?

«Công danh ai dắc lối nào cho qua?»

Nghe lời nàng nói mặn mà,

Thế công *Từ* mới trở ra thế hàng.

2500 Chỉnh nghi tiếp sứ vội vàng;

Hẹn kỳ thúc giáp, quyết đàng giải binh.

Tin lời thành hạ yếu minh.

Ngọn cờ ngơ ngác, trống canh sải trường.

---

1. Litt. : «*Tous, quels qu'ils soient — tout aussi bien — la portent — su — la tête; — on la compterait — à combien?*»

2. Litt. : «*Le monceau — d'os — est sans — fixation . . . .*»

3. 黃巢 *Hoàng sào* était un chef de rebelles fameux qui vivait à la fin de la dynastie des *Đàng*. Mécontent d'avoir échoué au concours des lettrés, il réunit une bande de rebelles dans la région du 廣西 actuel, et ravagea à leur tête plus de la moitié de l'empire. Il prit en 880 de l'ère chrétienne la ville de *Trường an,* résidence de l'Empereur d'où ce dernier s'était enfui, et se proclama lui-même souverain de la Chine avec le titre dynastique de 大齊 *Đại tê*; mais en 884 il fut défait avec l'aide des troupes auxiliaires fournies par les nations tartares voisines de la frontière chinoise, et fut mis à mort par un de ses partisans. (MAYER's *chinese reader's manual,* p. 69)

«s'est, qui dira combien? épanchée sur la tête de tous[1]!

«Songez y! depuis que vous avez suscité cette guerre,

«les ossements des morts forment un monceau toujours croissant[2].
»Il a atteint la hauteur de la tête!
«Pourquoi transmettre aux âges futurs une mauvaise renommée?

«Qui jamais, depuis mille ans, a fait l'éloge de *Hoàng Sào*[3]?   2495

«Est-il rien de meilleur qu'un fort traitement, qu'une haute dignité?

«Par quel chemin peut-on atteindre un but plus élevé que l'honneur
»et la réputation?»
Les douces paroles de la jeune femme

changèrent les dispositions belliqueuses de *Từ* en sentiments de soumission[1].
On prépara en toute hâte les cérémonies (usitées) pour la réception 2500
de l'envoyé (impérial);
On fixa un terme pour déposer les armes, on traita du licenciement
de l'armée[5].
et *Từ* crut aux serments échangés au pied des remparts.

Les étendards se balançaient nonchalants; le tambour des veilles
languissamment battait[6].

On peut voir que le rôle joué par ce 黃巢 dans l'histoire est absolument semblable à celui que le poète attribue à *Từ hải*.

4. Litt. : «*La condition — de combattre — de Từ — alors enfin — se
tourna en — condition — de se soumettre*».

5. Litt. : «*On fixa — le terme — de lier — les cuirasses; — on décida —
la voie (la manière) — de dissocier — l'armée*».

Dans l'extrême Orient les soldats, lorsqu'ils se rendent, le font connaître
à l'ennemi en liant ensemble leurs lances ou leurs autres armes. Ils se
mettent ainsi d'eux-mêmes dans l'impossibilité de s'en servir de nouveau
par surprise.

6 Litt : «.... était long d'une brasse».

Việc binh bỏ chẳng giữ giàng.

2505 Vương sư dòm đã tỏ tàng thiệt hư.

Hồ công quyết kế thừa cơ.

Lễ tiên, binh hậu; khắc kì lý công.

Kéo cờ chiêu phủ tiên phong.

Lễ nghi giàn trước, vác đồng phục sau.

2510 *Từ công* hơ hẳng; biết đâu?

Đại quan, lễ phục, ra đầu cửa viên.

Hồ công ám hiệu trận tiền.

Ba bề phát súng; bốn bên kéo cờ.

Đang khi bất ý, chẳng ngờ,

2515 Hùm thiêng, khi đã sa cơ, cũng hèn!

Tử sanh liều giữa trận tiền;

Dạn dày cho biết gan liền tướng quân!

1. Litt. : « *Du Roi* — *les troupes* — *qui guettaient* — *dès à présent* — *eurent pour clair* — *le plein* — *et le vide* ».
L'adjectif « *tà tông* — *clair, patent* » devient verbe actif par position.
2. Litt. : « *Les présents* — *de cérémonie* — *furent* — *échafaudés* — *en avant*, — *et les armes* — *de bronze* — *furent placées en embuscade* — *derrière.* »
3. En ce qui concerne le canon, l'auteur ne parle que de *trois côtés*, parce que *Từ hải*, qui n'était pas sur la défensive, ne se trouve pas au premier moment en mesure de s'en servir pour repousser l'ennemi qui l'attaque traîtreusement. Les drapeaux de guerre sont au contraire hissés partout à peu près simultanément; du côté de l'agresseur pour exciter les troupes et cool-

On laissa de côté les allures guerrières et l'on ne se garda plus.

(Du côté de) l'armée impériale on était aux aguets; bientôt l'on fut 2505
    au courant de tout[1],
et *Hô công* combina un stratagème pour profiter de cette occasion.

Les présents devaient marcher devant et les troupes suivre derrière.
    A un signal déterminé commencerait l'attaque au dedans.
On hissa un pavillon pour prévenir l'avant-garde.

Les cadeaux de cérémonie furent disposés[2] en avant, et par derrière,
    en embuscade, se placèrent des hommes armés.
Tu công ne se gardait pas; pouvait-il rien soupçonner?   2510

Coiffé du grand bonnet, revêtu du costume de cérémonie, il se pré-
    senta devant la porte de l'enceinte.
Hô công donna secrètement le signal de la bataille.

De trois côtés le canon tonna; partout l'on hissa les drapeaux[3].

Pris au dépourvu, lorsqu'il est hors de garde,

le tigre puissant, tombé dans le piége, doit céder comme tout autre. 2515

Il risqua sa vie au sein de la bataille

et paya d'audace, voulant faire voir le courage[1] qui anime les grands
    chefs de guerre.

donner l'attaque au moyen des signaux qu'ils servent à faire; du côté de
Th hài, pour commander la défense.

[1] « *Liên — continuellement* » devient par position un adjectif qui qualifie
« *gan — foie (courage)* ». Il signifie bien, dans le sens général du vers, que le
courage des chefs de guerre est *continu*, qu'il ne subit pas de défaillance;
mais au fond le poète n'emploie ce mot qui n'est jamais ou presque jamais
pris adjectivement que pour obtenir une rime correspondant au mot « *liên* »
qui termine le vers précédent, tandis que « *quân* » rimera avec « *thân* » du
vers suivant. (Voir sur la double rime des *vân* l'introduction de cet ouvrage.)

12*

Khí thiêng khi đã về thần,

Nhiên nhiên còn đứng chôn chơn giữa vòng!

2520 Trơ như đá, vững như đồng!

Ai lay chẳng rúng! Ai rung chẳng dời!

Quan quân truy sát, đuổi dài;

Ù ù sát khí ngất trời! Ai đang?

Trong hào, ngoài lũy tan hoang!

2525 Loạn quân vừa dắc tay nàng đến nơi.

Trong vòng tên đá bời bời,

Thấy *Từ* còn đứng giữa trời trơ trơ!

Khóc rằng : «Trí dõng có thừa!

«Bởi nghe lời thiếp, đến cơ hội nầy!

2530 «Mặt nào trông thấy nhau đây?

«Thì liều sống chết một ngày với nhau!»

Dòng thu như chảy cơn sầu;

Dứt lời, nàng cũng gieo đầu một bên!

1. Litt. : « *Son souffle vital — spirituel* ».
Voir la note sous le vers 116.

2. La répétition «*nhiên nhiên — ainsi ainsi, de cette sorte de cette sorte*»
exprime que le spectacle dont il est parlé est patent aux yeux de tous,
que tout le monde peut le contempler.

Quand son âme puissante[1] eût été rejoindre les esprits,

chacun put le voir[2] debout, les pieds plantés au milieu de l'arène!

Immobile comme la pierre et ferme comme l'airain,   2520

nul ne pouvait l'ébranler ni le faire changer de place[3]!

Mandarins et soldats se livrèrent au massacre et longtemps poursui-
virent ses troupes.
Le vacarme (était effroyable); les vapeurs du carnage obscurcissaient
le ciel; qui aurait pu résister?
Dans les fossés, hors des remparts, (toute l'armée) se dispersait.

Des soldats débandés prirent par les mains la jeune femme et l'ame- 2525
nèrent sur la place.
Sur le champ de bataille (où) pierres et flèches volaient sans interruption,
elle vit *Từ* qui, statue immobile, se dressait encore dans l'espace.

Elle pleura et dit : «Intelligence et force, il en possédait plus que
»le nécessaire!
«Pour avoir écouté mes conseils, voilà où il en est réduit.

«De quel front oserais-je lever ici les yeux sur lui?   2530

«Du moins je veux donner ma vie; je veux que le même jour voie
»notre trépas à tous deux[4]!»
Sa douleur s'épanche en un torrent de larmes;

elle dit et, tête première, elle tombe à ses côtés!

3 Litt. : «*(lorsque) qui que ce fût — l'agitait, — ne pas — il était ébranlé;
— (lorsque) qui que ce fût — le secouait — ne pas — il était déplacé!*»

4. Litt. : «*Alors — je me risque — pour vivre — (ou, mourir — (en) un
(même) — jour — ensemble!*»

Lạ thay! Oan khí tương triền!

2535   Nàng vừa phục hạ, *Từ* liền ngã ra!

Quan quân, kẻ lại, người qua,

Xót nàng, sẽ lại vực ra dần dần.

Đam vào đến trước trung quân.

Hồ công thấy mặt, ân cần hỏi han.

2540   Rằng : «Nàng chút phận hồng nhan,

«Gặp cơn binh cách, nhiều nàn;· cũng thương!

«Đã hay thành toán miễu đường,

«Giúp công, cũng có lời nàng, mới nên!

«Bây giờ sự đã vạn tuyền;

2545   «Mặc lòng nghĩ đó! Muốn xin bề nào?»

Nàng càng đổ ngọc, tuôn dào;

Ngập ngừng, mới gói thấp cao sự lòng.

Rằng : « *Từ* là đứng anh hùng!

---

1. Litt. : « ..... *Le vengeur (avide de vengeance) — souffle — mutuellement — les enlaçait* » !

Cette phrase est entièrement chinoise.

2. Litt. : « *Peu — de condition — de rouge — teint!* »

3. Litt. : «... *réaliser — les plans — de du temple des ancêtres — la salle* » 廟堂之上 *Miễu đàng chi thượng* — Le haut de la salle d...

Étrange. après la mort l'âme du guerrier restait unie à la sienne
dans le désir de la vengeance [1]!

A peine la jeune femme se fût-elle prosternée que, sur le champ, il   2535
tomba (sur le sol)!

Mandarins et soldats, gens qui venaient, gens qui passaient,

émus de compassion, l'entraînèrent doucement.

On l'amena au milieu de l'armée.

Hô công, lorsqu'il la vit, la pressa de questions.

«Pauvre et belle fille!» dit-il [2]   2540

«tombée au milieu du tumulte des armes, vous avez grandement
» souffert! aussi bien j'ai compassion de vous!

«S'il m'a été donné de réussir dans la mission que m'avait confiée
» la cour [3],

«le secours de votre parole n'en a pas moins assuré le succès [4]!

«Maintenant que mon entreprise est arrivée à bonne fin,

«réfléchissez, et voyez ce qu'il vous plaît de réclamer (de moi)!»   2545

Les larmes de la jeune femme coulèrent en flots plus abondants
encore [5],

et, au milieu de ses hésitations, la pensée de son cœur tout au long
se fit jour [6].

«*Từ*,» dit-elle, «était un héros!

temple des ancêtres» est une des expressions consacrées pour désigner «*le
gouvernement de l'Empereur*».

4. Litt. : «*(Quant à) aider — le mérite, — encore — il y a eu — les paroles — de vous, madame, — (et) alors enfin — cela a eu lieu!*»

5. Litt. : «*La jeune femme — d'autant plus — répandit — des pierres précieuses — et laissa couler abondamment — une pluie abondante;*»

6 Litt. : «*Elle hésita — et enfin — confia — le haut — et le bas — de
l'affaire — de (son) cœur*».

«Dọc ngang trời rộng, vẫy vùng biển khơi!

2550 «Tin tôi, nên quá nghe lời!

«Đưa thân bá chiến, làm tôi triều đình.

«Ngỡ là phu qúi phụ vinh!

«Ai ngờ một phút tan tành thịt xương?

«Năm năm trời biển ngang tàng,

2555 «Đam mình đi bỏ chiến trường như không!

«Hại chồng kẻ lấy làm công!

«Kể bao nhiêu, lại đau lòng bấy nhiêu!

«Xét mình, công ít, tội nhiều!

«Sống thừa tôi đã nên liều mình tôi!

2560 «Xin cho tiện thổ một doi!

«Gọi là đắp điếm lấy người tử sinh!»

1 Litt. : «*J'avais pensé — que nous serions — un mari — noble — (et) une épouse — glorieuse!*»

2. Litt. : «*Apportant — (son) lui-même — il est allé — l'abandonner — sur de bataille — le champ — comme — rien!*»

3. Litt. : «*Cela s'appellera — en couvrant — prendre — des personnes — morte — et vivante!*»

Ce vers peut signifier encore : «*(Cette terre) recouvrira ceux (qui furent unis dans) la mort comme dans la vie!*»

Je préfère le premier sens parce qu'il est plus en rapport avec la situation. Il est assez naturel que, dans la folie de son désespoir et pour se punir d'avoir causé la perte de son époux, Kiều demande à être enterrée vivante à côté de lui. La disposition du vers n'est pas un obstacle à cette interprétation. Si en effet le mot qui veut dire «personne» *(người)* se trouve

«En long, en large il traversait l'espace; impétueux il sillonnait la
» vaste étendue des mers!

«Confiant qu'il était en moi, il écouta trop mes paroles! 2550

«Après s'être exposé dans cent combats, il avait fait sa soumission
» à l'Empereur,

«et je m'attendais à devenir la glorieuse compagne d'un noble et
» puissant époux[1]!

«Qui eût pensé qu'en un instant ses os, sa chair seraient mis en
» morceaux?

‹Pendant cinq ans, au sein du monde, il avait agi en maître,

«et voilà que dans ce combat il est venu chercher une fin misérable[2]! 2555

«Vous me comptez comme un mérite le mal fait à mon époux!

‹(Mais) plus vous l'estimez haut, plus mon cœur souffre de tortures!

«En m'examinant moi-même, (à côté d'un) mince mérite, (je trouve
» une) grande faute,

‹(et, loin de) lui survivre, il convient que je meure (aussi)!

«Accordez-moi un coin de terre propice (pour la sépulture)! 2560

‹A côté du mort elle me recouvrira vivante[3]!»

placé avant «tử sinh», ce qui n'aurait pas lieu si l'expression était entièrement chinoise 死生人 ou 死生之人) c'est qu'il y a ici une
de ces formules hybrides que l'on rencontre fréquemment dans la poésie
cochinchinoise, et qui sont composées d'un élément annamite (ici *người*)
et d'un élément chinois (ici 死生 *tử sinh*). Or il est à noter que dans
ce cas le génie de la langue annamite a le pas sur celui de la langue chinoise, c'est-à-dire que ce sont les mots chinois qui se plient à la construction annamite; ce qui est du reste assez naturel, puisque c'est dans cette
dernière langue que l'auteur écrit

Si l'on admettait la seconde interprétation que j'indique et qui a été
probablement aussi dans la pensée de l'auteur, la traduction littérale des
mots «người tử sinh» serait : «des personnes — de vie — et de mort (unies
dans la vie comme dans la mort)».

Hồ công nghe nói thương tình;

Truyền cho cảo táng, di hình bên sông.

Trong quân mở tiệc hạ công;

2565   Xăn xao tơ trước, hội đồng quân quan.

Bắt nàng thị yến dưới màn;

Dở say lại ép vặn đờn nhặt tâu.

Một cung gió thảm mưa sầu,

Bốn cung nhỏ máu năm đầu ngón tay!

2570   Ve ngâm, vượn hót nào tày?

Lọt tai *Hồ* cũng nhăn mày rơi châu.

Hỏi rằng : «Nầy khúc ở đâu?

«Nghe ra, muôn thảm ngàn sầu lắm thay!

1. Litt. : « *Il y eut (un) bruyamment et harmonieusement — de soie — (et) de bambou, — il y eut (une) assemblée — d'officiers — (et) de soldats* ».

L'adverbe « *xăn xao* » et le substantif « *hội đồng* » deviennent par position des verbes impersonnels. — La soie et le bambou sont les matériaux les plus employés dans la confection des instruments de musique chez les Chinois

2. Litt. : « .... *à jouer — des instruments de musique — et (à,) en faisant de la musique — jouer pour distraire le supérieur* ».

Les anciens princes feudataires de la Chine avaient, comme l'Empereur lui-même, des troupes de musiciens à leur service. Les mandarins d'un rang élevé se conforment encore souvent aujourd'hui à cet usage.

3. Litt. : « *Un — mode — comme le vent — fut triste, — comme la pluie — fut lugubre;* »

Les substantifs « *gió* » et « *mưa* » sont pris adverbialement; mais, par suite d'une inversion poétique, ils se trouvent reportés avant les adjectifs qu'ils modifient et qui, en vertu de la disposition générale du contexte, deviennent eux-mêmes des verbes neutres

Hô công, à ces paroles, fut ému de compassion,

et commanda que, pour l'y enterrer provisoirement, l'on transportât le corps au bord du fleuve.

Il donna un festin à ses troupes en félicitation des mérites acquis,

et, aux sons harmonieux de la soie et du bambou, officiers et soldats 2565 s'assemblèrent[1].

On amena la jeune femme dans la salle pour qu'elle assistât à (ce) festin

(où) le chef, à moitié ivre, la contraignit à l'amuser en lui faisant de la musique[2].

Elle joua sur un mode d'une tristesse lamentable[3],

puis sur quatre autres (si lugubres qu'on eût dit que) le sang coulait au bout de ses cinq doigts[1]!

Ni le gémissement de la cigale, ni les clameurs du *Vượn* n'en éga- 2570 laient (la mélancolie)!

Dès (que ces accents) parvinrent à l'oreille de *Hô*, il fronça les sourcils et laissa couler ses larmes.

«Quel est donc» dit-il «ce morceau

«qui me plonge, quand je l'entends, dans une tristesse indicible[5]?»

4. Litt. : «*quatre — modes — firent couler goutte à goutte — le sang — des cinq — bouts — de (ses) doigts*».

Le poète veut dire par là que, si le premier mode sur lequel joua *Kiều* était déjà extrêmement triste, les quatre autres produisaient une impression tellement déchirante, qu'on eût dit que les doigts de la jeune captive *pleuraient du sang*.

Les cinq *cầm* dont il s'agit ici sont à proprement parler des gammes composées de six notes qui, disposées dans chacune d'elles d'une manière différente, ont donné naissance à cinq modes distincts, mais tous caractérisés par une extrême tristesse. Ils furent, dit-on, inventés par un musicien de l'état de 鄭 *Trịnh*. Confucius les avait en horreur et ne les employait jamais lorsqu'il faisait de la musique. «Non seulement» disait-il «ils sont tristes, mais encore ils séduisent l'homme en excitant ses passions.»

5. Litt. : «*(Lorsqu'on) l'entend, — il y a dix mille — tristesses — et mille — mélancolies — fortement — à quel point!*»

Thưa rằng : «*Bạc phận*» khúc nấy;

2575 Phổ vào đờn ấy những ngày còn thơ.

Cung đờn lựa những ngày xưa;

Mà gương bạc mạng bây giờ là đây!

Nghe càng đắm, đắm càng say.

Lạ! cho mặt sắt cũng ngây vì tình!

2580 Dạy rằng : «Hương hoả ba sinh,

«Dây loan xin nối kìm lành cho ai!»

Thưa rằng : «Chút phận lạc lài,

«Trong mình nghĩ đã có người thác oan!

«Còn chi? Nữa cánh hoa tàn!

Les adjectifs «*thảm*» et «*sầu*» deviennent substantifs par position. et les six derniers monosyllabes du vers constituent sous la même influence un verbe impersonnel composé.

1. Litt. : «*Etrange! — que l'on donne — un visage — de fer, — tout aussi bien — il sera stupide à cause de — l'amour!*»

«*Cho*» est une ellipse dont le développement complet est la formule «*cho .... đi nữa mặc lòng*».

2. Litt. : «*Prescrivant — il dit : — («Quant à) de l'encens — le feu — (ộ aux) trois — naissances,*»

L'expression «*hương hỏa ba sinh*» désigne «*tout ce qui concerne le ma-riage*», c'est-à-dire les sacrifices faits dans la famille, la naissance des en-fants, l'instruction et la nourriture qui leur sont données etc. (Voir la note sous le vers 257.)

3. Litt. : «*(Quant au) lien — de Loan, — je demande à — joindre — un Kim — doux — à — quelqu'un!*»

Le *Loan* est un oiseau fabuleux que les Chinois considèrent comme la personnification de toute grâce et de toute beauté. De là l'expression mé-taphorique «*dây Loan — un lien de Loan*» pour désigner les liens du mariage

« C'est », lui répondit-elle, « le morceau du *Mauvais destin* » !

« Dès les jours de mon enfance je l'adaptai à cet instrument-ci.   2575

« Le choix de la musique est ancien,

« mais vous avez sous les yeux, en ce jour, un exemple d'une des-
» tinée malheureuse ! »

Plus il l'entendait, plus il se passionnait, et sa passion croissante (en
lui) faisait croître l'ivresse.

Chose étrange ! l'amour est capable d'amollir même un cœur[1] de fer !

« Parlons », dit-il, « de mariage[2] ! »   2580

« Je veux avec quelqu'un renouer l'union interrompue[3] ! »

« Pauvre créature abandonnée, » (répondit-elle),

« je pense toujours qu'à cause de moi un homme[4] a péri d'une in-
» juste mort !

« Que reste-t-il de moi ? un fragment[5] de pétale flétri !

Voir, sur l'expression « *kim (cầm) sắc* » ma traduction du *Lục Vân Tiên*,
a la note sous le vers 344.

Le général chinois, enivré à la fois par l'amour et par les fumées du
vin, propose à *Túy kiều* de remplacer son époux. Dans l'union des époux
représentée figurativement par le groupement harmonique des deux instruments de musique *kim* et *sắc*, ce dernier représente la femme. Le *kim* a
été brisé, c'est-à-dire que l'époux est mort. Rattacher un autre *kim* à ce
sắc, c'est rétablir l'association dite « *kim sắc* », c'est-à-dire *le mariage*; autrement dit se substituer à l'époux défunt.

Ici encore le terme vague « *ai* — *quelqu'un* » remplace le pronom personnel défini, comme cela a lieu fréquemment dans la poésie annamite, surtout lorsqu'il est question de propositions amoureuses ou matrimoniales.

4. L'expression vague « *un homme* » est employée ici à dessein. *Túy kiều*
craint d'irriter le vainqueur en prononçant devant lui le nom de son époux
mort.

5. Litt : « *Une moitié de pétale* ».

2585 «Tơ lòng đã dứt dây đờn *Tiểu lân!*

«Rộng cho còn mảnh hồng quần!

«Hơi tàn được thấy góc phần, là may!»

Hạ công chén đã quá say;

Hồ công đến lúc rạng ngày nhớ ra.

2590 Nghĩ mình phương diện quốc gia,

Quan trên nhắm xuống, người ta trông vào

Phải tuồng trăng gió hay sao?

Sự nầy biết tính thế nào được đây?

Tảo nha vừa buổi rạng ngày,

2595 Quyết tình, *Công* mới đoán ngay một bài.

Lịnh quan ai dám than lời?

1. Litt. : « *Le fil de soie — de (mon) cœur — a été coupé — à la manière — des cordes — du đờn — de Tiểu Lân!* »

Tiểu Lân est le nom d'un musicien célèbre. *Túy kiều* veut dire que, de même que les cordes du *đờn* de *Tiểu Lân,* ayant été coupées, ne pouvaient plus servir à ce pourquoi elles étaient faites, c'est-à-dire à rendre des sons le fil de soie qui reliait à son cœur celui de *Từ Hải* ne peut plus servir à y rattacher un autre cœur; en d'autres termes, qu'elle ne peut plus se marier. (Voir plus haut la note sur *Ông tơ* ou *Nguyệt lão.*)

2. Litt. : « *Vous montrant généreux — donnez-moi d' — avoir encore — un lambeau — de (mon) rouge — pantalon!* »

3. Litt. : «*(Lorsque mon) souffle — se perdra, — (si) j'obtiens de — voir — un coin — de fard, — ce sera — un bonheur!* »

«Et, comme les cordes de l'instrument de *Tiểu lân,* le fil de mon cœur 2585
» est coupé[1]!

«Soyez généreux! épargnez les restes de ma beauté[2]!

«Si, à mon dernier soupir je puis y donner quelques soins, je m'esti-
» merai heureuse[3]. »

Dans (ce) festin des félicitations pour la victoire, tous étaient par-
venus au dernier point de l'ivresse[4];

mais *Hồ công,* quand vint le point du jour, se souvint (de ce qu'il
avait dit)[5].

Il réfléchit que lui, qui dans l'État faisait grande figure,   2590

Il était, d'en haut, surveillé par ses chefs, et que d'en bas, la foule
avait les yeux sur lui[6].

Qu'était ceci, sinon une débauche déguisée[7]!

Comment s'y prendre, maintenant, pour se tirer de cette affaire?

Au point du jour, lorsque s'ouvrit l'audience du matin,

le *công,* fixé, se traça une ligne de conduite.   2595

Quand un mandarin donne un ordre, qui oserait y trouver à redire[8]?

---

4. Litt. : «*(Dans l'action de) féliciter — le mérite, — (quant aux) tasses
— on avait dépassé — (le fait d') être ivres*».

5 Il y a entre ce vers et le précédent un jeu de mots absolument intraduisible en français. Dans le festin de félicitations *(hạ công),* tout le
monde est ivre, et *Hồ công* (le seigneur *Hồ*) n'est plus lui-même; mais le
lendemain, il recouvre sa personnalité, se rappelle la proposition impru-
dente qu'il a faite à *Túy kiều,* et réfléchit aux conséquences qu'en entraî-
nerait la réalisation.

6. «*Nhằm nuổng*» signifie «*aviser d'en haut*», et «*trông vào*» veut dire
«*examiner d'en bas*».

7. Litt : «*C'était — (une) comédie — de lune — (et) de vent — ou —
comment?*»

8. Litt. : «*. . . . gémir de — (ses) paroles?*»

Ép tình, là gán cho người thổ quan.

Ông tơ thiệt nhẽ đá đoan!

Xe tơ chớ khéo, vơ quàng vơ xiên!

2600   Kiệu hoa áp thẳng xuống thuyền.

Lá màn xủ thấp, ngọn đèn khêu cao.

Nàng càng ủ liễu, phai đào;

Trăm phần nào có phần nào phần tươi?

Đành thân cát lấp sóng bồi;

2605   Cướp công cha mẹ; thiệt đời; thông minh!

Chơn trời mặt biển linh đinh,

Nắm xương biết gởi tử sinh chốn nào?

Duyên đâu? Ai dắc tơ đào?

1. Litt. : « . . . . il la colla — à — un homme — de la terre — mandarin

2. « *Nhẽ* » est la prononciation tonquinoise du mot « *lẽ* — raison, motif*·*

3. Litt. : « *(Quant à) tordre — les fils de soie, — assurément — il est ha-* *bile! — il saisit — le droit, — il saisit — l'incliné!* »

Je n'ai pu avoir exactement la signification du mot « *quàng* » pris isolé ment; mais le sens général de l'expression dont il fait partie ainsi que la signification de son correspondant « *xiên* », qui sont tous deux bien connus ne me paraissent pas devoir laisser de doutes.

4. Tout ce développement poétique signifie simplement qu'il *faisait nuit*

5. Litt. : « . . . . *triste — (quant au) saule — (et) décolorée — (quant au)* *Đào* ».

« *Liễu đào* » ou « *đào liễu* » est, comme je l'ai dit plus haut, une expres sion employée couramment dans la poésie pour désigner « *une jeune fille·* Les deux termes en sont dissociés par élégance. « *Phai — décolorée ›* dont ici se prendre au moral. L'emploi métaphorique de cet adjectif est amené par l'expression figurée *(liễu đào)* qui précède.

Il fit violence aux sentiments (de *Kiều*), et lui imposa pour mari[1] un notable de la contrée.

Le génie du mariage, vraiment, suit des voies bien mystérieuses[2]!

Il tord ses fils d'une façon étrange, et prend (pour nouer les unions) tout ce qu'il trouve sous sa main[3]!

Le palanquin fleuri fut porté tout droit à bord d'un bateau. 2600

Les rideaux de soie jusqu'en bas étaient baissés; la mèche des lampes était maintenue haute[4].

Kiều, de plus en plus, était triste et découragée[5],

et son affaissement dépassait toute limite[6].

Elle se résignait, quant à elle, à être le jouet de la fortune[7];

mais elle avait à ses parents coûté des peines inutiles! sa vie était 2605 perdue! il n'en fallait point douter[8]!

Elle flottait sous le ciel, à la surface de la mer.

Savait-elle ce qu'allait devenir sa chétive personne[9]? où elle allait mourir ou vivre?

Quelle était cette union (nouvelle)? qui lui fallait-il épouser[10],

6. Litt. : «*(Sur) cent — parties — est-ce qu' — elle avait — (une) partie — quelle qu'elle fût — (qui fût une) partie — fraîche?*»
L'adjectif «*tươi — frais*» est employé ici comme synonyme de «*vui — gai*», pour le motif indiqué à la note précédente.

7. Litt. : «*Elle supportait que — sa personne — par le sable — fût comblée, — par les flots — fût recouverte;*»
«*Đành*» a ici le même sens que «*chịu*». — Devant les mots «*Cát lấp sóng bồi*» il faut sous-entendre la particule du passif «*bị*» ou «*phải*».

8. Litt. : «*Elle avait volé — par la force — les peines — de (son) père — et de (sa) mère; — elle avait causé du dommage à — (sa) vie — évidemment!*»

9. Litt. : «*(Quant à sa) — pincée — d'os, — elle savait — elle la confiait — pour mourir — ou pour vivre — dans un lieu — quel?*»

10 Litt. : «*(Cette) union — (d')où (venait elle)? — Qui — amenait — ce fil de soie — de Đào?*»
Le fil de soie de *Đào* (concernant le *Đào*, autrement dit *la jeune fille*), c'est le lien du mariage.

Nợ đâu? Ai đã dắc vào tận tay?

2610   Thân sao, thân! Đến thế nầy?

Còn ngày nào, cũng dơ ngày ấy thôi!

Đã không biết sống là vui!

Hoài thân nào biết thiệt thòi là thương!

Một mình cay đắng trăm đường,

2615   Thôi! thời nát ngọc tan vàng, thời thôi!

Mảnh gương đã ngậm non đoài,

Một mình luống những đứng ngồi, chửa xong.

Triều đâu nổi tiếng đùng đùng!

Hỏi ra, mới biết rằng sông *Tiền dường!*

2620   Nhớ lời thần mộng rõ ràng!

Nầy thôi! Hết kiếp đoạn tràng là đây!

«*Đạm tiên!* Nàng nhẽ! có hay?

«Hẹn ta, thì đợi dưới nầy rước ta!

---

1. Litt. : «*(Cette) dette — (d')*où *(venait-elle)? — Qui — l'amenant — la-
vait fait entrer — à toucher — (ses) mains?*»

2. Litt. : «*S'il y avait encore — un jour — quel qu'il fût, — tout aussi
bien — elle serait souillée — ce jour là — et voilà tout!*»

3. Litt. : «*(avec son) unique — corps, — amère — quant à — cent —
voies (manières),*»

et qui (donc) la chargeait (encore) de cette dette de malheur[1]?

Comment en était elle arrivée à ce degré (d'infortune)? 2610

C'en était fait! chaque nouveau jour allait lui apporter une souillure nouvelle[2]!
Ell. ne savait point que la vie (par elle-même) est une joie!

En attendant à ses jours, elle ignorait, pauvre femme! le mal qu'elle allait se causer!
Isolée (en ce monde), abreuvée de misère[3],

c'en était assez! (disait-elle). Il ne lui restait plus qu'à briser son 2615
existence[4]!
La lune était descendue derrière les cîmes des montagnes[5],

et, cependant, dans sa solitude, se levant, puis se rasseyant, elle n'en avait point fini encore[6].
(Mais) voici que des grandes eaux soudain le grondement s'élève!

Elle s'informe et apprend que c'est le fleuve *Tiền đường*.

Les paroles de l'esprit qu'elle entendit en songe lui reviennent claire- 2620
ment à la mémoire.
Tout est fini, maintenant! et c'est bien ici le terme de sa malheureuse destinée!
‹Ô *Đạm tiên!* m'entends-tu? » s'écrie-t-elle.

«Tu m'as fixé ce rendez-vous; attends-moi donc sous ces ondes,
»pour m'accueillir!»

4. Litt. : «*Assez! — alors — on briserait — la perle, — on dissoudrait — lơi, — (et) alors — ce serait fini!*»
Tous les vers qui précèdent peuvent être, aussi bien, mis directement dans la bouche de *Túy kiều.*
5. Litt. : «*Le volume — du miroir — avait — été dévoré — (quant au) sommet — des montagnes*»,
6. Elle hésitait toujours à en finir.

13*

Dưới đèn sẵn bức tiên hoa;

2625 Một thiên tuyệt bút; gọi là để sau.

Cửa bồng vội thác rèm châu.

Trời cao, biển rộng một màu bao la.

Rằng: « *Từ công* hậu đãi ta!

« Chút vì việc nước mà ra phụ lòng!

2630 « Giết chồng mà lại lấy chồng,

« Mặt nào mà lại đứng trong cõi đời?

---

1. Litt. : « *(Par) une feuille — elle brisa — (son) pinceau, — (ce qui) s'appelle — laisser — après (soi)* ».

Cette allusion serait incompréhensible sans la connaissance de la phrase suivante du 三 字 經 : « *Lorsqu'il eût écrit le* 春 秋 Xuân thu, *Confucius brisa son pinceau* »; ce qui signifie que le 春 秋 fut la dernière œuvre à laquelle il mit la main.

Le mot « 絕 *tuyệt* » signifiant à la fois « *briser* » et « *une stance composée de quatre vers* »; il peut se faire que l'auteur du poème ait voulu donner un double sens à cet hémistiche.

La seconde version, qui supposerait une inversion et donnerait au substantif *bút* — *pinceau* un rôle verbal, serait alors :

« *Une feuille (numérale) — de stance de quatre vers — elle écrivit . . . .* »

Je serais peu porté à admettre cette dernière interprétation. Ce genre d'inversion appliqué à un substantif qui, comme « *bút* » est assez rarement pris dans le sens verbal, ne me paraît guère admissible.

Les mots « *gọi là . . . . — (ce qui) s'appelle . . . .* » sont très fréquemment employés en poésie lorsqu'on veut exprimer la volonté formelle et bien déterminée de faire connaître un sentiment ou une intention quelconque. Nous employons en français dans le langage familier une expression absolument équivalente au point de vue des mots, lorsque nous disons, par exemple :

« *cela s'appelle* être vertueux, *cela s'appelle* bien manœuvrer, etc. »,

mais il faut remarquer que l'analogie ne va pas ici beaucoup plus loin que les mots; car les mots « *cela s'appelle* » expriment en français l'admira-

Près de la lampe justement se trouvait une feuille de papier.

Elle prit son pinceau, renferma dans quelques lignes ses dernières 2625
   volontés[1],

et ouvrit d'une main rapide l'écoutille[2] du navire.

On n'apercevait au loin que la vaste mer et le ciel élevé, confondus
   à l'horizon[3].

« *Từ công* m'avait comblé de ses bienfaits. » dit-elle

« et, pour un mince intérêt d'État, je le payai d'ingratitude !

‹ Si, meurtrière de mon époux, je m'unissais à un autre homme, 2630

« de quel front oserais-je encore occuper une place en ce monde ?

---

tion causée par un acte déjà accompli, tandis que la locution annamite
« *gợi là* » exprime l'intention d'obtenir un résultat ou de produire une impression dans l'avenir.

2 Je traduis « *cửa bồng .... rèm châu* » par « *écoutille* » à défaut de meilleur terme pour indiquer un genre d'issue qui ne se rencontre pas sur nos
bateaux européens. Le mot « *bồng* » désigne un des côtés de la couverture
du bateau dans lequel est pratiquée une porte, et « *cửa bồng — la porte du
bồng* » est le nom de cette porte elle-même qui est fermée par un store
ou une natte *(rèm).* — Quant au mot « *châu — perles* », il n'est ici qu'un
simple ornement poétique employé de la même façon que le mot « *đào* »
l'est en d'autres circonstances: car, il est inutile de le dire, ce store n'est
nullement orné de perles. La traduction littérale de ce vers, qui renferme
d'ailleurs une inversion, serait donc :

« *De la porte — du bồng — en toute hâte — elle ouvrit — le store — de
perles* ».

3. Litt. : « *Le ciel — élevé — (et) la mer — vaste — (dans) une seule —
teinte — enveloppaient — à la manière d'un filet* ».

Le mot « *là* » signifie à la fois en chinois « *un filet* » et « *étendre* ». On
pourrait l'entendre ici dans les deux sens; mais il est évident que l'expression annamite « *bao là* » tire son origine d'une comparaison très fréquente
en chinois dans laquelle le ciel est assimilé à un filet immense qui englobe
tout ce qui existe sur la terre. On l'appelle dans cette langue « 大羅
đại là — le grand filet », et, surtout lorsqu'il est question d'un ciel nuageux
d'automne « 秋雲似羅 *thu vân tợ là* ».

«Thôi! Thì một thác cho rồi!

«Tấm lòng phú mặc trên trời dưới sông!»

Trông vời, con nước mênh mông,

2635 Đam mình gieo xuống giữa dòng trương giang!

Thổ quan theo vớt vội vàng;

Thì đà đắm ngọc, chìm hương đã rồi!

Thương thay! Cũng một thân người!

Hại thay! Mang lấy sắc tài làm chi?

2640 Những là oan khổ lưu ly,

Chờ cho hết kiếp, còn gì là thân?

Mười lăm năm bấy nhiêu lần

Làm gương cho khách hồng quần thử soi!

Đời người đến thế; thì thôi!

1. Litt. : « C'est assez! — Alors — (il y a) l'unique — mourir — de manière à — en finir ! »

Les mots « một thác cho rồi » forment ici par position un véritable verbe
impersonnel. (Voir, pour le sens de rồi, ma traduction du Lục Vân Tiên à
la note sous le vers 956.)

2. Pour qu'ils soient témoins de ma sincérité.

Litt. : « (Mon) cœur — je livre à — au-dessus — (quant au) ciel, — (à)
au-dessous — (quant au) fleuve ! »

Voir ce que j'ai dit antérieurement sur le rôle exact des prépositions
trên, dưới et ngoài.

3. On remarquera certainement la similitude qui existe entre cet épi-
sode et celui du Lục Vân Tiên dans lequel Nguyệt Nga se précipite dans
le fleuve pour échapper à l'alliance du roi des Ô qua.

« C'en est donc fait! Je n'ai plus qu'à mourir [1] !

« Au ciel, aux flots je livre mon cœur [2] ! »

Elle considéra l'espace et l'immensité des eaux;

puis au sein du grand fleuve, au milieu du courant, elle se précipita [3] ! 2635

Le notable l'avait suivie; il s'empressa pour la sauver;

mais tout était fini! Les flots avaient submergé cette créature accomplie [4] !
Hélas. Hélas! comme tant d'autres [5],

pourquoi fut-elle victime de son talent et de sa beauté?

En proie à des malheurs sans fin, à des vicissitudes sans nombre, 2640

si elle eût attendu le terme des ses malheurs, que serait-elle devenue [6]?
Tout ce qui se passa durant les quinze années de sa vie [7]

doit servir aux jeunes filles et d'exemple et d'instruction [8].

L'existence humaine en arrive à ces extrémités!

4. Litt. : « Alors — on avait fait couler à fond — la pierre précieuse, —
on avait submergé — le parfum! »
Les verbes neutres đắm et chìm deviennent actifs par position.

5 Litt. : « Hélas! — tout aussi bien — (elle était) un — corps — d'homme! »
Les mots « một thân người » forment par position un verbe neutre composé.

6. Litt : « (Si) elle avait attendu — de manière à — finir — l'ère (de ses
malheurs), — il y aurait encore eu — quoi — qui fût — sa personne? »

7. Litt. : « Les quinze — années — (et) les toutes et quantes — fois »

8. Litt. : « fait — miroir — pour — les personnes — (à) rouges — pans
de robe — (les jeunes personnes distinguées) — en essayant — regarder ».
Le mot « khách — étrangères » est ici synonyme de « người — personnes ».

2645   Trong cơ dương cực âm hồi khôn hay.

      Mấy người vì nghĩa xưa nay

      Trời làm chi đến lâu ngày càng thương?

      Giác duyên, từ tiết giã nàng,

      Treo bầu, quẩy níp, rộng đàng vân du.

2650   Gặp bà *Tam hạp* đạo cô;

      Thong dong hỏi hết nhỏ to sự nàng.

      «Người sao hiếu nghĩa đủ đàng,

      «Kiếp sao mắc những đoạn tràng thế thôi?»

---

1. Litt. : « *Dans — la circonstance que — (lorsque) le bonheur — est à son comble — le malheur — revient — il est difficile de — savoir!* »

On voit que l'explication littérale ci-dessus donne un sens diamétralement opposé à celui de ma traduction; et pourtant c'est dans cette dernière que se trouve la véritable pensée du poète. En effet *Nguyễn du,* qui avait besoin au sixième pied d'un mot affecté du ton binh, ne s'est pas fait scrupule de retourner la locution proverbiale chinoise bien connue : « 陰 極 陽 回 *Âm cực dương hồi — quand le malheur est à son comble, le bonheur revient* ». Cette inversion est singulièrement audacieuse, et ne saurait être admise dans nos langues européennes; elle paraît, au contraire très naturelle aux Annamites. Pour eux, comme le sens du proverbe 陰 極 陽 回 est connu d'avance, peu importe que l'ordre des monosyllabes étant changé, le sens littéral (qui est déterminé par la règle de position) devienne absolument inverse. Ils ne font en ce cas attention qu'à l'ensemble, et le reste n'est pour eux qu'une affaire de prosodie.

陰 極 陽 回 signifie littéralement : « quand *l'obscurité* est à son comble, *la clarté* revient ». Notre proverbe français « *après la pluie vient le beau temps* » ressemble d'autant plus à son correspondant chinois qu'il s'agit dans ce dernier d'une obscurité causée par les nuages et de la clarté que produisent les rayons du soleil. Ces deux sens font en effet partie des innombrables interprétations dont sont susceptibles en chinois les caractères 陰 et 陽 . — 極 est un substantif qui signifie « *extrémité, comble, apogée*;

Lorsque les malheurs sont finis le bonheur vient; mais sait-on quand[1]? 2645

Pourquoi de tout temps en ce monde les amis de la justice

(ont-ils été laissés) si longtemps par le Ciel dans une situation toujours plus lamentable?

Depuis le moment où *Giác duyên* avait pris congé de la jeune femme,

munie de sa gourde et portant au bout d'un bâton son coffret de
voyage, elle avait erré en tous lieux[2].

Elle avait rencontré la religieuse[3] *Tam hạp*,   2650

et l'avait interrogée en toute liberté sur tout ce qui concernait la
(destinée de) *Kiều.*

‹Pourquoi», lui dit-elle, «cette personne si grandement douée de
»piété filiale et de justice

‹voit-elle son existence en butte à tous ces malheurs[4]?

mais sa position, parallèle à celle du verbe « 回 *revenir*», lui donne ici
une valeur verbale.

2. Litt. : «.... largement — (quant aux) chemins — dans les nuages —
elle errait à l'aventure».

«*Níp*» est le nom d'une espèce de corbeille ou coffret de voyage dans
lequel on renferme des provisions de route. «*Vân du*», expression chinoise
qui correspond à l'annamite «*chơi mây*», exprime le genre de vie que
les sectateurs de 老子 attribuent aux immortels. Ils croient que ces
derniers errent sur la montagne 蓬萊 *Bông lai*, leur demeure habituelle, et
parmi les nuages qui en couronnent le sommet; aussi ceux des taosséistes
qui veulent arriver à la perfection et à l'immortalité cherchent-ils à imiter
les immortels en rôdant dans les montagnes. Les bonzes s'efforcent pareillement de copier la manière de vivre du Bouddha.

3. Litt. : «*du Đạo — (une) cô ».

Le mot « 姑 *cô*», qui s'applique en général à toutes les femmes et
plus particulièrement à celles qui sont jeunes et non mariées, s'emploie
aussi comme dénomination courante pour les religieuses. *Đạo cô* désigne
donc une religieuse sectatrice du *đạo* ou doctrine des 道士 *Đạo sĩ*. (Voir
sur le sens du mot *Đạo*, mon ouvrage sur le 三字經.

4. Litt. : «*(Sa) vie — pourquoi — était-elle entravée par — des fatalités
malheureuses — de cette manière là — et voilà tout ? »

Il existe ici une opposition entre le mot «*người*» du vers précédent et

Sư rằng : Phước hoạ đạo Trời;

2655 «Cội nguồn cũng ở lòng người mà ra!

«Có Trời, mà cũng tại ta!

«Tu là cội phước; tình là dây oan!

« *Túy kiều* sắc sảo, khôn ngoan;

«Vô duyên là phận hồng nhan; đã dành!

2660 «Lại mang lấy một chữ *tình,*

«Khư khư mình buộc lấy mình vào trong.

«Vậy nên những tánh thong dong,

«Ở không an ổn, ngồi không vững vàng.

«Ma dắc lối, quỉ đem đàng,

2665 «Lại tìm những chốn đoạn trường mà đi!

«Hết nạn ấy đến nạn kia;

---

le mot «*kiếp*» de celui-ci, comme entre les vertus de *Túy kiều* et les malheurs auxquels sa destinée la condamne. — *Thê* est pour *thê ấy* — Le mot «*thôi!* — et c'est assez! — et voilà tout!*», lorsqu'il termine ainsi une phrase interrogative, est une espèce d'exclamation énergique, impliquant à la fois l'étonnement et la résignation.

1. Litt. : «*La vie religieuse — est — le tronc — du bonheur; — l'amour — est — le lien — du préjudice*».

2. Litt. : «*En outre — en le contractant — elle avait pris — l'unique — caractère — amour*».

3. Litt. : «*(et) strictement — elle-même — liant — avait pris — elle-même — à entier — dedans*».

«Suivant ses lois mystérieuses, le Ciel», dit la bonzesse, « distribue
    »l'heur et le malheur;
«mais c'est dans notre cœur que tout a son origine.   2655

«Les choses dépendent du Ciel, mais elles viennent aussi de nous!

«La vie religieuse est la source de la félicité; la passion est le lien
    »(qui nous enchaîne au) malheur .
« Túy Kiều est belle et sage;

«mais l'infortune est le lot assigné à la beauté!

«Elle s'était, de plus, donnée uniquement à l'amour [2],   2660

«et cet amour en maître avait envahi son cœur [3].

«Or ces natures libres et vagabondes

«ne peuvent en paix séjourner nulle part, et nulle part elles ne se
    »fixent [4].
«Par voies et par chemins l'esprit pervers les mène [5];

«elles cherchent tous les endroits (où les attend) leur mauvais des- 2665
    »tin [6].
«Délivrée d'un malheur, elle est tombée dans un autre.

---

4. Litt. : «demeurant — ne pas — sont en repos, — étant assises — ne
pas — sont pas fermes».

5. Litt. : «Le démon — les mène — dans les sentiers, — le diable — les
conduit — dans les chemins».

Le mot «ma quî — démon» est dédoublé par élégance, comme l'est d'ailleurs l'idée elle-même, qu'on trouve reproduite à peu près identiquement
dans chacun des deux hémistiches.

6. Litt. : « . . . . tous les — lieux — de destinée malheureuse — pour —
(y) aller ».

«Thanh lâu hai lượt; thanh y hai lần!

«Trong vòng sáo dựng, gươm trần,

«Kề răng hùm sói, gởi thân tôi đòi!

2670 «Giữa dòng nước chảy sóng dồi,

«Trước hàm rồng cá gieo mình thủy tinh.

«Oan kia theo mãi với tình!

«Một mình mình biết; một mình mình hay!

«Làm cho sống đọa, thác đày!

2675 «Đoạn trường cho hết kiếp nầy, mới thôi!»

Giác duyên nghe nói rụng rời!

«Một đời, nàng nhẽ! Thương ôi! còn gì?»

---

1. Litt. : «*(Elle a habité) le bleu — palais — deux — fois; — (elle a re-vêtu) le bleu — habit — deux — fois*».

Le poëte se sert de la répétition du mot «*thanh — bleu ou vert*» pour faire ressortir, en les opposant l'une à l'autre, les deux situations malheureuses et infimes par lesquelles a passé son héroïne.

2. «*Au milieu de dangers terribles,*»

3. «*en entrant à son service elle s'est mise à la merci d'une personne cruelle*».

4. C'est la continuation de la même idée. — A la place du caractère 腥 qui termine ce vers, il faut lire 晶. — 水晶宮 *Thủy tinh cung* est le nom du palais du Neptune chinois.

5. L'idée contenue dans ce vers ne doit pas être prise à la lettre. «*Sống đọa thác dày*» n'est en réalité qu'une formule exprimant l'acharnement avec lequel la mauvaise fortune poursuit *Thúy kiều*.

6. *Tam hạp,* qui, en sa qualité de prophétesse, emploie des expressions obscures, joue ici sur le mot 劫 *kiếp*. Ce caractère exprime proprement

‹ Elle s'est prostituée deux fois; deux fois elle a été esclave[1].

‹ Au milieu d'un cercle de lances, parmi des épées nues et levées[2],

« sous les dents du tigre et du loup, elle s'est faite servante[3].

« Au sein d'un courant rapide, au milieu des flots agités,   2670

« devant la gueule du dragon et des poissons féroces elle s'est pré-
» cipitée dans les domaines du Roi des eaux[4].

‹ Ces malheurs là sont toujours la conséquence de nos passions!

‹ Seuls nous nous connaissons, seuls nous savons ce qui nous con-
» cerne!

« C'est pourquoi, maltraitée pendant sa vie, après sa vie exilée[5],

‹ le destin vengeur la poursuivra jusqu'au terme de cette existence 2675
» (malheureuse), et (tout alors) prendra fin[6]! »

A ces mots Giác duyên trembla!

‹ (Pauvre) femme! » s'écria-t-elle, « que te réserve encore cette seule
» vie[7]? »

---

une ère, un cycle, une période; mais on le prend aussi, surtout en composition, comme désignant la durée d'une existence humaine, passée ici bas ou
ailleurs. C'est ainsi que l'on dit 滿 劫 màn kiếp — toute la vie»;
戈 劫 恪 qua kiếp khác — passer à une autre vie». Enfin il signifie
« souffrances». La prophétesse donne à entendre à la fois dans le vers 2675
que le destin condamne Túy kièu à des épreuves répétées, soit jusqu'à la
fin de sa vie, soit jusqu'à la fin du siècle ou du cycle, soit enfin jusqu'à
ce qu'elle ait passé par toutes les souffrances qu'il lui faut supporter pour
expier les fautes d'une existence antérieure. C'est à mon sens, dans cette
dernière acception qu'il faut prendre ici le caractère 劫.

7. Litt : «(Dans) une seule — vie, — jeune femme, — ainsi, — hélas! —
il y aura encore — quoi?»

Pour saisir complétement l'idée contenue dans ce vers, il est nécessaire
de se rappeler que le poëte est bouddhiste, et croit à la pluralité des exis-
tences — Nhẽ est une expression tonkinoise qui répond au «làm vậy»
exclamatif.

Sư rằng : «Song chẳng hề chi!

«Nghiệp duyên cân lại, nhắc đi còn nhiều!

2680   «Xét trong tội nghiệp *Túy kiều,*

«Mắc đều tình ái; khỏi đều tà dâm.

«Lấy tình thâm, trả tình thâm!

«Bán mình đã động, hiếu tâm đến Trời.

«Hại một người, cứu muôn người!

2685   «Biết đường khinh trọng, biết lời phải chăng.

«Thửa công đức ấy ai bằng?

«Túc khiên đã rửa rưng rưng sạch rồi!

«Khi nên, Trời cũng chìu người!

«Nhẹ nhàng nợ trước, đền bồi duyên sau.

2690   «*Giác duyên!* Dầu nhớ ngãi nhau,

1. Litt. : «(Si) son héritage (de malheurs) — et (sa) destinée conjugale —
sont pesés ensemble, — le être déplacé (la différence de niveau résultant de l'in-
égalité des poids) — est encore — beaucoup».
    Tam hạp veut dire par là que le bonheur conjugal réservé à notre hé-
roïne dépassera de beaucoup les peines qu'elle est condamnée à souffrir

2. Litt. : «Elle est sous le coup de — la chose — de la passion — amour,
— elle échappe à — la chose — de la luxure».

3. Litt. : «Elle connaît — la voie (le côté) — du futile — et de l'important, — elle connaît — les paroles — de oui — ou non (vraies ou fausses)»
    Les mots « 沛 庄 *phải chăng*» correspondent en annamite pur à la
locution chinoise « 是 非 *thị phi*».

4. Litt. : « . . . . se penche vers l'homme».

«N'en ayez souci, cependant!» lui dit alors la religieuse.

«(Le bonheur de) son union future l'emportera de beaucoup sur son
»héritage d'infortune [1].

«En considérant le destin de la malheureuse *Túy Kiêu,*   2680

«(je la vois désormais) enlacée dans les liens de l'amour conjugal;
»mais elle est affranchie de ceux des plaisirs impurs [2],

«et sa profonde affection de retour sera payée.

«En se vendant elle a ému le Ciel, et son cœur filial s'est élevé jus-
»qu'à lui.

«En causant la mort d'un homme elle en a sauvé dix mille!

«Elle sait distinguer l'important du futile et discerner le vrai du 2685
»faux [3].

«Ces mérites, ces vertus, qui pourrait les égaler?

«Elle a lavé jusqu'à la dernière de ses taches antérieures!

«Le Ciel, quand il y a lieu, vient aussi en aide à l'homme [4]!

«Elle a compensé ses dettes primitives par l'amour qui les a suivies [5].

«Ô *Giác duyên!* si tu te souviens de votre affection mutuelle, 2690

5. Litt : «*(Pour) alléger — la dette — d'auparavant — elle a compensé
pa — l'union — future*».

Ce vers a deux sens. On peut l'entendre ainsi : «*Elle a compensé les
fautes commises dans une existence antérieure par l'amour qu'elle a conçu dans
cette vie (pour Kim Trọng)*»; ou bien encore considérer le second verbe
(dên bôi) comme étant au futur, et traduire comme il suit : «*Elle rachètera
ses premières fautes (celles qu'elle a déjà commises dans sa présente existence) par
l'amour et les vertus qu'elle manifestera lorsqu'elle aura été unie (à son fiancé)*».
Je pense qu'on doit s'attacher de préférence à la première de ces deux
interprétations parce qu'elle s'accorde mieux avec le contexte de tout le
passage, dans lequel se fait jour, comme dans tout le reste du poème, l'idée
bouddhique de l'expiation dans le cours de la vie actuelle des fautes commises dans une existence antérieure.

«*Tiền đường* thả một vi lau rước người!

«Trước sau cho vẹn một lời!

«Duyên ta; mà cũng phước Trời chi không?»

Giác duyên nghe nói mầng lòng;

2695   Lân la tìm thú bên sông *Tiền đường*.

Đánh tranh, nhóm náu thảo đường

Một gian nước biếc mây vàng chia đôi.

Thuê năm ngư phụ hai người;

Đóng thuyền, chực bến, kết chài, giăng sông.

2700   Một lòng, chẳng quản mấy công;

Khéo trong gặp gỡ, cũng trong chuyển vần!

Kiều từ gieo xuống dòng ngân,

Nước xuôi bỗng đã trôi dần tạn nơi.

Ngư ông kéo lưới vớt người;

---

1. Litt. : «*(Il y a) le destin — de nous; — mais — aussi — les bienfaits — du Ciel — en quoi — n'existent-ils pas?*»

Không est ici le verbe négatif d'existence.

2. Litt. : «*(En) un — intervalle — d'eau — azurée — (et) d'osiers — jaunes — elles formèrent la séparation — en deux*».

On peut entendre aussi «*mây vàng*» dans le sens de «*nuages jaunes*» ou «*nuages d'or*», expression figurative qui désigne la petite pagode construite sur le bord du fleuve par les deux religieuses.

«sur le *Tiền đường* abandonne au courant une nacelle pour la re-
» cueillir !

«Pour tout te dire en un mot,

«nous avons notre destinée, mais le Ciel a ses bienfaits[1] !»

A ces mots *Giác duyên* en son cœur se réjouit

et dirigea peu à peu ses pas vers le fleuve *Tiền đường*.   2695

Avec du chaume elle fit une cabane, dans laquelle elles s'instal-
lèrent
au bord des eaux bleues, sous les osiers jaunes[2].

Elles louèrent à l'année deux pêcheurs

qui construisirent un bateau et attendirent près de la rive, après
avoir tendu en travers du fleuve leurs deux filets mis bout à bout.
D'un seul cœur, sans s'épargner, ils affrontèrent bien des fatigues. 2700

Si le hasard leur donna le succès, la cause en fut aussi dans le retour des chances favorables[3].
Après que *Kiều* se fut précipitée au sein des ondes argentées,

soudain un courant favorable près de ce lieu la porta doucement.

Les pêcheurs, amenant leurs filets, la tirèrent hors de l'eau,

---

3. Litt. : «*(Si) le fait d'être habile, — fut dans — le rencontrer (par hasard), — aussi — il fut — dans — la révolution des choses*».

L'expression « 轉 運 *chuyển vân* », litt. : «*tourner — la bonne chance*»
indique cette révolution des choses par laquelle, suivant les croyances chinoises, le Ciel fait succéder la bonne fortune à la mauvaise. Cette con-
ception se rapproche singulièrement de celle de la *roue* de la fortune chez
les anciens, mais avec cette différence capitale que cette dernière était réputée aveugle, tandis que le Ciel ou « 上 帝 *Thượng đế*» des Chinois
est réputé diriger et gouverner toutes choses avec une infaillible sagesse.

14

2705   Gẫm lời *Tam hạp* rõ mười chẳng ngoa!

Trên mai ướt lột áo là;

Tuy đằm hơi nước, chửa lòa bóng gương.

Giác duyên nhìn thiệt mặt nàng;

Nàng còn thiếp thiếp; giấc vàng chửa phai.

2710   Mơ màng phách quế hồn mai,

Đạm tiên thoát lại thấy người ngày xua!

Rằng : «Tôi đã có lòng chờ;

«Mất công đã mấy năm thừa ở đây!

1. Litt. : « *(Giác duyên) réfléchit que — les paroles — de Tam hạp —
étaient claires — quant à dix (parties) — et ne pas — présentaient d'exagé-
ration* ».

2. Litt. : « *Quoiqu' — elle eût été trempée dans — l'haleine — de l'eau, —
pas encore — était éblouie — l'ombre — du miroir* ».

Les figures de ce vers sont extraordinairement cherchées, et l'auteur
comme cela lui arrive assez souvent, y sacrifie la clarté à l'amour du parallélisme. Il compare la beauté de *Túy kiều* à la pureté d'un beau miroir
Lorsqu'un miroir est bien pur, il reflète parfaitement l'image, ou, d'après
la manière de parler des Annamites, l'ombre *(bóng)* des objets placés en
face de lui. Si on le ternit en y projetant son haleine, l'image devient
aussi confuse qu'elle le serait pour un œil ébloui par les rayons du soleil. De
là l'emploi du verbe « *loà — éblouir* ». Comme la figure contenue dans le second hémistiche a besoin d'être complétée par l'intervention du mot « *hơi*
— *haleine* », le poète ne se fait aucun scrupule d'attribuer cette haleine à
l'eau, qui est censée l'avoir projeté sur le beau miroir *(Túy kiều)* submergé
dans son sein; et l'emploi de ce substantif est d'autant plus justifié à ses
yeux, qu'il cadre parfaitement avec « *bóng — ombre* », qui occupe la place
correspondante dans l'autre hémistiche. Le vers, constitué ainsi, est obscur
pour nous; mais il constitue, selon les idées des Annamites sur la poésie
un modèle du genre, à cause du parfait parallélisme qui existe entre les

et *(Giác duyên)*, en elle-même, réfléchit sur l'infaillibilité [1] des pré- 2705
dictions de *Tam hạp.*

Sur la couverture humide du bateau on la dépouilla de ses vête
ments de soie.

Le séjour dans l'eau n'avait pas encore altéré la splendeur de sa
beauté [2].

Giác duyên reconnut le visage de la jeune femme;

(mais) elle restait immobile et son sommeil [3] ne cessait point.

Pendant que son corps et son âme y demeuraient plongés encore [4], 2710

elle vit tout-à-coup cette *Đạm tiên* qui jadis (lui était apparue) [5].

Elle disait : « J'avais voulu t'attendre;

«mais depuis bien des années ici j'ai perdu ma peine [6] !

deux hémistiches au double point de vue de la valeur grammaticale des
mots et de la nature des idées.

3 «*Vàng*» n'est autre chose qu'une épithète poétique comme les mots
«*qui*» et «*mai*» du vers suivant.

4. Litt. : «*(Pendant qu')elle était assoupie — quant à son phách — de quê
— et à son hồn — de mai,*»

5. Litt. : «. . . . . *la personne — des jours — d'autrefois*».

6 Litt : «*(Le fait de) perdre — (ma) peine — a duré maintes — années
— et plus — ici!*»

Pour comprendre l'idée de l'auteur il faut savoir que les Annamites
regardent les personnes qui ont une destinée semblable comme étant de
la même famille. *Túy kiều* et *Đạm tiên* sont toutes deux des «condamnées
du destin *(đoạn trường)*», et elles ont passé par les mêmes situations pendant
le cours de leur existence. Ce sont donc vraiment deux sœurs, et il est
naturel que la première, qui est morte, attende la seconde au lieu même où
cette dernière doit mourir afin de lui être plus tôt réunie.

On peut voir encore dans ce vers l'expression d'une des superstitions
du pays. On croit en Cochinchine qu'il existe dans l'eau une espèce de
démon qui a horreur de la solitude et cherche constamment à s'adjoindre
un compagnon. *Đạm tiên*, qui, pour avoir mal vécu, est devenue l'un de
ces mauvais esprits, avait d'abord pensé que *Túy kiều* serait condamnée
à la même situation après sa mort, et deviendrait peut-être sa compagne.

«Chị sao phận mỏng đức dày?

2715   «Kiếp nầy, cũng vậy! Lòng nầy, dễ ai?

«Tấm thành đã thấu đến Trời!

«Bán mình là hiếu; cứu người là nhân!

«Một mình vì nước, vì dân,

«Dương công nhắc một đồng cân đã già.

2720   «Đoạn trường số rút tên ra!

«Đoạn trường thưa phải nghinh mà giã nhau.

«Còn nhiều hưởng thọ về sau.

«Duyên xưa tròn trặn; phước sau dồi dào!»

Nàng còn ngơ ngẩn, biết sao?

2725   *Trạc tuyền* nghe tiếng gọi vào bên tai.

Giựt mình, thoát tỉnh giấc mai.

Bâng khuâng, nào đã biết ai mà nhìn?

Trong thuyền nào thấy *Đạm tiên?*

---

1. Litt. : «*Ma sœur aînée — comment — (était-elle une personne de) son — mince — (et) de vertu — épaisse?*»

2. Litt. : «*(Quant à) cette vie, — tout aussi bien — elle a été semblable, — ce cœur — comment serait — il facile que — quelqu'un — l'eût?*» L'adverbe «*vậy*» devient ici adjectif par position. — «*Dễ*» est pour «*há dễ*». — Le verbe dont le pronom «*ai*» est le sujet est sous-entendu

3. Le poète emploie ici le nom du principe mâle 陽 *dương* avec le

«Ô ma sœur! comment ce triste sort put-il échoir à ta grande vertu[1]?

«Cette vie, je l'ai vécue! mais ce cœur, qui peut l'avoir[2]?   2715

«Tes sentiments sincères et fidèles ont pénétré jusques au Ciel!

«En te vendant, tu pratiquas la piété filiale; et en sauvant tes sem-
»blables, tu en agis avec humanité.

«A toi seule (tu as travaillé) pour l'État comme pour le peuple,

«et le Ciel, dans ses balances, (en ta faveur) a enlevé un poids dé-
»sormais devenu excessif[3].

«Sur la liste des infortunées ton nom a été effacé!   2720

«(Pour moi), condamnée au malheur, j'ai dû ici venir à ta rencontre
»afin de te dire adieu!

«La vie, dans l'avenir, te garde encore des jouissances nombreuses.

«Dans l'amour jadis tu fus accomplie; ton bonheur, plus tard, doit
»être abondant!»

Encore étourdie, la jeune femme ne savait à quoi s'en tenir

lorsqu'elle entendit résonner à son oreille une voix qui appelait *Trạc*   2725
tuyền.

Elle tressaillit et, soudain, elle sortit de son sommeil[4].

Toute confuse, elle regardait sans reconnaître personne.

N'avait-elle donc point vu *Đạm Tiên* dans cette barque?

sens contenu dans la définition scientifique qu'en donnent les Chinois; à
savoir: «*Ce qui opère le bon travail du ciel et produit toutes choses au dehors*».

Le poids des fautes de *Túy kiều*, d'abord considérable, entraînait le plateau
de la balance; mais les sentiments élevés qu'elle a manifestés par la suite et
les nobles actions qu'elle a faites ont touché le Ciel, qui a rétabli l'équilibre
en sa faveur.

4 Litt.: «. . . . *de son sommeil de Mai.*»

Bên mình chỉ thấy *Giác duyên* ngồi kề!

2730 Thấy nhau, mừng rỡ trăm bề;

Dọn thuyền, mới rước nàng về thảo lư.

Một nhà chung chạ sớm trưa.

Gió trăng mát mặt; muối dưa chay lòng.

Tư bề bát ngát, mênh mông!

2735 Triều dâng hôm sớm; mây lồng trước sau!

Nạn xưa trót sạch làu làu;

Duyên xưa chưa dễ biết đâu chốn nầy?

Nỗi nàng tai nạn đã đầy;

Nỗi chàng *Kim trọng* bấy chầy mới thương!

2740 Từ ngày muôn dặm trì tang,

Nửa năm ở đất *Liêu dương;* lại nhà.

Vội sang vườn túy, dò la;

Nhìn phong cảnh cũ, nay đà khác xưa!

---

1. Litt. : «*(Sous le)* vent — *(et)* la lune — elles rafraîchissaient — *(leur)* visage; — *(avec) du sel* — *(et) des légumes* — elles faisaient jeûner — leur cœur»

Par l'effet du parallélisme le verbe neutre «*chạy* — jeûner» devient actif comme «*mát* — rafraîchir» qui lui correspond dans le premier hémistiche.

2. Pour elles les heures du jour, uniformes et toujours les mêmes, se succédaient comme les phénomènes naturels dont parle le poète.

Et voilà pourtant que, seule, *Giác duyên* était à son côté!

A la vue l'une de l'autre elles furent transportées de joie, 2730

et (la bonzesse), préparant son bateau, conduisit *Kiều* à sa chaumière.
Elles y passèrent ensemble les jours en mettant tout en commun.

Elles demeuraient en plein air et pratiquaient l'abstinence en vivant de sel et de légumes[1].
Partout un pays inconnu et triste! (autour d'elles) l'immensité!

Matin et soir le courant montait; devant, derrière, volaient les nuages[2]. 2735

Des malheurs d'autrefois il n'était plus question[3];

(mais) l'ami d'autrefois, où était-il maintenant[4]?

La mesure de l'infortune pour *Kiều* était comblée;

(mais) pour *Kim trọng*, jusqu'à ce moment il fut digne de compassion!

Depuis les jours de son voyage[5], alors qu'il avait pris le deuil, 2740

il séjourna la moitié d'une année dans le pays de *Liêu dương*; ensuite il retourna dans sa demeure.
Il s'empressa de se rendre au jardin de fleurs et de prendre des informations;
mais en considérant ce paysage (qu'il avait vu) naguères, il y trouva de grands changements!

3. Litt. : « *Les malheurs — d'autrefois — complétement — étaient nets — tout-à-fait*, »

4. Litt. : « *(Quant à) l'amour — d'autrefois, — pas encore — il était facile de — savoir — il était où — dans ce lieu-ci* ».

5 Litt. : « *Depuis — les jours de — (quant aux) dix mille — dặm — avoir pris le deuil*, »

Đấy vườn cỏ mọc, lau thưa.

2745   Song trăng quạnh quẽ; vách mưa rã rời!

Trước sau nào thấy bóng người?

Hoa đào năm ngoái còn cười gió đông;

Quế hoa én lạnh; ruồng không;

Cỏ lan mặt đất; rêu phong dấu giày!

2750   Cuối tường gai gốc mọc đầy;

Đi về nầy những lối nầy năm xưa!

Đông quanh lạnh ngắt như tờ!

Nỗi niềm tâm sự, bây giờ hỏi ai?

Láng riềng có kẻ sang chơi;

2755   Lân la sẽ hỏi một hai sự tình.

Hỏi ông, ông mắc tụng đình;

Hỏi nàng, nàng đã bán mình chuộc cha.

Hỏi nhà, nhà đã dời xa;

---

1. Litt. : « La fenêtre — de lune — était déserte; — le mur — de pluie — était effondré ».

Les mots «trăng — lune» et «mưa — pluie» sont ici des épithètes poétiques appliquées aux substantifs qu'elles qualifient d'après l'usage auquel servent les objets dénommés par ces derniers. La fenêtre laisse, le soir, passer les rayons de la lune, et la muraille empêche la pluie de pénétrer à l'intérieur.

L'herbe avait crû, remplissant le jardin ; des joncs clair semés (y poussaient).

La fenêtre était déserte, les murailles étaient effondrées[1]. 2745

De traces d'homme nulle part[2] !

Les fleurs du Đào de l'an passé[3] riaient encore à la brise de l'Est ;

(mais) plus d'hirondelles errantes parmi les canelliers en fleurs[4] ! une charpente nue et vide !

Un tapis d'herbes couvrait le sol, et la trace des pas s'imprimait dans la mousse.

A l'extrémité du mur croissait un fourré d'épines ; 2750

mais c'étaient bien là les sentiers où (tous deux) jadis allaient et venaient !

Un silence de mort régnait aux alentours[5] !

Qui questionner, maintenant, sur ce qui occupait son cœur ?

Quelques personnes du voisinage venaient là dans leur promenade.

(Trương), peu à peu, fit leur connaissance, et put glisser quelques 2755 mots sur ce qui causait son souci.

Il s'informa du vieillard, (et sut qu')il avait été victime d'un procès ;

de Kiều ; on lui dit qu'elle s'était vendue afin de racheter son père ;

de la famille ; il apprit qu'elle avait émigré au loin.

2 Litt. : « *Devant — (et) derrière — est-ce qu' — on aurait vu — ombre — d'hommes ?* »

3. Celui par dessous lequel *Thúy kiều* avait aperçu *Kim trọng* franchissant la muraille de son jardin.

4 Le mot « *lạnh* » a en annamite une signification plus étendue que le mot « *froid* » qui lui correspond en français. Il implique souvent comme ici une idée *de vide, d'absence, d'abandon.*

5. L'auteur a déjà usé de cette métaphore au commencement du poème.

Hỏi chàng *Vương* vuổi cùng là *Túy vân*.

2760   Đều là sa sút kho khăn,

Thuê mai, bán viết, kiếm ăn lần hồi.

Đều đâu? Sét đánh! Lừng trời!

Thoát nghe, chàng thốt rụng rời xiết bao?

Vội han dời trú nơi nào;

2765   Đánh đường, chàng mới tìm vào tạn nơi.

Nhà tranh, vách đất tả tơi.

Sáo rêu rèm nát; trước gài phên thưa.

Một sân đất cỏ dầm mưa.

Càng ngao ngán nỗi, càng ngơ ngẩn dường!

2770   Đánh liều, lên tiếng ngoài tường.

Chàng *Vương* nghe tiếng, vội vàng chạy ra.

Dắc tay, vội rước vào nhà.

1. Litt. : « . . . . . . à *manger* — *pour vivre au jour le jour* ».
Chez un peuple aussi profondément épris de la littérature que les Chinois, le pinceau, qui sert à tracer les caractères, est considéré comme un objet des plus précieux. C'est par suite de cette idée que le poète lui donne ici le nom de l'arbuste *Mai*, qui est considéré par les Annamites comme l'emblème de l'élégance et de la distinction suprêmes.

2. Litt. : «*(Quant à cette) chose,* — *où (pouvait-on voir quelque chose de pareil)?* — *La foudre,* — *frappant,* — *mettait en fracas* — *le ciel* ».
Les mots «*Đều đâu?*» constituent une ellipse dont le développement est celui que je donne dans cette explication littérale. — Bien que l'expression «*mettre en fracas*» ne soit pas usitée dans notre langue, je crois

Il se renseigna de même sur *Vuong* et sur *Túy vân*.

Tous étaient tombés dans la pauvreté!   2760

Pour soutenir leur précaire existence ils louaient leur pinceau, ils vendaient leur écriture[1].

Quelles nouvelles! quel coup de foudre[2]!

Aussitôt qu'il les eût entendues il trembla, qui dira combien?

Il s'empressa de demander quel était actuellement leur asile,

et se mit en chemin pour aller les y retrouver.   2765

(Il vit) une chaumière dont les murs de terre tombaient en ruine.

La mousse envahissait les stores; les claies étaient en lambeaux; aux cloisons insuffisantes, des bambous servaient de fermeture.

(Il se trouvait dans) une cour tapissée d'herbes détrempées par la pluie.

Son embarras augmenta; il ne savait comment agir[3]!

S'armant de tout son courage, il appela du dehors.   2770

Le jeune *Vuong* l'entendit et, se hâtant d'accourir,

il lui prit la main; tout empressé, il l'introduisit dans la maison.

pouvoir l'employer ici pour faire mieux ressortir le rôle verbal que la position donne ici au substantif « *liêng — fracas* ».

3. Litt. : « *De plus en plus — il était indécis — (quant à) la manière; — de plus en plus — il était troublé — quant à la voie (la façon)* ».

Le verbe « *ngao ngán* », qui signifie « *errer çà et là* » exprime d'une manière frappante l'allure d'une personne qui, ne sachant comment s'introduire dans une maison fermée, se dirige indécise dans toutes les directions en cherchant à qui parler. Malheureusement cette manière d'être que l'annamite rend en deux monosyllabes ne peut s'exprimer dans notre langue que par une longue périphrase.

Mái sau *Viên ngoại* ông bà ra ngay.

Khóc than kể hết niềm tây :

2775　«Chàng ôi! biết nỗi nước nầy cho chưa?

«*Kiều* nhi phận mỏng như tờ;

«Một lời đã lỗi tóc tơ vuối chàng!

«Gặp cơn gia biến lạ dường,

«Bán mình nó; phải tìm đường cứu cha!

2780　«Dùng dằng khi bước chơn ra!

«Cực trăm ngàn nỗi, dặn ba bốn lần.

«Trót lời nặng vuối lang quân,

«Mượn con em nó *Túy vân* thay lời;

«Gọi là giả chút nghĩa người.

1. Litt. : « *Kiều* — *(mon) enfant* — *a une destinée* — *mince* — *comme* — *(une) feuille de papier;* »

Les quatre derniers mots du vers forment par position un verbe composé dont le sujet est *Kiều nhi.*

2. Litt. : « *(Quant à) une* — *parole* — *a été en faute sur* — *le cheveu* — *et la soie* — *avec* — *(vous), mon jeune ami!* »

J'ai donné précédemment l'explication de l'expression « *tóc to* ».

3. Litt. : « *Rencontrant* — *(un) accès* — *de de famille* — *changement* — *extraordinaire* — *(quant à) la manière,* »

「家變 *Gia biến*」 est une expression chinoise qui désigne un changement survenu dans la position d'une famille.

4. Litt. : « *Étant à bout* — *(quant à) cent* — *mille* — *circonstances,* — *elle recommanda* — *trois* — *(et) quatre* — *fois* ».

Le vieux *Vương ngọai* et sa femme sortirent aussitôt de la chambre
   du fond

et lui ouvrirent, en pleurant, leur cœur.

«Ô mon jeune ami! (dit *Vương*) saviez-vous déjà où nous en sommes 2775
   » réduits?

«Ma fille *Kiều*, victime de sa triste destinée[1],

«a violé, pour tout vous dire en un mot, les engagements qu'elle
   » avait contractés envers vous[2]!

«Notre famille ayant essuyé des malheurs peu communs[3],

«Elle se vendit elle-même; car il fallait trouver un moyen de sauver
   » son père!

«Elle hésitait en s'éloignant d'ici!   2780

«Écrasée par la douleur, à trois, à quatre reprises elle (nous) fit ses
   » recommandations[4]!

«Comme elle avait à son fiancé fait de solennelles promesses[5],»

«elle chargea sa cadette *Túy vân* de tenir ses serments à sa place[6].

«Elle voulait, par ce moyen, récompenser votre affection[7].

---

   5. Litt. : «*(Comme) elle avait été entière — (quant aux) paroles — graves
— avec — (son) époux,*»

   L'expression «郎君 *lang quân*» ou «才君 *tài quân*» signifie en
chinois «*mari*». *Túy kiều* considérait déjà *Kim trọng* comme son époux, à
cause des promesses mutuelles qui les liaient l'un à l'autre. Notre langue
n'admettant pas l'emploi de ce terme en semblable circonstance, j'ai dû
m'abstenir de le reproduire dans la traduction.

   6. Litt. : «*Elle emprunta — la sœur cadette — d'elle — Túy Vân — pour
remplacer — (ces) paroles*».

   7. Litt : «*(Ce qui) s'appelle — rendre grâce, — un peu — pour l'affection
— de lui (le fiancé, c'est-à-dire vous)*».

   Voir ce que j'ai dit plus haut sur le caractère optatif de l'expression
«*gọi là*».

2785 «Sầu nầy đặc đặc, muôn đời chửa quên!

«Kiếp nầy, duyên đã phụ duyên;

«Dạ đài còn biết sẽ đến lai sanh?

«Mấy lời ký chú đinh ninh;

«Ghi lòng, để dạ; cất mình ra đi.

2790 «Phận sao bạc bấy, *Kiều* nhi!

«Chàng *Kim* về đó; con thì ở đâu?«

Ông bà càng nói càng đau;

Chàng càng nghe nói, càng xàu như dưa!

Vật mình; chải gió tuôn mưa;

---

1. Litt. : «*Ce chagrin — sera prolongé indéfiniment; — (après) dix mille — vies — pas encore — il sera oublié!*»

2. Litt. : «*(Sous) de la nuit — la plate-forme — encore — sait (elle s) — elle donnera en compensation — la future vie?*»

On lit dans le 幼學 (Vol. IV, p. 13, verso) : 墳曰夜臺、壙曰窀穸 *Phần viết dạ đài; khoảng viết chuân tịch* — Le tombeau »s'appelle «*terrasse de la nuit*»; la fosse s'appelle «*nuit épaisse*».

Commentaire : «Lorsqu'un tombeau est élevé, on le nomme «墳 *phần*», »lorsqu'il est recouvert d'un monceau de terre, on l'appelle «塚 *trủng*»; lois »qu'il est de niveau (avec le sol), on l'appelle «墓 *mộ*», terme qui tire »son origine des pensées et des regrets affectueux des fils et des petits »fils.

«Sous les 唐 *Đàng*, 沈彬 *Trầm Bân*, âgé de quatre vingts ans »désigna sur une digue un grand arbre et dit à ses serviteurs : «Lorsque »je mourrai, vous m'ensevelirez ici». Lorsqu'il fut parvenu à la fin de ses »jours, au moment où l'on allait creuser la fosse on rencontra un ancien »tombeau. Dans l'intérieur se trouvait une lampe antique, et sur la ter- »rasse (臺 *đài*) était une soucoupe de laque. A l'entrée de la fosse (on

«Ce chagrin doit durer à jamais sans soulagement[1]!   2785

«Dans cette vie l'amour a manqué à l'amour;

«après la mort, par sa vie à venir, lui sera-t-il donné s'acquitter?

«Elle me fit de point en point toutes ses recommandations;

«je les gravai dans mon cœur[3]; elle se leva et partit.

«Ô Kiều! ô mon enfant. Pourquoi ton sort est-il si cruel?   2790

«Maintenant Kim est de retour; mais toi, ma fille où es-tu?»

Plus les deux vieillards parlaient, plus leur douleur se ravivait,

et plus le jeune homme écoutait, plus il sentait se serrer son cœur[4]!

Il se jeta sur le sol, les cheveux épars, versant des larmes abondantes[5],

»vit) une tablette de bronze (avec l'inscription suivante tracée en) carac-
»tères de sceaux (篆文 Truyện văn) : « L'heureuse cité maintenant est
»ouverte». (Mais) bien qu'elle fût ouverte, on n'y avait enseveli personne.
»La lampe de laque n'était pas encore éteinte; on l'avait laissée là pour
»y attendre la venue de Trầm Bản.

« 寬 Chuẩn» a le sens de « 厚 hậu — large»; « 窈 tịch» signifie «la
»nuit». On veut dire (par la phrase du texte) que dans l'intérieur de la
»fosse l'obscurité est épaisse comme celle d'une longue nuit».

3. Litt. : « Je les gravai dans mon cœur et les déposai dans mon sein ».

4 Litt. : «...... plus — il se flétrissait — comme — (font) les légumes
macérés dans le vinaigre!»

5. Litt. : «..... il fut peigné — (quant au) vent, — il coula en abondance
— (quant à) la pluie».

On sait que les cheveux des Annamites sont disposés en un chignon
qu'un peigne solide maintient sur l'occiput. Pour exprimer que, dans le
désordre de sa douleur, Kim trọng a les cheveux épars, l'auteur dit poétiquement qu'il se peigne avec le vent, autrement dit que le vent s'y joue.
Il compare, en outre, les larmes de son héros à une pluie abondante.

2795 Dầm dề giọt ngọc; dật dờ hồn mai!

Đau đòi đoạn, ngất đòi hồi.

Tỉnh ra lại khóc, khóc rồi lại mê!

Thấy chàng đau nỗi biệt ly,

Ngần ngừ ông mới vỗ về, lại khuyên :

2800 «Bây giờ ván đã đóng thuyền!

«Đã đành phận bạc; khôn đền tình chung!

«Quá thương chút nghĩa đèo bòng!

«Ngàn vàng thân ấy thì hồng bỏ sao?»

Dỗ dành, khuyên giải trăm chìu,

2805 Lửa phiền khôn dập; càng khêu mối phiền!

Thề xưa dở đến kim huờn;

Của xưa lại dở đến đờn vuối hương.

Sanh càng trôn thấy càng thương;

---

1. Litt. : « *Il était trempé — (quant aux) gouttes — de pierre précieuse, — il était errant — (quant à) — l'âme — de Mai*».

2. Litt. : « *Il souffrit — (quant à) plusieurs — tronçons . . . . »*.
Cette métaphore est extrêmement énergique. La personne qui souffre est supposée coupée en plusieurs morceaux. A chaque tronçon détaché de son corps, elle endure une nouvelle et atroce douleur.

3. Litt. : «*. . . les planches — ont construit — le bateau (le bateau est fait, les planches y ont été employées, on ne peut plus s'en servir pour un autre usage)*».

4. Litt. : « *Il est difficile (impossible) — de (vous) payer de retour par — une affection — commune (telle que celle qui existe entre époux)!* »

et, le visage trempé de pleurs, il tomba en défaillance[1].   2795

A plusieurs reprises la douleur (le terrassa)[2]; il s'évanouit à plusieurs reprises.

Il revenait à lui et pleurait; il pleurait, puis, de nouveau, il tombait
en défaillance!

En voyant la douleur que causait au jeune homme cette séparation,

le vieillard le flattait de la main, et doucement il l'exhortait.

«Maintenant le sort en est jeté!» disait-il[3].   2800

«Son malheur n'est (que trop) certain! elle ne peut vous payer de
»retour en devenant votre compagne[4]!

«Que votre liaison est digne de pitié!

«Mais allez-vous détruire ainsi votre précieuse existence[5]?»

(Le vieillard) de cent façons le consolait, l'exhortait;

mais il ne pouvait éteindre sa douleur; sa tristesse toujours devenait 2805
plus profonde[6]!

On lui fit voir le bracelet d'or, gage du serment jadis échangé;

il montra les présents autrefois reçus : l'instrument de musique et le
brûle-parfums.

Plus le jeune lettré les contemplait et plus il souffrait en son âme;

---

5. Litt. : « *De mille — lingots d'or (valant mille lingots d'or) — ce corps-
là ....* ». Ce premier hémistiche contient une inversion.

6. Litt. : «*Le feu — de (sa) tristesse — était difficile (impossible) à —
fouler aux pieds; — de plus en plus — (le vieillard) remontait — le bout (de
mèche) de sa tristesse!*».

Le poète assimile la douleur de *Kim trọng* à un feu tellement vif qu'il
est impossible de l'éteindre en le foulant aux pieds. Il compare l'effet des
exhortations de *Vương ngoại* à l'action d'un homme qui, au lieu d'éteindre
une lampe en soufflant dessus, en remonterait la mèche et en raviverait
ainsi la flamme.

Gan càng tức tối; ruột càng xót xa!

2810   Rằng : «Tôi trót quá chơn ra

«Để cho đến nỗi trôi hoa dạt bèo!

«Cùng nhau thề thốt đã nhiều!

«Những đều vàng đá phải đều nói không?

«Chưa chăn gối, cũng vợ chồng!

2815   «Lòng nào mà nỡ đứt lòng cho đang?

«Bao nhiêu của, mấy ngày đàng,

«Còn tôi, tôi một gặp nàng, mới thôi!»

Nỗi thương nói chẳng hết lời,

Tạ từ *Sanh* mới sụt sùi trở ra.

2820   Vội về sửa chốn vườn hoa.

Rước mời *Viên ngoại;* ông bà cùng sang

---

1. Litt. : «*(Son) foie — de plus en plus — palpitait; — (ses) entrailles — de plus en plus — étaient cuisantes!»*

2. Litt. : «*....... Je — tout-à-fait — en excédant — (quant aux) pieds — étais parti,»*

3. Litt. : «*Des choses — d'or — et de pierre (durables comme l'or et la pierre) — furent — les choses — dites — ou non?»*

4. Litt. : «*(Quoique) pas encore — il y eût la couverture — (et) l'oreiller, — tout aussi bien — nous étions épouse — et époux!»* Le mari et la femme, partageant la même couche, s'abritent sous la même *couverture* et reposent leur tête sur le même *oreiller;* de là vient que les noms de ces deux objets de ménage sont pris en poésie comme synonymes de la cohabitation des époux. Les deux expressions «*chăn gối*» et «*vợ chồng*»

plus son cœur palpitait, plus la douleur déchirait son sein [1] !

‹ C'est par suite de mon absence beaucoup trop prolongée [2] » dit-il 2810

‹ que le courant a emporté la fleur et que les *bèo* sont dispersés !

‹ Nous nous étions fait bien des serments mutuels !

‹ Ne nous étions-nous par promis une fidélité inaltérable [3] ?

‹ Sans avoir encore vécu de la même vie [4], nous n'en étions pas moins
» époux !

‹ Lequel de nos (deux) cœurs aurait été capable de briser les liens 2815
» qui l'enchaînaient (à l'autre) [5] ?

‹ Quelque fortune que je possède, combien de jours que j'aie à vivre [6],

‹ tant que j'existerai, je n'aurai de repos que je ne l'aie retrouvée [7] !»

Les vieillards n'avaient pas encore cessé de lui témoigner leur compassion
que le jeune lettré prit congé d'eux et s'en alla triste et sombre.

Il se hâta de remettre le jardin de fleurs en état.   2820

Invités par lui à s'y rendre, le vieux *Viên ngoai* et sa femme allèrent
s'y établir.

qui sont parfaitement parallèles tant au point de vue de la place qu'elles
occupent dans le vers qu'à celui des éléments qui les composent, forment,
par position après les mots « *chua* » et ‹ *cũng* », des verbes neutres composés.

5 Litt. : «*(Il y aurait) lequel cœur — pour supporter de — rompre —
le cœur — d'une manière capable (efficace)?* »

Ce vers, traduit trop strictement, présenterait en français une obscurité
qui semble constituer au contraire aux yeux des Annamites un des charmes
de leur poésie.

6. Litt. : «*Combien que (j'aie) — de fortune, — combien que (j'aie) — de
jours — de chemin (à parcourir dans la vie),* »

7. Litt. : «*(Tandis qu')il y aura encore — moi, — je — uniquement —
(lorsque) aurai retrouvé — elle, — alors — ce sera assez!* »

15

Thân hôn chăm chút lễ thường,

Dưỡng thân thay tấm lòng nàng ngày xua.

Đinh ninh mài lụy, chép thơ,

2825 Cắt người tìm tỏi, đưa tờ nhắn nhe.

Biết bao công mướn, của thuê,

Lâm tri mấy độ đi về dặm khơi?

Người một nơi, hỏi một nơi!

Mình mông nào biết biển trời nơi nao?

2830 *Sanh* càng thảm thiết khát khao.

Như nồng gan sắt; như bào lòng son!

Ruột tằm ngày một héo don!

Tuyết sương ngày một hao mòn mình ve!

Thẩn thơ, lúc tỉnh, lúc mê.

---

1. Voir ma traduction du *Lục Vân Tiên*, à la note sous le vers 1484

2. Litt. : «*En soignant — les parents — il tenait la place de — le cœu — de la jeune femme — des jours — d'autrefois*».

3. Litt. : «*Avec instances — flottant — ses larmes — il traça — (une) lettre*».

Le mot «*mài*» se dit de l'action de frotter sur l'encrier un bâton d'encre de chine avec une certaine quantité d'eau pour le délayer. Le poète, pour faire comprendre combien la lettre de *Kim trọng* est touchante, suppose qu'il se sert pour dissoudre son encre de ses larmes en place d'eau.

4. Litt. : «*(et quant à) Lâm tri — combien de — distance — pour aller — et pour revenir — par les dặm — de haute mer (de lointain espace)?*»

Le nom de la ville de *Lâm tri*, qui devrait régulièrement se trouver

Observant, matin et soir, exactement les convenances[1],

il leur donnait ses soins avec l'amour que *(Kiều)* leur témoignait
jadis[2].

Il écrivit avec ses larmes une lettre pleine d'instances[3],

et chargea quelqu'un d'aller à la recherche de la jeune femme et de 2825
lui porter de ses nouvelles.

Qui dira les peines, les frais,

et l'espace immense qu'il fallut franchir pour aller à *Lâm tri* et pour
en revenir[4]?

Elle était dans un endroit, et on la cherchait dans un autre!

Comment savoir où la trouver sur la mer immense, sous le ciel sans
limites[5]?

L'affliction du jeune homme, sa soif (de voir *Kiều*)[6] s'accroissaient 2830
de jour en jour.

Dans sa vaillante poitrine il sentait comme un feu brûlant; son fidèle
cœur se broyait dans son sein[7],

et chaque jour il semblait qu'il se desséchât davantage[8]!

Exposé aux intempéries et rompu de lassitude, comme celui de la
cigale son corps allait maigrissant.

Tout désœuvré, il errait, tantôt absorbé, tantôt revenant à lui.

---

apres les mots « *đi về* », se trouve placé par inversion au commencement
du vers.

5. Litt. : « *(Quant à) l'immensité, — est-ce qu' — on savait — (elle était)
de la mer — (et) du ciel — dans l'endroit — quel?* »

Nao est pour *nào.*

6. Je suis souvent contraint de rétablir dans ma traduction les noms
des personnages que le poète a sous-entendus; sans quoi la phrase con-
serverait une obscurité qui ne serait pas supportable en français.

7. Litt. : « *C'était comme si — l'on chauffait — son foie — de fer; —
comme si — l'on rabotait — son cœur — de vermillon!* »

8. Litt. : « *Ses entrailles — de ver à soie — (quant aux) jours — un (par
un) — se desséchaient!* »

2835   Máu theo nước mắt, hồn lìa chiêm bao!

Thung huyên lo sợ xiết bao!

Quá ra, khi đến thế nào mà hay!

Vội vàng sắm sửa, chọn ngày,

Duyên *Vân* sớm đã nối dây cho chàng.

2840   Người yểu điệu, kẻ văn chương,

Trai tài, gái sắc, xuân đương kịp thì.

Dẫu rằng vui chữ *vu qui*,

Vui nầy đã cất sầu kia dược nào?

Khi ăn ở, lúc ra vào,

---

1. Litt. : « *(Si) par trop — il sortait, — lorsqu' — il viendrait, — de quelle manière (seroit-il) — pour savoir ?* »

Ce vers est fort obscur. Je pense que l'idée qu'il renferme est celle-ci « *Si Kim Trong franchissait ainsi par trop les bornes de l'existence ordinaire,* » *lorsque, sortant de cet état maladif de son esprit, il reviendrait à lui, dans quel* » *état serait-il ?* » L'absorption continuelle du jeune homme est assimilée par le poète à un voyage lointain. — *Mà hay* est une formule destinée à donner de l'énergie à l'interrogation. Bien que n'ayant pas la même signification littérale, elle a une valeur analogue à celle du 不成 du chinois parlé. Elle est presque identique comme forme au « *savez-vous ?* » par lequel les Belges terminent si souvent leurs phrases dans la conversation familière; mais elle en diffère complétement comme valeur phraséologique Le « *mà hay* » annamite exprime en effet le doute, tandis que le « *savez-vous* » des Belges n'est en réalité qu'une affirmation énergique déguisée sous la forme interrogative.

2. Litt. : « *(Par) l'union — de Vân (avec Vân) — de bonne heure — ils eurent joint — les liens — à — le jeune homme* ».

3. L'expression 要窕 *yểu điệu*, qu'il faut corriger et lire 窈窕, est tirée de la première ode du Livre des vers, qui est intitulée ‹ 關雎 *Quan thu* ».

Son sang coulait avec ses larmes; dans un songe son âme fuyait! 2835

Qui dira le souci, la crainte qui dévoraient ses parents?

Comment savoir où pouvait le mener une telle existence[1]?

Ils se hâtèrent de tout préparer et de faire choix d'un jour,

et bientôt ils l'engagèrent avec *Vân* dans les liens du mariage[2].

L'une était modeste et vertueuse; l'autre était un savant lettré[3]. 2840

L'homme avait du talent, la femme avait des charmes; dans leurs
cœurs l'amour allait naître[4].

Mais bien qu'on dise que se marier est chose joyeuse[5],

cette gaîté ci pouvait-elle enlever cette tristesse là?

Pendant qu'ensemble ils faisaient vie commune[6],

君 窈 在 關
子 窕 河 關
好 淑 之 雎
逑 女 洲 鳩。
. . . .

« *Quan! quan! thư cưu*
« *Tại hà chi châu.*
« *Yểu điệu thục nữ!*
« *Quân tử hảo cừu!*
. . . .

« Quan! quan! crient les oifinies
« dans l'îlot de la rivière.
« Cette jeune fille réservée, vertueuse
« pour le Prince est un bon parti!
. . . .

---

1 Litt. : « . . . . . (*Quant au) printemps (à l'amour*) — *ils étaient en train*
d' — *atteindre* — *le temps (favorable)* ».

5 Litt. : « . . . . . *qu'on se réjouit* — *des caractères* — *vu qui* »,

6. Litt. : « *Dans les fois qu'* — *ils mangeaient* — *et demeuraient,* — *dans
les moments qu'* — *ils sortaient* — *(et) entraient,* »

2845   Càng âu duyên mới, càng dào tình xưa!

        Nỗi nàng nhớ đến bao giờ?

        Tuôn châu đòi trận, vò tơ trăm vòng!

        Có khi vắng vẻ hương phòng,

        Đốt lò hương dở phím đồng ngày xưa.

2850   Bẽ bai rủ rỉ tiếng tơ!

        Trần bay lạt khói; gió đưa lay rèm.

        Dường như trên nóc trước thềm

        Tiếng *Kiều* đồng vọng, bỗng thêm mơ màng.

        Bởi lòng tạc đá, ghi vàng,

2855   Tưởng nàng nên lại thấy nàng về đây!

        Những là phiền muộn đêm ngày,

        Xuân thu biết đã đổi thay mấy lần?

        Đến khoa gặp hội trường vân;

        Vương, Kim cũng chiếm bảng xuân một ngày.

1. Litt. : « *Il répandait abondamment — des perles — dans plusieurs — crises (combats), — il enroulait — la soie — en cent — tours* ».
De même que dans un épais écheveau de soie le fil revient cent fois sur lui-même, de même l'esprit de *Kim Trọng* était obsédé par une même pensée qui s'y présentait sans cesse.

2. Litt. : « *Par suite de ce que — (son) cœur — était gravé, — à la manière de la pierre, — était buriné — à la manière — de l'or* ».

3 Nous dirions «*fit place à l'été*»; mais comme le mot «*thu — automne*» forme

à mesure que se resserraient les liens nouveaux, l'ancien amour de- 2845
venait plus profond.

Jusques à quand devait-il (donc) se souvenir de *Kiêu*?

Souvent il répandait des larmes; la même pensée l'obsédait toujours[1]!

Parfois, isolé dans sa chambre,

il allumait le brûle-parfums, et disposait le *phím* de cuivre, (ces présents) que jadis (*Kiêu* lui avait offerts).

(Il tirait des cordes de) soie des sons prolongés et touchants. 2850

(L'on voyait) voler la poussière, ténue comme une fumée; le vent
agitait les stores.

Il lui semblait que sur le toit, au-dessus de la vérandah,

résonnait la voix de *Kiêu;* et sa rêverie tout à coup devenait plus
profonde encore.

C'est que dans son cœur cette image était gravée à jamais[2],

et, comme il pensait à elle, il la voyait revenant à lui! 2855

Tandis qu'au sein de la tristesse il passait les nuits et les jours,

qui dira combien de fois le printemps fit place à l'automne[3]?

Quand fut arrivé le moment du concours de littérature,

Vương et *Kim* le même jour obtinrent les honneurs de la tablette[4].

avec le mot «*xuân — printemps*» le nom de la chronique composée par Confucius, l'auteur du poème ne recule pas devant cette singulière licence pour
avoir une occasion de nommer l'œuvre célèbre du grand philosophe chinois.

4. Litt : «*Vương — (et) Kim — tout aussi bien — s'emparèrent de — la
tablette — de printemps (glorieuse) — en un (même) — jour*».

Il s'agit de la tablette sur laquelle on inscrit les noms des candidats
reçus au concours. (Voir ma traduction du *Lục Vân Tiên*, à la note sous
le vers 1741.)

2860 Cửa trời rộng mở đàng mây!

Hoa chào ngỡ hạnh, hương bay dặm phần.

Chàng *Vương* nhớ đến xa gần!

Sang nhà *Chung* lão tạ ân châu triền.

Tình xưa ơn trả, nghĩa đền,

2865 Gia thân bèn mới kết duyên *Châu Trần.*

Chàng càng nhẹ bước than vân,

Nỗi nàng càng nghỉ xa gần, càng thương.

«Ấy ai dặn ngọc thề vàng?

---

1. Litt. : «*A la porte — du ciel — largement — on avait ouvert — le chemin — des nuages!*»

Les lettrés qui se font remarquer dans les concours et fournissent une carrière brillante sont assimilés au dragon qui s'élève dans les nuages On retrouve cette idée très poétiquement exprimée au commencement du poeme *Lục Vân Tiên* :

«*Văn đà khởi Phụng đăng Dao.*

«Pour les lettres, on l'eût comparé à l'oiseau *Phụng,* ou au dragon *Dao* »lorsqu'il s'élève dans les airs».

. . . .

«*Chỉ lăm bắn Nhạn ven mây.*

«J'atteindrai l'oiseau *Nhạn* au milieu des nuages.»

2. Litt. : «*Les fleurs — (les) saluaient — à la porte — des abricotiers; — (leur) parfum — volait — par les dặm (chemins) — bordés d'arbres Phần».*

Ce vers est extrêmement obscur. En voici, je crois, le sens :

Le mot 杏 *hạnh* s'applique en général à tous les arbres du genre *Prunus,* mais plus spécialement à l'abricotier, dont la fleur passe aux yeux des Chinois pour être d'une beauté remarquable. Aussi l'ont-ils appelée « 及第花 *Cập đệ hoa* — la fleur de ceux qui atteignent au degré (par excellence), c'est-à-dire des docteurs de l'académie des *Hàn lâm* (韓林院)». Cette désignation lui vient, dit-on, de ses belles couleurs. J'incli-

Large, le chemin de la gloire s'était ouvert devant leurs pas[1]!   2860

La fortune leur souriait; leur renommée se répandit au loin[2].

Vương n'avait rien oublié[3].

Il alla chez *Chung* pour le remercier du service qu'il avait rendu en
  arrangeant au mieux leur affaire.
La bonté, les bienfaits d'autrefois reçurent leur récompense,

et dans les liens de l'hyménée les fiancés enfin s'engagèrent[4].   2865

Plus le jeune homme à pas légers parcourait le chemin de la gloire[5]

et plus la pensée de *Kiều* le hantait, plus cet amour croissait (dans
  son cœur).
«Qui s'engagea» disait-il «(jadis) par un serment solennel[6]?

nerais plutôt à croire qu'elle lui a été donnée en souvenir du lieu où Confucius tenait son école, et qui portait le nom de « 杏 壇 *Hạnh đàn* —
l'autel des abricotiers». Cela étant donné, il est facile de comprendre l'allusion contenue dans le premier hémistiche du vers 2861. Les fleurs de la
porte des abricotiers (c'est-à-dire des abricotiers placés près de la porte),
fleurs attribuées aux docteurs et aux académiciens, saluent nos héros; cela
signifie évidemment qu'ils obtiennent aisément le droit de prendre ces fleurs
pour emblèmes, autrement dit qu'ils parviennent en peu de temps aux plus
hauts grades littéraires.

  Pour le mot 枌 *Phần*, il désigne une espèce d'orme de grande taille;
mais il me paraît placé ici dans le seul but de faire un pendant au mot
« *hạnh* — abricotier », qui occupe dans le premier hémistiche une position
parallèle. Le sens métaphorique du second est aisé à saisir. Nous disons
d'une manière analogue : «La bonne odeur de ses vertus s'est répandue
au loin ».

  3. Litt : « ..... en se souvenant — arrivait à — le près — et le loin »
Đến peut aussi être considéré comme une préposition.

  4. Litt. : « .... nouèrent — l'union — de *Châu* — et de *Trần* ».
Lire 加 au lieu de 如.

  5. Litt. : « .... les bleus — nuages, »

  6 Litt. : « *Ainsi* — qui — recommanda — les pierres précieuses — (et)
jưa — l or? »

Bây giờ kim mã ngọc đàng với ai?

2870   Ngọn bèo chơn sóng lạc lài!

Nghĩ mình vinh hiển, thương người lưu ly!

Vưng ra ngoại nhặm *Lâm tri*,

Quan sơn ngàn dặm thê nhi một đoàn.

Cam đường ngày tháng thanh nhàn;

2875   Sớm khuya tiếng hạc tiếng đờn tiêu dao.

Phòng xuân trướng xũ hoa đào,

Nàng *Vân* nằm bỗng chiêm bao thấy nàng!

Tỉnh ra, mới dĩ cùng chàng;

---

1. Litt. : « *Maintenant — il est d'or — cheval — et de pierres précieuses — salle — avec qui?* »

Voir, pour le surnom de « 金 馬 *Kim mã — cheval d'or* » que l'on donne aux membres de l'académie des *Hàn lâm*, ma traduction du *Lục Vân Tiên*, à la note sous le vers 415.

Le nom de « 玉 堂 *Ngọc đàng* » fut d'abord donné à une salle du palais des empereurs de la dynastie des *Hán*. Sous les *Đàng* ce terme fut employé pour désigner le bureau officiel d'où émanaient les decrets impériaux. Enfin, sous le règne de 元 豐 *Nguyên Phung* de la dynastie des 宗 *Tông* l'on en fit une des désignations du collége des *Hàn lâm* auquel il est depuis lors resté attaché. Une explication de ce titre communément adoptée, mais dépourvue d'autorité, le rapporte à ce fait que des magnolias (en chinois 玉 蘭 *Ngọc lan*) croissaient autrefois juste en face de la grande porte du collége.   (MAYER's *Chinese reader's manual*, p. 285)

2. De même que la frêle plante à laquelle il la compare suit le mouvement des flots qui l'emportent à l'aventure, de même *Kiều*, jeune fille faible et sans défense, est le jouet des caprices de la fortune. — Le mot « *ngọ*

«(Et celui-là), académicien et docteur, quelle compagne a-t-il aujour-
»d'hui[1]?

«Le frêle *Bèo* à la base des flots s'en va flottant à l'aventure[2]!   2870

«En pensant à mes succès, je plains sa vie errante et malheureuse!»

Obéissant (à l'ordre du Prince), il s'éloigna pour administrer (le territoire de) *Lâm tri,*
et toute la famille partit ensemble pour ce long voyage[3].

Dans le palais de la sous-préfecture[4] *(Kim)* coulait des jours heureux,

et du matin au soir il se délassait en écoutant le *Hạc* et en jouant 2875
du *cầm.*
Dans sa chambre aux rideaux baissés[5]

Vân était couchée. Tout à coup en songe elle aperçut *Kiều.*

En se réveillant elle en fit part à son époux,

— *pointe»* constitue ici une sorte de diminutif. La pointe d'une plante en
est en effet la partie la plus mince.

3. Litt. : «*(Par) les passes — des montagnes — (pendant) mille — dặm —
l'épouse — (et) les enfants — formèrent une seule — troupe».*

L'expression «*một đoàn*» devient par position un verbe neutre composé.

4. Par allusion aux anciens mandarins lettrés qui, sans aucune pensée
de lucre mondain ou de basse intrigue, se contentaient de se récréer au
moyen de leur luth favori, la demeure d'un fonctionnaire vertueux est appelé du nom de « 琴堂 *Cầm đàng* — la salle du luth », et les abords
de son tribunal sont appelés « 琴堦 *cầm giai* — les degrés qui condui-
sent au luth ».
                              (MAYER's *Chinese reader's manual*, p. 98).

On cite comme ayant eu un goût tout particulier pour cet instrument
un nommé *Triêu biên.* Ce fonctionnaire se plaisait aussi beaucoup à écouter les cris de la grue (鶴 *hạc*). De là l'allusion contenue dans le vers
qui suit

5. Les mots «*auân — printemps*», et «*hoa đào — fleurs de đào*» sont
des épithètes poétiques destinées à indiquer que les objets dont on parle
appartiennent à une jeune et belle femme.

Nghe lời, chàng cũng hai đằng tin nghi.

2880 Nọ *Lâm thanh* với *Lâm tri*,

Khác nhau một chữ; hoặc khi có lầm!

Trong cơ thinh khí tương tầm,

Ở đây hoặc có giai âm chăng là!

Thăng đường, chàng mới hỏi tra;

2885 Họ *Đô* có kẻ lại già thưa lên :

« Sự nầy đã ngoại thập niên!

« Tôi đà biết mặt, biết tên rành rành!

« *Tú bà* cùng *Mã giám sanh*

« Đi mua người ở *Bắc kinh* đưa về.

2890 « *Túy kiều* tài sắc ai bì?

« Có nghề đờn, lại đủ nghề văn thơ.

« Kiên trinh; chẳng phải gan vừa!

« Liều mình thế ấy, phải lừa thế kia!

« Phong trần chịu đã ê hề,

1. Litt. : «........ (se trouva entre) les deux — voies — de croire — et de douter».

Les quatre mots «hai đằng tin nghi» forment par position un verbe neutre composé.

2. Litt. : «...... ne pas — c'était — un fois — médiocre!»

3. Litt. : « Elle avait exposé — elle-même — (elle avait fait le sacrifice de

qui, à ce récit, ne savait s'il devait douter ou croire[1].

‹ Ces deux noms de « *Lâm thanh* » et de « *Lâm tri* » dit-il,　　2880

‹ ne diffèrent que par un mot; et peut-être vous trompez-vous!

‹ En ce moment qu'avec sympathie nous nous cherchons les uns les
　» autres,
‹ peut-être qu'ici nous trouverons quelque indice favorable. »

Il monta dans les bureaux et prit des informations.

Voici ce que lui apprit un vieillard appelé *Đô :*　　2885

‹ Tout ceci (dit ce dernier) remonte à plus de dix ans!

‹ Je connais bien la personne et sais parfaitement son nom.

‹ *Tú bà* et *Mã giám Sanh*

‹ allèrent à *Bắc kinh* acheter cette jeune fille, et l'amenèrent ici.

‹ *Túy Kiều* était d'une beauté sans rivale.　　2890

‹ Elle était musicienne, et possédait aussi en poésie un talent fort
　» sérieux.
‹ Affermie dans la chasteté, elle n'avait point un cœur ordinaire[2]!

‹ Elle avait adopté une voie, mais elle dut en suivre une autre[3].

‹ Ayant déjà passé par bien des vicissitudes[4],

*sa vie) — dans cette condition là, — (mais) il (lui) fallut — choisir — cette
autre condition!* »

Elle avait voulu se donner la mort, mais le Ciel en avait décidé autrement Il fallait qu'elle devînt une fille publique.

4 Litt. : «*(En ce qui concerne) le vent — et la poussière (les vicissitudes
du monde), — (le fait d'en) subir — avait été abondant* »,

2895 «Dây duyên sau lại gả về *Thúc lang*.

«Phải tay vợ cả phụ phàng,

«Bắt về *Vô tích* toan đàng bẻ hoa.

«Cất mình, nàng phải trốn ra;

«Chẳng may lại gặp một nhà *Bạc* kia!

2900 «Thoạt buôn về, thoạt bàn đi.

«Mây trôi bèo nổi, thiếu gì là nơi?

«Bỗng đâu lại gặp một người

«Hơn người trí dõng nghiêng trời oai linh!

«Trong tay muôn vạn tinh binh;

2905 «Kéo về đóng chật một thành *Lâm tri*.

«Tóc tơ, các tích mọi khi,

«Oán, thì trả oán; ơn, thì trả ơn.

«Đã nên có nghĩa có nhơn!

«Trước sau trọn vẹn, xa gần ngợi khen.

1. Litt. : «..... se proposa — une voie — de briser — la fleur».

2. Litt. : « *Nuage* — emporté par le courant, — bèo — surnageant — dr manqua de — quoi — qui fût — des endroits?» Tantôt dans une position élevée comme le sont les nuages au ciel tantôt dans une situation infime comme l'est celle du *bèo* flottant sur les eaux, elle passa souvent d'un lieu à l'autre.

3. Litt. : «*supérieur à* — les hommes — d'intelligence — et de courage — qui renversent — le ciel — d'une manière imposante!»

«dans les liens du mariage avec *Thục* elle s'engagea.   2895

«Elle tomba dans les mains d'une épouse principale. Cette femme,
» ingrate et méchante,
«la saisit et l'emmena à *Vô tích*, dans l'intention de l'accabler[1].

«La jeune femme par la fuite dut se soustraire (à ses persécutions);

«mais malheureusement elle rencontra cette femme que l'on nommait
» *Bạc!*
«Tantôt elle fut achetée, et tantôt elle fut vendue.   2900

«Tantôt nuage emporté (par les vents), tantôt *bèo* flottant (au gré des
» eaux), le courant de sa destinée la porta) en bien des lieux[2].
«Inopinément ensuite elle rencontra un homme

«surpassant tous ces héros imposants qui, par leur intelligence et
» leur courage, sont capables d'effondrer le ciel[3]!
«Il avait entre les mains des myriades de soldats

«qu'il fit camper près d'une ville appelée du nom de *Lâm tri*.   2905

«Revenant avec soin sur chacun des détails de sa vie[4],

«elle rendit le mal pour le mal comme (aussi) le bien pour le bien.

«C'était une personne douée de justice et de bienveillance[5]!

«Sa vertu fut toujours parfaite; de toutes parts on la loua.

4. Litt. : «*(Quant à un) cheveu — (et à un) fil de soie grége (minutieuse-
ment), — (au sujet de) toutes — les causes antérieures — de chaque — fois,*»

5. Les formules «*có nghĩa*» et «*có nhơn*» sont des verbes qualificatifs
par position; il faut sous-entendre devant chacune d'elles le pronom relatif
几 *kẻ*, corrélatif du «者 *giả*» chinois. 几 固 義 *kẻ có nghĩa*, 几
固 仁 *kẻ có nhơn* répondent exactement au chinois 有 義 者 *hữu
nghĩa giả,* 有 仁 者 *hữu nhơn giả.*

16

2910   «Chửa tường được họ, được tên.

        «Sự nầy, hỏi *Thúc sanh* viên, mới tường!»

        Nghe lời *Đô* nói rõ ràng,

        Tức thì tống thiếp mời chàng *Thúc sanh.*

        Nỗi nàng hỏi hết phân minh;

2915   Chồng con đâu tá, tánh danh là gì?

        Thúc rằng : «Gặp lúc lưu li,

        «Trong quân tôi hỏi; thiếu gì tóc tơ?

        «*Đại vương*, tên *Hải*, họ *Từ*,

        «Đánh quen trăm trận, sức dư muôn người!

2920   «Gặp nàng ngày ở *Châu thai.*

        «Lạ chi quốc sắc thiên tài phải duyên?

        «Vẫy vùng trong bấy nhiêu niên!

        «Làm nên động địa, kinh thiên đùng đùng!

        «Đại quân đồn đóng cõi đông . . . . . .

2925   «Về sau, chẳng biết vân mồng làm sao!»

    1. Litt. : «. . . . . (Lorsque) je rencontrai — le moment — d'(elle) the errante — et séparée,»
    On dit en chinois « 流離失所 *lưu li thất sở*» pour désigner une personne qui n'a plus ni feu ni lieu.
    2. Litt. : «. . . . . . *manqua-t-il* (à mes questions) — en quoi (que ce fût) — un cheveu — ou un fil de soie grége?»

«Je ne sais pas encore exactement son nom de famille et son petit 2910
» nom.

«Pour les connaître, vous n'avez qu'à les demander à *Thúc sanh.*»

Après ce récit très clair que venait de lui faire *Đô,*

(Kim) envoya sur le champ un billet à *Thúc sanh* pour le prier de
venir (le voir).

Il l'interrogea dans les plus grands détails sur ce qui concernait la
jeune femme,

(lui demandant) où était son mari, quels étaient son nom et sa famille. 2915

«Lorsque fut venu» dit *Thúc,* «le moment où elle devait se trouver
»sans asile [1],

«je m'informai près des soldats, et ie n'omis aucun détail [2].

«Le *Đại vương,* dont le nom était *Hãi* et qui était de la famille *Từ,*

«vivait au milieu des combats; sa force surpassait celle de dix mille
» hommes!

«Il rencontra la jeune femme alors qu'elle était à *Châu thai.*   2920

«Quoi d'étonnant qu'une beauté royale et un talent surhumain [3]
» s'éprennent d'amour l'un pour l'autre?

«Il avait grandement bataillé [4] pendant toutes ces années là!

«Il faisait frémir la terre; il ébranlait à grand fracas le ciel!

«Sa grande armée campa dans la région de l'orient . . . . .

«j'ignore ce qu'ensuite il en est advenu [5].»   2925

3. Litt. : «. . . *un talent céleste,*»
4. Litt : «*Il s'était démené* . . . .»
5 Litt. : «*Quant à — ensuite, — ne pas — je sais — les nuages — (et)*
les songes — ont été comment.»
Par l'expression métaphorique «*vân mồng — les nuages et les songes*» on
désigne poétiquement tout ce qui est dans le domaine de l'inconnu, tout ce

16*

Nghe tường nhành ngọn tiêu hao,

Lòng riêng chàng luống lao đao thẫn thờ.

Xót thay chiếc lá bơ vơ!

Kiếp trần biết giũ bao giờ cho xong?

2930   Hoa trôi, nước chảy xuôi dòng . . . . . .

Xót thân chìm nổi, đau lòng hiệp tan!

Lời xưa đã lỗi muôn vàn!

Mảnh gương còn đó! Phím đờn còn đây!

Đờn cầm khéo ngắn ngơ dây!

2935   Lò hương biết có kiếp nầy nữa thôi?

Bình bồng còn chút xa xôi!

Đảnh chung sao nỡ ăn ngồi cho an?

sur quoi on n'a pas de données certaines. On ne sait pas en effet où vont les nuages, et ce que signifient les songes. — «*Làm sao* — *comment*» devient ici verbe neutre par position.

1. Litt. : «*Lorsqu'il eût entendu* — *clairement* — *les branches* — *et la cîme* — *d'une manière épuisée* — *et consommée,*»

Les *branches* et la *cîme* d'un arbre forment à peu près la totalité de ce qu'on en voit; de là l'emploi de l'expression «*nhành ngọn*» pour désigner une chose en tant que considérée dans tous ses *détails*. «*Ngọn* — *la cîme*» représente métaphoriquement le point capital, et «*nhành* — *les rameaux*» les détails accessoires. — Le chinois « 消耗 *tiêu hao*» a ici le même sens que l'expression annamite « 暑妻 *trước sau*».

2. Litt. : «*cette feuille* — *ahaie*»

La jeune femme est comparée ici à une feuille sèche qui, tombée sur

Après qu'il eût appris tous ces détails [1],

Kim, en son cœur, souffrit sans relâche; il tomba dans la langueur.

Combien il plaignait cette errante nacelle [2]!

Jusqu'à quand lui faudrait-il traîner, pour en finir, cette existence de malheur [3]?

La fleur était emportée; (puis) le courant devenait favorable 2930

Il avait pitié de ce corps qui tantôt enfonçait dans l'abîme, et qui tantôt y surnageait; il souffrait de l'avoir perdue après l'avoir une fois rencontrée [4]!

Le serment (prononcé) jadis avait été mille fois enfreint,

et (pourtant) la lune était là encore! le *Phím* encore était ici!

Oh. que languissamment elles vibraient, les cordes de sa guitare!

Qui pourrait dire si, dans cette vie, le brûle-parfums (fumerait) de 2935 nouveau?

Tant que le *Bình* et le *Bồng* [5] seraient encore éloignés l'un de l'autre,

comment pourrait-il vivre en paix au sein des honneurs et de la richesse [6]?

la surface de l'eau, obéit à toutes les impulsions du vent et ne s'arrête nulle part.

3. Litt. : « *La fleur — était emportée par les eaux; — (puis) l'eau — coulait — favorablement — (quant au) courant . . . . . . »*

4. Litt. : « *Il était ému au sujet de — le corps — qui était submergé — et surnageait; — il souffrait — (quant au) cœur — d'être réunis — (et) d'être dispersés* ». La concision de ce vers est particulièrement remarquable.

5. Voir, sur le *Bình* et le *Bồng*. ma traduction du poème *Lục Vân Tiên*, aux notes sous les vers 291 et 312.

6. Les deux premiers mots de ce vers constituent une ellipse dont le développement n'est autre que ce dicton chinois : « 鐘 鳴 鼎 食 *Chung mình đỉnh thực — Lorsque sonne la cloche, le chaudron fournit son nourrissant (contenu)* »; dicton qui est passé à l'état d'adjectif et signifie « *riche*

Rắp mong treo ấn, từ quan.

Mấy sông cũng lội, mấy ngàn cũng pha!

2940　Sẵn mình trong đám can qua,

Vào sanh, ra tử, hoạ là thấy nhau!

Nghĩ đều trời thẳm, vực sâu!

Bóng chim tăm cá biết đâu mà nhìn?

Những là nấn ná đợi tin,

2945　Nắng mưa đã biết mấy phen đổi dời?

Năm mây đã thấy chiếu Trời,

Khâm ban sắc, chỉ đến nơi rành rành.

Kim thì cải nhậm *Nam bình,*

Chàng *Vương* cũng cải nhậm thành *Hoài dương.*

2950　Sắm sanh xe ngựa vội vàng;

et *honoré*». D'après M. WELLS WILLIAMS qui le donne sous le caractère 鼎,
il se rapporte à une coutume ancienne et patriarcale. Bien que le savant
lexicographe anglais ne s'explique pas davantage, il est facile de comprendre
d'après l'idée que contiennent implicitement ces quatre caractères, en quoi
consistait cette coutume. Le premier caractère du vers doit être lu 鼎.

1. Le sceau étant l'insigne par excellence d'un fonctionnaire public
suspendre ce sceau à un arbre équivaut à résigner ses fonctions.

2. Litt. : «*Les fleuves — tout aussi bien — il traverserait à la nage, —
les sommets de montagnes — tout aussi bien — il déthuit ait!*»

3. Litt. : «*Il insinuerait — lui-même — dans la réunion — des bouchers
— et des lances,*»

4. Litt. : «*Qu'ils entrassent dans — la vie, — (ou) qu'ils sortissent dans
— la mort . . . . . .*»

Il avait résolu de suspendre son sceau[1] et d'abandonner sa charge.

Il franchirait toutes les barrières, il détruirait tous les obstacles[2]!

Il pénétrerait au sein de la mêlée[3], 2940

et peut-être (enfin) pourraient-ils, vivants ou morts[4], se revoir!

Mais il pensait que le ciel était haut et que l'abîme était profond[5]!

Comment reconnaître l'oiseau à son ombre, le poisson à sa bulle d'air[6]?

Pendant qu'il vivait dans l'impatience, attendant toujours des nouvelles,

qui peut dire combien de fois la chaleur et la pluie se succédèrent 2945 l'une à l'autre?

Dans le courant de l'année[7] parut tout à coup un édit du Prince

qui les créait envoyés royaux[8] et leur enjoignait de se rendre au lieu de leurs attributions.

Kim devait administrer le territoire de Nam bình[9],

et Vương commander dans la ville de Hoài dương.

On prépara en toute hâte et les chars et les chevaux; 2950

5 Il pensait que l'espace dans lequel il devait la chercher était trop immense pour qu'il eût quelque chance de la rencontrer. Nous disons familièrement dans le même sens : «chercher une aiguille dans une botte de foin».

6. Lorsque le poisson fouille dans la vase, on voit à la surface de l'eau s'élever des bulles d'air qui décèlent sa présence; mais il est difficile de juger à la vue de ces bulles quelle est l'espèce de poisson qui les produit.

7. Mây est une épithète purement ornementale. — «Chiêu Trời» signifie littéralement «un édit du ciel». L'empereur (天子) étant investi du mandat du Ciel, ses édits sont censés émaner du Ciel lui-même.

8. 欽 Khâm est pour 欽差 Khâm sai.

9. Nam bình (南平縣 Nân p'ing hién) est une ville du 福建 Foŭ kién qui dépend de 延平府 Yên p'ing foŭ.

Hai nhà cũng thuận, một đàng phó quan.

Xảy nghe thế giặc đã tan,

Sóng êm *Phưóc kiến*, tro tàn *Tích giang*.

Được tin, *Kim* mới rủ *Vương* :

2955   «Tiện đàng cũng lại tìm nàng sau xưa!»

Viện châu đên đó bây giờ,

Thiệt tin hỏi được tóc tơ rành rành.

Rằng : «Ngày hôm nọ giao binh;

«Thất cơ, *Từ* đã thâu linh trận tiền.

2960   «Nàng *Kiều* công cả chẳng đền!

«Lệnh quan lại bắt ép duyên thổ tù.

«Nàng đã gieo ngọc, trầm chu;

«Sông *Tiền đường* đó ấy mồ hồng nhan!»

---

1. Litt. : «*que les flots — étaient tranquilles — dans le Phưóc kiến, — que les cendres étaient dispersées — dans le Tịch giang*».

Lorsqu'un incendie a eu lieu, on peut croire, tant qu'il reste des cendres, que le feu n'est pas entièrement éteint; mais une fois les cendres dispersées par le vent l'on peut avoir une sécurité complète.

2. *Sau xưa* est synonyme de *khi xưa*. Cette singulière expression, dont les deux termes se contredisent, me semble être une corruption de «*thủ xưa*».

3. Litt. : «*(et) de vraies — nouvelles — en interrogeant — ils obtinrent — (quant à) un cheveu — (et à) un fil de soie — clairement.*»

puis, obéissant (aux ordres du Souverain) tous deux, de compagnie,
se rendirent à leurs fonctions.

Tout à coup l'on apprit que l'ennemi était dispersé,

que la paix régnait au *Phước kiến*, que le *Tich giang* était tranquille[1].

À cette nouvelle *Kim* invita *Vương* à agir.

«Nous avons» lui dit-il «une occasion favorable de retrouver notre 2955
» amie d'autrefois[2]! »
Ils arrivaient alors à *Viện châu*,

où ils purent obtenir des nouvelles et des informations détaillées[3].

«L'autre jour» leur fut-il dit «l'on a livré une bataille,

« et *Từ*, vaincu, est mort sur le lieu du combat[4].

«Le grand mérite de *Kiều* n'a point reçu sa récompense!　　　　　　　　　2960

«On l'a saisie d'après l'ordre du mandarin pour la marier de force à
» l'un des chefs du pays[5].

«Mais la jeune femme dans les flots a précipité ses charmes,

«et ce fleuve *Tiền đường* est le tombeau de sa beauté. »

---

4 Litt. : «*Perdant — l'occasion, — Từ — a retiré — son âme — devant les troupes*».

L'expression chinoise «失機 *thất cơ — perdre l'occasion favorable*», est un euphémisme assez remarquable qui signifie «*être vaincu*». Il en est de même des mots 收靈 *thâu linh — retirer son âme*» c'est-à-dire «*mourir*». Les Chinois, comme les Annamites, ont la plus grande répugnance à prononcer certains mots, surtout celui qui dans leur langue signifie «*mourir*». Ils les remplacent le plus souvent par des expressions détournées ou des périphrases.

5. Le mot «緣 *duyên*» devient ici verbe par position. Il a pour régime direct l'expression chinoise « 土酋 *thổ tù* ».

«Thương ôi! Không hiệp mà tan!

2965 «Một nhà vinh hiển, riêng oan một nàng!»

Chiêu hồn thiết vị, lễ thường;

Giải oan lập một đàn trường bên sông.

Ngọn triều non bạc trùng trùng.

Vọi trông, còn tưởng cánh hồng lúc gieo!

2970 «Tình thâm biển thẳm, lạ đều!

«Nào hồn *Tinh vệ* biết theo chốn nào?»

Cơ duyên đâu bỗng? Lạ sao?

Giác duyên đâu bỗng tìm vào đến noi!

Trông lên linh vị, chư bài;

1. Litt. : «*Ne pas — nous l'avons rejointe, — mais — elle a péri!*»

2. Litt. : «*Une famille —· est glorieuse; — spécialement — est malheureuse — une — jeune femme!*»

3. Litt. : «*On invoqua — l'âme, — on installa — une tablette, — céréo*... *— accoutumée*».

Lorsqu'une personne est morte au loin, les Chinois accomplissent des cérémonies particulières au moyen desquelles ils croient rappeler son âme absente. Ces cérémonies portent le nom de « 招 魂 *Chiêu hồn — Invocation de l'âme* ».

Voir, au sujet de la tablette, ma traduction du *Lục Vân Tiên*, à la note sous le vers 2016.

4. Le « 壇 *đàn* » est un autel à ciel ouvert. Le mot « 場 *trường* » a ici le sens spécial de « *lieu découvert destiné aux sacrifices, emplacement sur lequel on érige le đàn* ». Ces deux mots se trouvent comme c'est le cas ici fréquemment réunis ensemble, et se prennent aussi dans le sens de l'autel considéré isolément.

5. Litt. : «.... *les ailes — du Hồng — dans le moment — de se lancer*»

‹Hélas.» (s'écria *Kim*) «elle a péri sans nous revoir[1]!

‹Quand toute la famille est dans les honneurs, elle seule est infor- 2965
»tunée[2].»

Selon la coutume, on établit une tablette, on fit l'invocation de l'âme[3],

et, pour rompre (la chaîne de) son malheur, au bord de la rivière
on disposa un autel[4].

Semblables à des montagnes blanches, les vagues du courant gron-
daient.

(*Kim*), regardait au loin; il croyait la voir se précipitant, telle que
le *Hồng* lorsqu'il ouvre les ailes en prenant son essor[5].

‹Étrangement profonds» dit-il «sont ma tristesse et mon amour[6]! 2970

‹Eussé je l'âme de *Tinh vệ*[7], comment saurais-je où la poursuivre?»

Mais soudain, ô chose étonnante[8]!

Giác duyên, qui les cherchait, arriva jusqu'à ce lieu!

Elle leva les yeux, et voyant les caractères inscrits sur la tablette,

---

Il serait impossible en français de rendre aussi brièvement cette figure
que le poète annamite a pu condenser en quatre monosyllabes.

6 Litt : «*(Quant à) l'affection — profonde, — il y a une mer — de tristesse; — étrange — (en fait de) chose!*»

7. D'après une légende chinoise, la fille de l'empereur 神農 *Thần
nông* ou 先農 *Tiên nông*, qui régna, dit-on, de l'année 2737 à l'année
2697 av. J.-C., et qu'on adore comme le génie de l'agriculture et de la
médecine. aimait son mari d'un amour passionné. Son époux ayant trouvé
la mort dans la mer orientale, la fille de 神農, saisie de désespoir, s'y
précipita et se noya. Elle fut changée en un oiseau semblable, pour la
forme, à un faisan. Cet oiseau, nommé 精衛 *Tinh vệ*, prit des pierres
avec son bec, et se mit à les jeter dans la mer pour la combler et retrouver
le corps du prince,

8. Litt. : «*(Une telle) combinaison — (et) connexité (une telle rencontre for-
tuite) — où (l'aurait-on trouvée) — (ainsi) tout à coup? — (Ce fait) étrange —
comment (avait-il lieu)?*»

On peut voir à l'inspection du texte annamite de ce vers qu'il renferme

2975 Thất kinh, mới hỏi : «Những người đâu ta?

«Với nàng thân thích gần xa?

«Người còn! Sao bỗng làm ma, khóc người?»

Nghe tin, giớn giác, rụng rời!

Xúm quanh kể họ, rộn lời hỏi tra.

2980 «Nẩy chồng, nẩy mẹ, nẩy cha!

«Nẩy là em ruột; nẩy là em dâu!

Thiệt tin nghe đã bây lâu;

Pháp sư dạy thế! Sự đâu lạ dường!

Sư rằng : «Có qua với nường,

2985 «*Lâm tri* buổi trước, *Tiền đường* buổi sau.

«Khi nàng gieo ngọc đáy sâu,

«đón theo, tôi đã gặp nhau rước về.

«Cùng nhau nương cửa *Bồ đề*;

plusieurs expressions elliptiques dont l'explication littérale ci-dessus donne le développement complet.

1. Litt. : «. . . . (*Ces*) *hommes — où (est le fait que) — ils sont de nous?*»
Le pronom personnel «此 *ta — nous*» devient ici par position un verbe neutre qualificatif. Cette manière de parler se rapproche assez de celle que nous employons en français, lorsque nous disons : «*Ces gens-là ne sont point des nôtres!*»

2. Litt. : «*(Si) avec — la jeune femme — vous êtes parents — proches — ou éloignés,*»

3. Litt. : «. . . . . *en faites-vous un esprit . . . . .?*»

elle demanda, (comme) effrayée : «Qui sont ces gens qui ne sont 2975
» point des nôtres [1]?

«Si vous avez avec elle une parenté quelconque [2],

«elle vit! Pourquoi (donc) tout à coup la traitez-vous en morte [3] et
» pleurez-vous sur elle? »
A cette nouvelle chacun, surpris et tremblant, la regarde.

On se réunit; on décline les noms; les questions se pressent, confuses.

«Voici son époux; voici sa mère et son père;   2980

«sa sœur et sa belle-sœur!

«En vérité jusqu'à ce jour on nous avait dit (qu'elle était morte),

«et vous parlez ainsi! ô chose étrange [4]! »

«Croyez-moi.» dit la bonzesse. «Je me suis trouvée avec elle

«à Lâm tri tout d'abord, puis au Tiền dường.   2985

«Quand elle se jeta dans le gouffre profond [5],

«je l'avais suivie; je l'ai retrouvée et emmenée dans ma demeure [6].

«Dans une pagode de Bouddha nous avons vécu ensemble.

---

4 Litt : «(Vous,) de la loi — maîtresse, — prescrivez —. de cette façon!
— (Une) chose — où (trouverait-on) — extraordinaire — de (cette) manière (là)?»
Pháp sư est une appellation respectueuse que l'on emploie en s'adressant
aux supérieurs et aux supérieures des couvents bouddhistes. — Thế est
pour thế ấy, et dường pour dường ấy. J'ai parlé plus haut de cette sim-
plification très usitée en poésie.

5. Litt. : «.....jeta — la pierre précieuse — dans le fond — profond,»

6. Le mot «饒 nhau», qui répond exactement au «相 tương» chinois,
se prend parfois unilatéralement comme lui. J'ai déjà eu l'occasion d'en
citer un exemple. C'est encore le cas ici.

«Thảo am đó cũng gần kề chẳng xa.

2990 «*Phật* tiền ngày bạc lân la;

«Đăm đăm, nàng cũng nhớ nhà; khôn khuây!»

Nghe tin nở mặt, mở mày!

Mảng nào lại quá mảng nầy nữa chăng?

Từ phen chiếc lá lìa rừng,

2995 Thăm tìm, luống những liệu chừng nước mây!

Rõ ràng hoa rụng hương bay;

Kiếp sau họa thấy; kiếp nầy hẳn thôi!

Âm dương đôi ngả chắc rồi!

Cõi trần mà lại thấy người cửu nguyên!

3000 Sắp nhau, lạy tạ *Giác duyên*,

Bộ hành một lũ theo liền một khi.

---

1. Les mots «*ngày bạc*» me paraissent être, avec une légère déviation dans le sens, la traduction annamite de l'expression chinoise « 白日 *bạch nhựt*», qui signifie entre autres choses «*le temps du jour*». L'adjectif « 薄 *bạc*» ne signifie pas «*blanc*» en chinois, mais il a souvent ce sens en annamite, où il est alors synonyme de « 白 *bạch*»

2. Litt. : «.... il s'épanouit — (quant au) visage, — il ouvrit — les sourcils!»

3. Litt. : «*Depuis* — *la fois que* — *la feuille* — *s'était séparée* — *de la forêt,*»

4. Litt. : «*Visitant* — (et) *cherchant*, — *toujours* — (il ne faisait) absolument qu' — *évaluer* — *le terme (la mesure)* — *de l'eau* — (et) *des nuages!*»

L'eau des fleuves ou de la mer, aussi bien que les nuages, sont choses qui ne peuvent se mesurer ni s'évaluer. *Mesurer l'eau et les nuages*, c'est donc agir en aveugle.

« Ce petit temple en paillotte se trouve tout près d'ici.

« Devant le *Phật* journellement [1] nous demeurons de compagnie. 2990

« Plongée dans la mélancolie, *Kiều* regrette sa famille, et rien n'appaise
» (sa tristesse) ! »

A cette nouvelle, le visage (de *Kim*) s'épanouit [2] !

Oh. Quelle joie jamais surpassa cette joie?

Depuis le jour où la jeune femme avait été séparée des siens [3],

sans relâche, à l'aventure, il se lassait à la chercher [4] ! 2995

Il (se croyait) certain que la fleur s'était détachée, que le parfum
s'était évanoui [5];

qu'il la verrait peut-être dans une vie future; mais que pour celle-ci,
tout était terminé!

Lui était vivant, elle morte; on n'en pouvait point douter [6]!

(Comment s'attendre à) revoir en ce monde une habitante des neuf
sources?

Se prosternant devant *Giác duyên*, ils rendirent grâces à la bonzesse, 3000

et la troupe des voyageurs de compagnie la suivit.

5 Il croyait que *Kiều* était morte.

6. Litt. : « *De l'Âm* — *(et) du Dương,* — *les deux côtés* — *d'être fixés* —
avaient complétement terminé! »

Pour comprendre cette expression figurée, il faut se rappeler que par
陰 *Âm,* nom du principe femelle, les Chinois désignent ce qui est obscur,
inférieur, le monde des morts; et par 陽 *Dương,* nom du principe mâle,
ce qui est lumineux, supérieur, le monde des vivants. « *Ce qui regarde le
monde des morts et le monde des vivants était bien fixé désormais,* » en ce qui
concernait *Túy kiều* et *Kim Trọng;* c'est-à-dire que l'on savait (ou croyait
savoir) clairement lequel des deux amants était mort et lequel était vivant.
Le vivant était *Kim Trọng* qui parlait; par conséquent *Kiều* était morte.

Bẻ lau, vạch cỏ, tìm đi;

Tình thâm luống hãy hồ nghi nửa phần.

Quanh co theo dải giang tân,

3005 Khỏi rừng lau, đã tới sân *Phật* đàng.

Giác duyên lên tiếng gọi nàng;

Phòng trung vội khiến sen vàng bước ra.

Nhìn xem đủ mặt một nhà,

Thung già còn khoẻ; huyên già còn tươi!

3010 Hai em phương trường hòa hai!

Nọ chàng *Kim,* đó là người ngày xưa!

Tưởng bây giờ là bao giờ;

Rõ ràng mở mắt, còn ngờ chiêm bao!

Giọt châu thánh thót quyển bào.

3015 Mầng mầng sợ sợ xiết bao là tình!

Huyên già dưới cội gieo mình;

---

1. Litt. : « . . . . *ils étaient arrivés à — la cour — de de Phật — la salle*¹

2. Le poète nomme ainsi *Túy kiều* à cause du costume jaune des ¹⁰ʰ gieuses bouddhistes qu'elle porte.

3. Litt. : « *Elle pensait — maintenant — était — quand ?*»

4. Litt. : «*Du Huyên — vieux — en dessous — quant au tronc (au pied du tronc) — elle jeta — elle-même*»

Rompant les joncs, brisant les herbes, ils cherchaient le chemin (à prendre);

(mais), au fond de leur cœur, ils doutaient encore à moitié.

En suivant les sinuosités de la rive

Ils franchirent le fourré de joncs et se trouvèrent devant la pagode [1]. 3005

Giác duyên éleva la voix, et, appelant la jeune femme,

elle fit de sa cellule sortir le nénuphar d'or [2].

Celle-ci, regardant (autour d'elle), reconnut toute sa famille;

son vieux père, robuste encore; sa vieille mère encore bien portante.

Son jeune frère et sa jeune sœur avaient grandi tous les deux. 3010

Kim était là! là aussi l'homme (par elle aimé) jadis!

Elle se demandait à quelle époque elle vivait en ce moment là [3],

et, les yeux grands ouverts, elle croyait rêver encore!

Goutte à goutte ses larmes tombaient sur la manche de sa robe.

Tour à tour joyeuse et tremblante, qui dira ses sentiments? 3015

Elle se jeta aux pieds de sa mère [4],

Voir sur ce nom de *Huyên* appliqué poétiquement à la mère ma traduction du Lục Vân Tiên, à la note sous le vers 55.

L'exemple contenu dans ce vers justifie pleinement la règle d'interprétation que j'ai cru pouvoir établir plus haut au sujet des mots «*dưới*», «*trên*» et «*ngoài*». Le bon sens indique en effet clairement que *Túy kiều* ne se jette pas *sous* sa mère, mais *en bas* par rapport à sa mère, *aux pieds de sa mère*.

Khóc than mình kể sự mình đầu đuôi.

«Từ con lưu lạc quê người,

«Bèo trôi, sóng phủ chốc mười lăm năm!

3020   «Tính rằng sông nước cát lầm!

«Kiếp nầy ai lại còn cầm gặp đây?»

Ông bà trông mặt, trao tay;

Dung quang chẳng khác chi ngày bước ra!

Bây chầy dãi nguyệt dầu hoa,

3025   Mười phần xuân có gẫy ba bốn phần.

Nỗi mừng ông lấy chi cân?

Lời tan hiệp, chuyện xa gần, thiếu đâu?

Hai em hỏi trước han sau;

Đứng trông, nàng đã trở sầu làm tươi!

3030   Sắp nhau lạy trước *Phật* đài,

1. Litt. : «. . . . *l'affaire* — *de soi-même* — *(quant à) la tête* — *(et à la) queue*».

2. J'ai été quinze ans le jouet de l'infortune.

3. *Dãi nguyệt dầu hoa* est pour «*dãi dầu nguyệt hoa*». L'expression *dã dầu* signifie «exposé aux intempéries». La débauche au sein de laquelle *Túy Kiều* a été contrainte de vivre si longtemps est assimilée poétiquement par l'auteur au soleil, à la pluie, etc. De même, en effet, que les intempéries hâlent le teint, de même le libertinage imprime sur les traits de ceux qui y sont adonnés des stigmates faciles à reconnaître.

4. Litt. : «*(Sur) dix* — *parties* — *de printemps* — *elle avait* — *(le fait d')avoir maigri* — *de trois* — *(ou) quatre* — *parties*».

et pleurant, soupirant, conta toutes ses aventures [1].

« Depuis que je quittai notre pays », dit-elle,

« le *bèo*, pendant quinze ans, fut submergé par les flots [2]!

« Je pensais que j'étais à jamais perdue !   3020

« Eussé-je cru qu'en ce monde je vous posséderais encore, que je vous
» trouverais ici ? »
Les deux vieillards la regardaient ; ils la prirent par la main.

Son visage était le même qu'au jour où elle partit.

Depuis si longtemps qu'elle était le jouet du libertinage [3],

elle avait en leur entier conservé presque tous ses charmes [4].   3025

Rien ne pouvait égaler [5] la joie du vieillard !

Que de paroles de bienvenue, de causeries sur toutes choses !

Son jeune frère et sa jeune sœur l'accablaient de questions [6].

Elle, debout, les regardait, dissimulant sa tristesse, et feignant d'être
joyeuse [7].

Ils se prosternèrent tous dans la pagode de *Phật*.   3030

5. Litt. « *La circonstance — (de son fait de) se réjouir — le seigneur
(Vương) — aurait pris — quoi — pour peser ?* »
Ce vers renferme une inversion.

6. Litt. : « *Hỏi trước han sau* » est pour « *hỏi han trước sau* », litt. « *l'inter-
rogeaient sur — l'avant — (et) l'après* ».

7. Litt. : « . . . . . . *elle avait retourné — (sa) tristesse — pour la faire —
gaie* ».

Le poète compare la tristesse que son héroïne éprouve en se sachant
souillée, et qu'elle déguise sous les apparences de la gaîté pour ne rien mêler
d'amer à la joie des siens, à un vêtement que l'on retournerait afin d'en
dissimuler la véritable couleur.

Tái sanh trần tạ lòng người từ bi.

Kiệu hoa giục rước tức thì;

Vương ông dạy rước cũng về một nơi.

Nàng rằng : «Chút phận hoa rơi

3035   «Nửa đời nếm trải mọi mùi đắng cay!

«Tính rằng mặt nước chơn mây!

«Lòng nào còn tưởng có rày nữa không?

«Được rày tái thế tương phùng;

«Khát khao đã thỏa tâm lòng lâu nay!

3040   «Đã đem mình bỏ am mây;

«Tuổi nầy gởi với cỏ cây, cũng vừa!

«Mùi thiền, đã bén muối dưa,

«Màu thiền, ăn mặc, đã ưa nâu sồng!

1. Litt. : «*J'avais compté — disant — que — j'étais à la surface — de l'eau, — (que) j'étais au pied — des nuages !*»
Sur la mer, à l'horizon, les nuages semblent s'appuyer sur l'eau. Une personne placée en ce point sans moyen de regagner la terre peut être considérée comme perdue.

2. Litt. : «*. . . . qu'il y aurait encore aujourd'hui ?*»

3. Litt. : «*J'obtiens maintenant — (le fait de) dans une répétée — ue — mutuellement — nous retrouver !*»
Kiều entend par là qu'il lui semble en ce moment qu'ayant passé par la mort elle revit dans une existence postérieure et y retrouve les siens

4. L'auteur, pour arriver à construire son vers sans manquer aux règles de la prosodie, et notamment pour obtenir au sixième pied, comme c'est indispensable, un monosyllabe rimant avec le mot terminal du vers précédent

De cette nouvelle naissance ils rendaient grâces à son cœur miséri-
cordieux.

On pressa *(Kiều)* de monter en palanquin afin de l'emmener de suite,

et *Vương ông* dit qu'au même lieu tous devaient retourner ensemble.

«Pauvre fleur tombée,» dit *Kiều*

«(parvenue) au milieu de mon existence, j'ai déjà goûté toutes les 3035
» amertumes!
«Je me croyais égarée, perdue [1]!

«Comment aurais-je pensé que ce jour-ci devait briller pour moi [2]?

«Je renais maintenant [3], et nous nous retrouvons!

«La soif qui depuis longtemps brûlait mon cœur est apaisée [4]!

«Je suis venue me confier à l'asile d'une pagode.   3040

«Il convient, à l'âge où je suis, que je reste dans la solitude [5]!

«Je commence à me faire à la vie contemplative [6], au régime des
» religieuses,
«et l'habit brun des bonzesses est devenu agréable à mes yeux [7].

n'a pas reculé devant une inversion audacieuse. Il faut rétablir ainsi la
construction :
    «*Khát khao lâu nay đã thoa tấm lòng!*» phrase dont la traduction litté-
rale est celle-ci : «*La soif — de depuis si longtemps (que j'éprouvais depuis
si longtemps) — a été calmée — dans mon cœur!*»
    Par cette *soif* le poète entend le violent désir que son héroïne éprouvait
de revoir sa famille.
    5. Litt . «.... *que je me confie aux herbes et aux arbres!*»
    6 Litt : «*(Quant au) goût — de la contemplation, — dès à présent —
j'adhère à — le sel — et les légumes confits,*»
    7. Litt. : «*(quant à) la couleur — des prêtresses de Bouddha, — (en fait
de) mise, — dès à présent — je goûte — le nâu — et le sòng*».
    Le mot «禪 *thiền*» qui n'est que la transcription chinoise du sanscrit

«Sự đời đã tắt lửa lòng;

3045   «Còn chen vào chốn bụi hồng làm chi?

«Dở dang, nào có hay gì?

«Đã tu, tu trót quá thì; thì thôi!

«Trùng sanh ơn nặng biển trời!

«Lòng nào nỡ dứt nghĩa người, ra đi?»

3050   Ông rằng : «Bỉ thử nhứt thì!

«Tu hành thì cũng phải khi, tùng quyền!

«Phải đều cầu *Phật* cầu tiên,

«Tình kia hiếu nọ ai đền cho đây?

«Độ sanh nhờ đức cao dày;

«*dhyana — contemplation dans la solitude*», désigne à la fois cet état de
l'âme et les prêtres bouddhistes. J'ai cru me conformer à l'idée qui paraît
être ici dans l'esprit du poète en lui attribuant successivement les deux sens

On remarquera que la prononciation annamite *(thiền)* de ce caractère se
rapproche sensiblement plus du mot *dhyana* que la prononciation chinoise
(chēn), usitée au nord du Yâng tsè kiâng ou celle que l'on adopte à Pékin
(chân, t'chân). C'est là une preuve entre mille de la fidélité remarquable
avec laquelle le peuple annamite a conservé les anciennes prononciations
chinoises que le temps a si considérablement modifiées sur la plus grande
partie du territoire du Céleste empire.

Il est bon aussi de noter le parfait parallélisme qui règne entre le présent
vers et le précédent. Sauf les deux mots *« ăn mặc »* qui ont dû forcément être
ajoutés ici puisqu'il fallait un vers de huit pieds, on voit que les mots correspondants des deux vers ont, lorsqu'ils ne sont pas identiques, au moins
une valeur semblable au point de vue que nous appellerions grammatical

     Mùi thiền » » đã bén muối dưa,
     Màu thiền » » đã ưa nâu sồng!

«Mes aventures dans le monde ont éteint le feu de mon cœur;

«pourquoi me mêlerais-je encore à la vie troublée du siècle[1]? 3045

«La mienne est manquée! quel bien pourrais-je faire encore[2]?

‹Je suis religieuse; je veux l'être tout à fait, et passer ainsi ma vie!

«*(Giác duyên)* m'a rendu à l'existence; c'est là un bienfait sans
  » mesure[3]!
‹Comment me montrerais-je ingrate envers elle en m'éloignant?»

«Ces deux choses» dit le père «peuvent se concilier[4]! 3050

‹Dans la vie solitaire elle-même on se conforme aux temps, on se
  » plie aux circonstances!
‹Si tu tiens à vivre en religieuse[5],

«qui se chargera pour toi des devoirs (que t'imposent) et l'amour et
  › la piété filiale?
‹Puisque tu dois à *(Giác duyên)* le service immense de t'avoir rendue
  » à la vie,

Le *Cây nâu (Ægle Marmelos)* et le *Cây sơng* sont deux arbres qui fournissent la couleur marron clair affectée aux vêtements des bonzes.

1. Litt : «*Encore — m'introduisant — j'entrerais dans — le lieu — de la
poussière — rouge — pour faire — quoi?*»
Les mots «*bụi hồng — la poussière rouge*» sont la traduction annamite
de l'expression chinoise «紅塵 *hồng trần*» qui, comme ses équivalents
‹塵世 *trần thế — le monde poussiéreux*» et «凡塵 *phàm trần — la
vulgaire poussière*» ou «*la poussière du monde*», est employée par les bouddhistes pour désigner les peines et les tourments de ce monde (v. WELLS
WILLIAMS, au caractère 塵).

2. Litt : «*Ayant manqué mon coup, — est-ce que — j'ai — en fait de bon
— quoi que ce soit?*»
3. Litt. : «*Doubler — la vie — est un bienfait — lourd — (comme) la
mer — (et comme) le ciel*».
4. Litt. : «. .... *Pour cela — (et) ceci — il y a un (même) — temps!*»
5 Litt. : «*S'il faut — la chose — de chercher — le Phật — (et) chercher
— les immortels (pour vivre comme eux),*»

3055 «Lập am, rồi sẽ rước thầy ở chung!»

Nghe lời nàng đã chìu lòng.

Giã sư, giã cảnh, đều cũng bước ra.

Một đoàn về đến quan nha;

Đoàn viên vội mở tiệc hoa vui vầy.

3060 Tàng tàng chén cúc dở say;

Đứng lên, *Vân* mới giãi bày một hai.

Rằng : «Trong tác hiệp cơ Trời,

«Hai bên gặp gỡ, một lời kết giao.

«Gặp cơn bình địa ba đào,

3065 «Mà đem duyên chị, gá vào cho em!

«Cũng là phận cải duyên kim!

«Cũng là máu chảy, ruột mềm! Chớ sao?

---

1. La sous-préfecture de *Kim Trọng*.

2. Litt. : «*Accumulant — (et) accumulant — les tasses — de Cúc, — à moitié — on était ivre*».

Le *Cúc* est une espèce de vin fort renommée.

3. Litt. : «*Se levant — Vân — alors enfin — expliqua — et exposa — une — (ou) deux (choses)*».

4. Litt. : «*Elle dit : — «Dans — le fait d'effectuer — la réunion — des ressorts — du Ciel,*»

5. Litt. : «*Tu as rencontré — la crise — (de sur une) unie — terre — (y avoir) les flots,*»

On ne voit jamais en temps ordinaire les flots envahir la terre ferme

«bâtis une pagode; tu l'y feras venir, et vous vivrez en commun!» 3055

La jeune femme se laissa persuader par ces paroles.

Elle prit congé de la bonzesse, elle dit adieu au pays, et tous partirent ensemble.
Ils arrivèrent de compagnie au palais du mandarin [1]

où l'on se hâta de s'assembler pour un festin de réjouissance.

Les tasses de *Cúc* [2] se succédaient, et les têtes s'échauffèrent.   3060

Vân, se levant, prit la parole [3].

«Lors de la réunion que, dans ses desseins secrets, le Ciel vous avait
» ménagée,» dit-elle [4]
«Tous deux, en vous rencontrant, par un mot vous vous liâtes.

«Puis, lorsqu'arriva la catastrophe [5],

«tu transmis, ô ma sœur aînée, tes promesses à ta cadette [6]!   3065

«Ce fut un revirement de condition, un changement de mariage [7]!

«Au plus profond de ton cœur tu dus bien souffrir, n'est-ce pas [8]?

Lorsque ce phénomène a lieu, c'est forcément par suite d'une catastrophe;
de là cette locution métaphorique.

6. Litt. : «*et — apportant — l'union — de la sœur aînée, — fiançant —
tu l'as faite entrer — à — la sœur cadette*».

Cette singulière association du mot «*vào*» (verbe ou particule, selon
qu'on adoptera tel ou tel mode d'interprétation pour cette sorte d'affixes)
fait un singulier effet lorsqu'on la traduit littéralement dans notre langue.
Le terme annamite qui en résulte ne manque du reste pas de force. C'est
comme si l'on disait en français : «Tu as greffé tes fiançailles sur moi».

7 Le verbe «*kim cải — changer*», est dédoublé par élégance.

8 Litt. : «*Tout aussi bien — ce fut — (le fait que ton) sang — coulait —
(et) tes entrailles — s'amollissaient; — n'est-ce pas ?*»

«Những là rày ước, mai ao!

«Mười lăm năm ấy biết bao nhiêu tình?

3070 «Bây giờ gương vỡ lại lành!

«Khuôn linh lừa đảo đã dành có nơi!

«Còn duyên, may lại còn người!

«Còn vầng trăng bạc, còn lời nguyền xưa!

«Trái mai ba bảy; khi vừa!

1. Litt. : «*Absolument ce n'était que — maintenant — souhaiter — (et) demain — désirer!*»

Túy Vân, dans ce vers, parle de *Kim Trọng.* — Le verbe *uớc ao* est dédoublé.

2. Tout se trouve rétabli comme auparavant.

3. Litt. : «*(En fait de lieu que) le moule — efficace, — en opérant la révolution des choses, — avait réservé — il y avait un lieu!*»

L'idée contenue dans ce vers est celle-ci : «*Le Ciel qui, dans la révolution qu'il imprime aux choses de ce monde, les modifie constamment, avait réservé en votre faveur un lieu dans lequel vous deviez vous retrouver à un moment donné*»
— Les six premiers monosyllabes de ce vers doivent être considérés comme un véritable adjectif composé qui se rapporte au mot «*nơi*» de la fin.

J'ai expliqué plus haut l'expression «*khuôn linh*». «*Lừa*» signifie «*se trouver tantôt ici et tantôt là*» et «*đảo*» veut dire «*faire le tour*». L'assemblage de ces deux verbes a le sens que je lui donne dans la traduction littérale ci-dessus.

4. *Túy Vân* entend par là dire à sa sœur que les serments de cette dernière n'ont pas plus cessé d'exister que la lune à la clarté de laquelle ils furent prêtés jadis.

5. Ce vers renferme une allusion aux deux premières strophes de la IXe ode de la première section du Livre des Vers.

標有梅。
其實七兮。
求我庶士。
迨其吉兮。

‹A soupirer après toi¹ les jours (de *Kim*) se passaient.

‹Quelle doit, pendant ces quinze ans, avoir été votre douleur!

‹Maintenant le miroir brisé de nouveau se trouve intact²! 3070

‹Le Ciel dans sa révolution, devait un jour pour toi se retrouver fa-
»vorable³!

‹Ton amour existe encore, et, par bonheur, ton amant aussi!

‹La lune brillante n'a point péri, non plus que vos serments d'autre-
»fois⁴.

‹Les fruits du *Mai* sont trois ou sept⁵, et l'époque est convenable!

標
有
梅。

其
實
三
兮。

求
我
庶
士

迫
其
今
兮。

其
實
七
兮!

逎
其
今
兮。

《 *Biểu hữu mai!*
《 *Kỳ thật thất hề!*
《 *Cầu ngã thứ sĩ,*
《 *Đãi kỳ kiết hề!*

《 *Biểu hữu mai!*
《 *Kỳ thật tam hề!*
《 *Cầu ngã thứ sĩ,*
《 *Đãi kỳ kim hề!* »

«Voici que le *Mai* perd ses fruits!
‹Il y en a (encore) sept!
«Pour les hommes distingués qui me recherchent,
«Voici le moment favorable!

«Voici que le *Mai* perd ses fruits!
‹Il y en a (encore) trois!
«Pour les hommes distingués qui me recherchent,
«C'est à présent le moment!»

Cette ode fait allusion à une femme impatiente de se voir demander

3075   «Đào non; sớm liệu xe tơ kịp thì! »

Dứt lời, nàng mới gạt đi.

«Sự muôn năm cũ kể chi bây giờ?

«Một lời tuy có ước xưa,

«Xét mình dãi gió, dầu mưa đã nhiều!

3080   «Nói, càng hổ thẹn trăm chìu!

«Thì cho ngọn nước thủy triều chảy xuôi!»

Chàng rằng : «Nói cũng lạ đời!

«Dẫu lòng kia vậy, còn lời ấy sao?

«Một lời đã trót thâm giao!

3085   «Dưới Trời có Đất; trên cao có Trời!

«Dẫu rằng vật đổi, sao dời,

«Tử sinh, cũng giữ lấy lời tử sinh!

en mariage. En disant que le *Mai* ou prunier (il ne s'agit pas ici du *Mai* des Annamites) a encore sept fruits (ou sept dizaines de fruits suivant certains commentateurs), elle donne à entendre que son âge est tout a fait favorable au mariage. En disant plus tard que le *Mai* n'a plus que trois fruits (ou trois dizaines de fruits), elle prévient qu'il est encore temps de l'épouser, mais que bientôt il sera trop tard.

Túy Vân, qui applique cette ode à sa sœur, lui fait comprendre par les mots « *ba bảy* » que, si elle n'est plus dans la situation indiquée par la première strophe de l'ode 摽有梅, elle est du moins dans la seconde puisqu'elle n'a que trente ans; et que par conséquent elle peut sans scrupule épouser *Kim Trọng*.

«Le *Dào* est encore tendre; voyez à vous unir au plus vite afin 3075
» d'arriver à temps[1]! »

Kiều l'interrompit et dit en secouant la tête[2] :

«A quoi bon revenir aujourd'hui sur des choses aussi anciennes[3] ?

«Si un serment jadis fut prononcé,

«en me regardant je vois que sur moi le temps a exercé bien des
» ravages[4]!

«Plus vous parlez de cela, et plus ma confusion augmente! plus mon 3080
» cœur bat, agité[5]!

«Laissons donc passer sans obstacle le courant et la marée[6]! »

«Vos paroles sont étranges! » lui répliqua le jeune homme.

«Votre cœur peut penser ainsi; mais où sont vos (anciennes) pro-
» messes?

«Une parole suffit jadis pour cimenter notre union!

«Ici bas, la terre (l'a vu); en haut le Ciel (en fut témoin)! 3085

«Bien qu'on dise que les choses changent, que les étoiles se succèdent,

«les serments de vie et de mort à la vie, à la mort se gardent[7]!

---

1 C'est la même idée qu'au vers précédent; *Kiều* peut encore se marier.
— *Xe tơ* signifie littéralement : « *tordre le fil de soie* ».

2. En signe de dénégation.

3. Litt : « . . . . . *vieilles de dix mille ans* . . . . . ».

4 Litt. . «*Je considère que* — *les faits que moi-même* — *ai été exposée à*
— *le vent,* — *(et) baignée par* — *la pluie* — *ont été nombreux!* »
Ce vers peut s'entendre aussi bien au moral qu'au physique.

5. Litt : «*(Quand) vous parlez,* — *de plus en plus* — *je suis honteuse* —
(quant à) cent — *battements de cœur!* »

6 Ne parlons plus de ce sujet; laissons tout cela de côté!

7 Litt : «*(Quant à) la mort* — *(et) à la vie* — *tout aussi bien* — *on*
garde devers soi — *les paroles* — *de vie* — *(et) de mort!* »

«Duyên kia có phụ chi mình,

«Mà toan chia gánh chung tình làm hai?»

3090   Nàng rằng : «Gia thất, duyên hài,

«Chút lòng ân ái, ai ai cũng lòng!

«Nghĩ rằng trong sự vợ chồng,

«Hoa thơm phong nhụy, vòng tròn ngậm gương.

«Chữ *trinh* đáng giá ngàn vàng!

3095   «Đuốc hoa chẳng thẹn với chàng mai xưa?

«Thiếp từ ngộ biến đến giờ,

«Ong qua, bướm lại; đã thừa xấu xa!

1. L'amour est personnifié ici. Il ne s'abandonne pas; c'est nous qui nous abandonnons. Cette idée me semble terriblement alambiquée!

2. *Chúng tình*, litt. : « *l'amour cloche* », c'est l'amour vrai, l'amour conjugal. Voici comment les lettrés chinois expliquent cette singulière expression : « De même qu'une cloche est *fondue* par l'ouvrier qui la fabrique, de même les sentiments naturels sont comme *fondus* en nous par le Créateur. L'amour conjugal est un sentiment de cette espèce. Il a été mis dans notre cœur à notre naissance. » Le mot « *cloche* » est donc synonyme de « *fondu* », ou « *inné* », pour employer le terme que notre philosophie européenne applique aux idées qui sont inhérentes à notre nature.

Cette manière de voir peut être soutenue; mais le genre de métaphore employé pour l'exprimer est d'une étrangeté absolument chinoise, et on a besoin d'être prévenu pour savoir que *l'amour cloche* signifie *l'amour conjugal!*

3. Litt. : « *(Quant à) un peu de — cœur — d'affection — (et) d'amour, — qui que ce soit — tout aussi bien — est doué de (ce) cœur!* »

La valeur verbale absolument inusitée que prend ici le dernier mot « *lòng* » est un exemple très frappant de l'influence de la règle de position dans la poésie annamite.

4. Litt. : « *Les fleurs — odoriférantes — sont enveloppées — (dans leur) bouton, — (et) la sphère — ronde (la lune) — est enveloppée (comme les aliments dans la bouche) — quant à son miroir!* »

‹ L'amour, lui, s'abandonne-t-il donc [1] ?

‹ Et vous voulez pourtant diviser le fardeau! vous voulez partager
» en deux un amour mis en nous par le Ciel [2]! »

« Quant à ce qui concerne la famille et l'harmonie conjugale » dit 3090
Kiêu,

‹ tout le monde en son cœur possède un peu d'affection et d'amour [3]!

‹ Je pense que dans le mariage

‹ Les choses doivent, chez les époux, avoir encore leur fraîcheur pre-
» mière [4].

‹ La chasteté est chose d'un haut prix [5]!

‹ Pourrais-je, à la lueur de la torche nuptiale, vous laisser voir sans 3095
» honte, que j'ai perdu la fleur de ma virginité [6]?

« Depuis le jour où le malheur pour la première fois m'assaillit,

‹ jouet de tous les libertins, je fus couverte d'opprobre [7]!

Il faut que deux nouveaux époux soient purs comme la fleur dans son
bouton, ou comme le miroir brillant de la nouvelle lune *dans son enveloppe.*
Le poète suppose que la nouvelle lune n'est pas visible à nos yeux parcequ'elle est renfermée dans une enveloppe, à la manière des aliments qu'on
ne voit pas quand ils sont renfermés dans la bouche *(ngâm).*

5. Litt. : «*Le caractère — «chasteté» — vaut — le prix — de mille —
(lingots d')or!* »

6 Litt : «*(A la lueur de) la torche — fleurie — ne pas — j'aurais honte
— avec — vous — (au sujet du) Mai — d'autrefois ?* »

On est dans l'habitude en Chine de placer dans la chambre nuptiale
une bougie ornée de fleurs et de figures représentant des dragons et des
phénix.

La virginité étant la qualité essentielle d'une jeune fille, on lui a donné
le nom métaphorique de *Mai,* à cause de l'estime dans laquelle est tenu
cet arbuste; et comme une jeune fille possède sa virginité depuis le jour
de sa naissance, on y ajoute l'épithète de *xưa,* adverbe qui devient adjectif
par position Le *Mai d'autrefois,* c'est donc la virginité.

On pourrait considérer ici le mot «*xưa*» comme une ellipse pour « *xưa
nay*» qui signifie « *de tout temps, jusqu'à ce jour* ».

7. Litt. : «*L'abeille — passait, — le papillon — venait; — j'ai surabondé
— (quant à) la malpropreté!* »

«Bấy chầy gió táp, mưa sa,

«Mây trăng cũng khuyết; mấy hoa cũng tàn!

3100   «Còn chi là cái hồng nhan?

«Đã xong thân thế! Còn toan nỗi nào?

«Nghĩ mình, chẳng hổ mình sao?

«Dám đam trần cấu dựa vào bố kinh?

«Đã hay chàng nặng vì tình;

3105   «Trông hoa đèn chẳng thẹn mình lắm ru?

«Từ rày khép cửa phòng thu;

«Chẳng tu, thì cũng là tu; mới là!

«Chàng dầu nghĩ đến gần xa,

«Đem tình cầm sắt đổi ra cầm cờ!

1. Litt. : «. . . le vent — m'a poussée, — la pluie — est tombée (sur moi)»

2. Litt. : «Toutes — les lunes — tout aussi bien — ont été — non pleines — toutes — les fleurs — tout aussi bien — ont été flétries!»
Je n'ai pas cru devoir donner exactement l'idée par trop matérielle que renferme cette métaphore.

3. Litt. : «C'est terminé complétement — (quant à ma) personne — de cette manière là! . . . .»

4. Litt. : «(Est-ce que) j'oserais, — apportant — (ma) poussière, — prendre rang parmi — les toiles de coton — (et) les buis?»
J'ai expliqué au commencement du poème ce qu'il faut entendre par l'expression «bố kinh».

5. Litt. : «alourdi».

6. Ce vers renferme un double sens.
1° Les mots «hoa đèn» désignent «les fleurs dont est ornée le cierge nuptial». C'est l'idée déjà exprimée au vers 3095.

‹ Depuis lors, passant toujours dans les mains des uns et des autres [1],

‹ tout ce qui était pur en moi a été souillé, flétri [2] !

« Et qu'est devenue ma beauté elle-même ?   3100

‹ C'en est fait de moi, maintenant [3] ! A quoi pourrais-je prétendre ?

« En pensant à moi-même, comment de moi-même ne serais-je point
» honteuse ?

‹ Comment oserais-je, moi souillée ! entrer dans les rangs des mères
» de famille [4] ?

‹ Je sais bien que par votre amour, ami, vous êtes aveuglé [5] !

‹ mais quand je regarde les fleurs et la lumière, la honte de moi- 3105
» même ne m'accable-t-elle point [6] ?

« Dès aujourdhui je vais fermer ma porte [7] !

« Si je ne suis point une vraie bonzesse, je n'en vivrai pas moins
» comme si je l'étais !

‹ Si vous réfléchissez mûrement,

‹ au lieu d'être mon époux, vous deviendrez mon ami [8] !

2° Les fleurs sont fraîches, la lumière est pure. Comme *Kiều* ne possède, dit-elle, ni pureté ni beauté, elle ne pourrait sans honte porter ses regards sur elles.

7 Litt. : «. . . . . *la porte de ma chambre d'automne !*»

L'automne est l'opposé du printemps, dont le nom 春 *xuân* exprime à la fois la jeunesse et les plaisirs de l'amour. *Kiều*, par l'emploi de cette épithète, fait comprendre à la fois qu'elle n'a plus la fraîcheur qui sied à une jeune épouse et qu'elle se sent indigne de goûter les plaisirs légitimes de l'amour conjugal.

8 Litt. : «*Apportant — l'affection — du câm — (et) du sắc (l'affection des époux), — changez la — à devenir — (l'affection) du câm — (et) des échecs (l'affection des amis) !*»

J'ai expliqué dans ma traduction du *Lục Vân Tiên* (note sous le vers 344) l'origine de l'expression «*câm sắc*». Quant aux mots «*câm cò*», ils sont employés, en opposition avec ces derniers, pour désigner le lien affectueux

18

3110　«Nói chi kết tóc xe tơ?

«Đã buồn cả bụng, mà nhơ cả đời!

Chàng rằng : «Khéo nói nên lời!

«Mà trong lẽ phải, có người, có ta!

«Xưa nay, trong đạo đờn bà,

3115　«Chữ *trinh* kia cũng có ba bẩy dường.

«Có khi biến, có khi thường;

«Có quyền; nào phải một đường chấp kinh?

«Như nàng lấy hiếu làm trinh,

«Bụi nào cho đục được mình ấy vay?

qui unit les amis entre eux, à cause précisément de deux des quatre occupations favorites auxquelles ils se livrent lorsqu'ils sont réunis, et qui sont *la musique, les échecs, la poésie* et *le vin*. Nous voyons dans le *Lục Vi Tiên* le héros du poème citer avec éloge les sept compagnons qu'on appela «竹林七賢 *Trước lâm thất hiền* — *les sept sages du bois des bambous*» à cause de ces distractions qu'ils prenaient dans le lieu ainsi appelé

«　*Khi cơ, khi rượu, khi cầm, khi thi,*
«*Công danh phú quí màng chi?* »

«Tantôt jouant aux *échecs*, tantôt buvant du vin ; jouant du *cầm* aujour-«d'hui, et demain composant des vers,

«ils faisaient peu de cas de la gloire et de la richesse!»

1. Litt : «*d'unir — les cheveux — et de tordre — la soie?*»

Les époux dormant sur le même oreiller, leurs cheveux s'y trouvent comme confondus; de là l'expression *kết tóc*. Quant aux mots «*xe tơ*, ils ont été expliqués plus haut. (Voir la note concernant l'histoire de *Vi Cô*)

2. Litt. : «..... *Habilement — en parlant — vous faites devenir (vous produisez) — des paroles!*»

3. Litt. : «*Mais — dans — la raison — il y a — les gens, — (et) il y a — nous. (Nous sommes, tout aussi bien que les autres, renfermés dans le droit*

«Pourquoi parler d'unir nos existences¹?   3110

«Mon cœur n'est que tristesse, et ma vie que souillure! »

«Ce que vous dites» reprit *Kim*, «est tout à fait inadmissible²!

«et, pour nous comme pour les autres, il n'est qu'une seule raison³!

«Jusqu'à ce jour, dans les devoirs des femmes,

«il y eut plusieurs façons d'observer la chasteté⁴.   3115

«Il est (des cas) inusités, il y a (la vie) ordinaire⁵;

«il y a des exceptions, et de plusieurs manières on peut observer la
»règle!
«Vous avez par la piété filiale remplacé la fidélité⁶.

«Où voyez-vous donc qu'une tache⁷ ait pu souiller votre personne?

---

commun *Là où les autres ont raison (lẽ phải) d'agir d'une manière donnée,
nous aussi nous avons raison d'agir de cette manière là)!»*

4. Litt. : *«Ce caractère — «chasteté» — là — tout aussi bien — a — trois
— (ou) sept — voies (modes).»*

5. Litt. : *«Il y a — des fois — changées, — il y a — des fois — ordinaires;»*

6 *Kiều*, d'un côté, devait garder envers son fiancé la fidélité conjugale,
c'est-à-dire qu'elle ne devait pas en épouser un autre. D'un autre côté
elle devait observer envers son père la piété filiale, et, par conséquent,
faire tout ce que cette vertu exigeait; dans l'espèce, employer tous les
moyens possibles pour empêcher l'incarcération de *Vương ông*. Les deux
vertus se trouvaient donc en opposition, et la pratique de l'une était in-
compatible avec celle de l'autre. Si, en effet, fidèle à ses serments envers
Kim trọng, la jeune fille ne se vendait pas, son père était jeté en prison,
et elle manquait à la piété filiale. Si au contraire elle se vendait pour
arracher avec le prix de son sacrifice son père aux mains de son créancier,
elle manquait à la fidélité. C'est ce dernier parti qu'elle a pris; elle a violé
ses serments, sacrifiant le devoir qu'ils lui imposaient à un devoir plus strict,
celui de délivrer son père.

7 Litt. : *«Quelle poussière — donne (la faculté) — de pouvoir troubler —
ce corps là — ainsi?»*

3120   «Trời còn để có hôm nay!

     «Tan sương, biết tỏ áng mây giữa trời!

     «Hoa tàn, mà lại thêm tươi!

     «Trăng tàn; mà lại hơn mười rằm xưa!

     «Có đều chi nữa mà ngờ?

3125   «Khách qua đường, để hững hờ chàng *Tiêu!*»

     Nghe chàng nói đã hết đều,

     Hai thân thì cũng quyết theo một bài.

     Hết lời, khôn lẽ chối lời,

     Cúi đầu, nàng những vắn dài thở than.

3130   Nhà vừa mở tiệc đoàn viên.

---

1. Parcequ'alors la rosée, réduite en vapeur sous l'action des rayons du soleil, va se condenser dans la partie supérieure de l'atmosphère et y former des nuages.

Cette métaphore signifie que lorsque les malheurs sont passés on aperçoit les moyens de devenir illustre. On sait que l'ascension du dragon dans les nuages est la figure par laquelle les Chinois désignent une carrière glorieuse. En lui parlant ainsi, *Kim trọng* fait entendre à *Túy kiều* que les hontes de sa vie passée n'existant plus, une existence brillante et honorée l'attend.

2. Litt. : «*(Votre) lune* — est décroissante; — mais — encore — elle est plus que — dix — pleines lunes — d'autrefois!»

3. Litt. : «*Étranger* — qui passe — dans le chemin, — je laisse (à la postérité) — le fait de passer par hasard — de Tiêu!»

La fille de 牧公 *Mục công,* duc de 秦 *Tần,* nommée 弄玉 *Long ngọc,* possédait un grand talent sur la flûte. Un jour qu'elle jouit de cet instrument dans un pavillon du palais de son père, elle fut entendue par

«Le Ciel encor nous ménage ce jour!   3120

«Une fois la rosée dissipée, l'on voit clairement les nuages au ciel[1]!

«Vous n'êtes plus dans votre fleur; mais vous n'en êtes que plus
»fraîche,
« et votre déclin vaut mieux que votre splendeur d'autrefois[2]!

«Pourquoi donc hésiter encore?

«Inconnu, dans le chemin, je vous rencontre en passant; et l'on tien- 3125
»dra cela pour semblable au passage de *Tiêu*[3]!»
Voyant qu'il était à bout d'arguments,

les parents (de *Kiêu*), pour l'appuyer, vinrent parler à leur tour[4].

Ne trouvant plus rien à dire pour motiver son refus,

la jeune femme baissa la tête et se répandit en soupirs.

Aussitôt toute la maison se réunit dans un festin.   3130

---

un immortel nommé 蕭 史 *Tiêu sử*. Ce dernier descendit du ciel et joua
un duo avec elle. Épris de la jeune fille, il l'obtint de son père, l'épousa,
et dans la suite ils s'envolèrent tous deux au ciel. Une autre version de
cette légende dit que *Tiêu sử* enseigna son art à *Long ngọc* après leur
mariage. Elle ajoute que l'harmonie qu'ils produisaient était telle qu'elle
attirait les phénix du haut du ciel, où les deux époux finirent par être
enlevés, l'un sur un de ces oiseaux et l'autre sur un dragon.

Kim trọng s'assimile ici à *Tiêu* et fait entendre à *Túy kiêu* que de même
que ce dernier fit une immortelle de la fille de *Mục công* pour l'avoir entendue en passant, de même lui, *Kim trọng*, élèvera jusqu'à lui l'ancienne
courtisane en l'épousant. Les mots «*khách qua đường*» semblent faire allusion à leur première rencontre dans un chemin du champ des tombeaux
(voir au commencement du poème).

4. Litt. : «*les deux — parents — alors — aussi — résolurent de — (le)*
suivre — (quant à) une — composition (une allocution).»

Hoa soi ngọn đuốc, hồng chen bức là.

Cùng nhau giao lạy một nhà;

Lễ đà đủ lễ, đôi là đủ đôi!

Động phòng, dìu dặt chén mồi;

3135   Bâng khuâng duyên mới, ngậm ngùi tình xưa!

Những từ sen ngó đào thơ,

Mười lăm năm, mới bây giờ là đây!

Tình duyên ấy, hiệp tan nầy,

---

1. Litt. : « . . . . . . *le rouge — était suspendu — en pièces — de soierie* »
Ce que l'on appelle « *là* » est une espèce de soierie fine généralement
ornée de petits dessins.

2. Litt. : « *(Quant à) des cérémonies — il y avait de suffisantes — cérémonies,
— (quant au) couple — il y avait eu un suffisant — couple!* »

3. Litt. : « *(Dans) la chambre nuptiale — on fit la cérémonie des tasses —
(avec des) tasses — d'écaille;* »

« Động » est le nom qu'on donne à des grottes que les immortels sont
réputés habiter au sein de certaines montagnes inaccessibles, et particu
lièrement dans celle de 蓬萊 *Bồng lai* (蓬萊僊境 *Bồng lai tiên
cảnh*). En appliquant cette épithète au mot « 房 *phòng — chambre* », on
forme un mot composé dont on se sert pour désigner spécialement la
chambre nuptiale.

Ce nom de « 洞房 *động phòng* », ainsi que l'expression « 花燭 *hoa
chúc* » qui correspond au « *hoa đèn* » et au « *đuốc hoa* » annamites, se rencontrent très souvent dans le style fleuri chinois. Dans le roman intitulé
玉嬌梨 (Liv. I, p. 21 verso), le président du bureau des cérémonies
白公 rapporte que, d'après ce que lui a révélé le devin 廖德明, le
jeune homme que ce dernier lui proposait pour sa fille ne veut pas, avant
d'être reçu docteur, s'occuper *de la chambre des immortels et du cierge fleuri*
(他立志必要登了甲榜、方肯洞房花燭); c'est-
à-dire penser au mariage.

Les fleurs brillaient comme des flammes; de fines draperies de soie
rouge[1] étaient tendues.

Devant toute la famille les deux amants se prosternèrent.

Les cérémonies étaient complètes, et le couple bien assorti[2]!

On se réunit dans la chambre, et les tasses d'écaille furent adaptées
l'une à l'autre[3].

Dans la joie de leur récente union, ils pensaient, émus, aux amours 3135
de jadis.

Depuis leur tendre jeunesse[4],

pendant quinze ans désiré, (ce mariage) enfin avait lieu!

L'amour et l'union d'aujourd'hui, la réunion et la séparation d'autrefois,

Quant a l'expression annamite 迢 迭 *diù dặt*, elle correspond à ce
que l'on appelle en chinois « *hiệp cẩn* ». Originairement les deux époux, en
entrant dans la chambre nuptiale, devaient boire dans des tasses que l'on
fabriquait en coupant par la moitié une sorte de courge. Actuellement
on remplace ces coupes grossières par des tasses faites d'une matière
précieuse, telle par exemple que l'écaille de la tortue caret (玳 瑁 *Đồi
mồi*). Une table est préparée dans la chambre nuptiale. Lorsque les époux
y sont entrés, la jeune femme se prosterne devant son mari; puis ce dernier
la salue à son tour. On remplit ensuite de vin les deux tasses, dans lesquelles le mari et la femme boivent en même temps au bonheur l'un de
l'autre. Il est indispensable que chacun d'eux boive le liquide jusqu'à la
dernière goutte. Cela fait, la tasse du mari et celle de la femme sont re-
tournées et appliquées hermétiquement l'une sur l'autre. Cette cérémonie
représente symboliquement l'indissolubilité du mariage. Elle signifie que,
de même que les deux moitiés de la courge symbolique (représentées actuellement par les tasses), étant appliquées l'une contre l'autre, forment
comme un fruit entier, de même les deux époux ne font plus qu'un seul
être, et sont désormais inséparables.

4. Litt. : « *Absolument — depuis — la jeune racine de nénuphar — et le
pêcher — tendre,* »

« *Sen* » est le nom du nénuphar, et « *ngó* » celui de la racine charnue de
cette plante. Lorsqu'elle est jeune, elle est blanche, tendre, et excellente
à manger. Cette jeune racine, de même que le jeune pêcher, sont pris ici
métaphoriquement comme figure de la première jeunesse.

Bi hoan mấy nỗi? Đêm nầy trăng cao!

3140 Canh khuya bức gấm, xủ thao,

Dưới đèn tỏ nghĩa; má đào thêm xuân.

Tình nhơn lại gặp tình nhơn!

Hoa xưa ong cũ mấy phân chung tình?

Nàng rằng : «Phận thiếp đã đành!

3145 «Có làm chi nữa, cái mình bỏ đi!

«Nghĩ chàng nghĩa cũ tình ghi!

«Chìu lòng; gọi có xướng tùy mấy may

«Riêng lòng đã thẹn lắm thay!

«Cũng đà mặt dạn, mày dày! Khó coi!

3150 «Những như âu yếm vòng ngoài;

1. Litt. : «..... la lune était haute!»
2. Litt. : «..... les joues — de pêcher — augmentaient — de printemps »
Ces expressions, qui sont prises au figuré, semblent être tirées du poème
chinois intitulé «神 童 詩 Thần đồng thi — un enfant doué de brillantes
facultés». On y lit en effet aux vers 132 et 133 :

人在艷陽中
桃花映面紅

« Nhon tại diệm dương trung
« Đào hoa ảnh diện hồng. »

«Lorsque l'on est dans les beaux jours du printemps, le reflet de la
fleur du pêcher brille sur les roses visages (des jeunes filles) ».
3. Litt. : «L'amour — d'homme (humain) — en retour — rencontrait —
l'amour — d'homme. »
4. Litt. : « La fleur — d'autrefois — et l'abeille — ancienne — (quant à)
combien de — parties — mirent — elles en commun — leur amour ? »

combien de fois, en y pensant, furent-ils tristes ou joyeux! Cette
nuit là leur bonheur fut à son comble[1]!

Au plus profond de la nuit, sous les tentures de soie brochée, entre 3140
les rideaux de mousseline,

à la lueur de la lampe ils se prouvèrent leur amour, et leur plaisir
toujours était plus vif[2].

Ils etaient bien épris l'un de l'autre[3]!

Oh. Combien ils satisfirent cette passion née jadis[4]!

La jeune femme dit : «Mon sort est fixé, (maintenant)!

‹Encore un peu, et ma personne aurait perdu toute valeur!   3145

‹Je vois que dans votre cœur l'ancienne affection était restée gravée!

«Autant qu'il est en moi, je veux vous obéir en épouse docile[5].

‹Combien je ressens de honte en moi même!

«Je suis confuse de l'audace que j'ai eue (de vous épouser)[6]!

«Vous semblez réellement me témoigner de l'amour[7];   3150

5. Litt. : «*Je me soumets à — (votre) cœur, — (ce qui) s'appelle — avoir
(le fait que) — (le mari) chante — (et la femme) accompagne — si peu que
ce soit!*»

J'ai déjà signalé le rôle optatif du verbe «*gơi*» dans ces sortes de phrases.

On dit en chinois, pour exprimer l'obéissance que la femme doit à son
époux : «夫唱婦隨 *Phu xướng phụ tùy — le mari chante et la femme
l'accompagne*». Cet adage est exprimé ici sous une forme abrégée.

Mẩy signifie «*une minime portion*», et «*mai*» n'est que le même mot
répété avec une légère modification d'orthographe; répétition qui produit
encore un effet diminutif sur la valeur du terme entier. «*Mẩy mai*» signifie
donc «*si peu que ce soit (si peu que je sois capable de faire)*».

6. Litt : «*Tout aussi bien — j'ai été douée d'un visage audacieux (audacieuse), — j'ai été douée de sourcils épais (impudente); je suis pénible — à regarder (laide à voir)!*»

7. Litt : «*Absolument — c'est comme si — vous m'aimiez — (quant au
cercle) extérieur (en apparence);*»

«Còn toan mở mặt vuôi người cho qua?

«Lại như những thói người ta

«Vớt hương dưới đất, bẻ hoa cuối mùa!

«Cũng nhơ dở nhuốc bài trò;

3155 «Còn tình đâu nữa mà thù đấy thôi?

«Người yêu, ta xấu với người!

«Yêu nhau thời lại bằng mười phụ nhau!

«Cửa nhà dẫu tính về sau,

«Thì còn em đó; lựa cầu chị đây?

3160 «Chữ *trinh* còn một chút nầy,

«Chẳng cầm cho vững; lại giày cho tan!

«Còn nhiều ân ái chan chan!

«Hay chi vậy cái hoa tàn mà chơi?»

Chàng rằng : «Gắn vó một lời!

3165 «Bỗng không cá nước chim trời lỡ nhau?

1. Litt. : «(Comment) encore — penserais-je à — ouvrir (montrer en face) — (mon) visage — avec — vous (terme de profond respect) — pour — passer (notre existence ensemble)?»

2. Vous aimez les restes d'une beauté qu'ont souillée les uns et les autres!

3. Litt. : «(Nous) aimer — mutuellement, — voilà tout! — encore — serait comme — dix — être indifférents — l'un à l'autre!»

4. *Kiều* entend par là qu'elle est absolument inutile à son mari, et qu'elle

‹Mais moi, comment pourrais-je lever les yeux devant vous[1]?

‹Vous agissez comme ces gens qui

«ramassent l'encens tombé sur le sol, et cueillent les fleurs (qui
»restent) à la fin de la saison[2]!

‹Je ne suis cependant qu'une créature immonde, honteuse et sans
»valeur.

«Où trouverais-je encore l'affection qu'il faudrait pour reconnaître 3155
»un tel (bienfait)?

‹Plus vous m'aimez et plus je suis confuse!

‹L'indifférence dix fois vaudrait mieux que cet amour[3]!

‹Désormais, pour ce qui concerne les affaires de la maison,

«ma sœur cadette sera toujours là! Pourquoi s'adresser à l'aînée[4]?

«Si (dans ma bassesse) il me reste un peu de fidélité,   3160

«ne faites point d'efforts pour m'en montrer (vous-même)! Foulez
»aux pieds (la vôtre)! Anéantissez-la[5]!

‹Vous me témoignez un amour immense!

«Quel plaisir trouvez-vous dans une fleur flétrie?»

‹Je m'en tiens strictement» dit-il «à mon serment d'autrefois!

‹Quoi! Si bien faits l'un pour l'autre, nous nous séparerions tout-à- 3165
»coup[6]?

se considère comme indigne de gouverner le ménage. Elle veut laisser à
Túy Vân les prérogatives et la dignité d'épouse de premier rang, et se
ravaler elle-même à celui de simple concubine.

5. Litt : «*Ne pas — tenez (la) — d'une manière — solide; — (et) en
outre — foulez-la aux pieds — de manière à — la détruire!*»

«*Giày — chaussure*» devient ici verbe actif par position.

6 Litt. : «*Tout à coup — sans rien — le poisson — (et) l'eau, — l'oiseau
— et le ciel — se sépareraient — l'un de l'autre!*»

«Xót người lưu lạc bấy lâu!

«Tưởng thề thốt nặng, những đau đớn nhiều!

«Thương nhau sanh tử, đã liều!

«Đưa nhau! còn thiếu bấy nhiêu là tình?

3170 «Vườn xuân tơ liễu còn xanh!

«Nghĩ chưa, chưa thoát khỏi vành ái ân!

«Gương trong, chẳng chút bụi trần!

«Một lời quyết hẳn, muôn phần kính thêm!

«Bấy lâu đáy biển mò kim!

3175 «Là nhiều vàng đá; phải tìm trăng hoa!

«Ai ngờ lại hiệp một nhà?

«Lựa là chăn gối mới ra sắt cầm?»

Nghe lời, sửa áo, cài trâm;

---

1. .... sans aucun ressentiment de ce qu'elle les a violés

2. Litt. : «(Dans le fait que) nous nous prenons comme (pour — un proquement, — encore — il manque — combien — qui soit — de l'affection?»

Bấy nhiêu est pour *bao nhiêu*. — *Là* est une cheville.

3. Litt. : «Je pense que — pas encore, — pas encore . . .»

4. Litt. : «...... au fond de — la mer — je cherchai sous l'eau — des aiguilles !»

5. Litt. : «Ce fut — beaucoup — d'or — et de pierre (de constance), — il (me) faut — chercher — la lune — (et) les fleurs (l'amour) !»

‹Je vous plains d'avoir été si longtemps abandonnée, malheureuse,

«et la pensée de nos serments (passés) n'éveille en moi qu'une dou-
»leur égale[1] à leur solennité!

‹C'est dit! nous nous aimons à la vie, à la mort!

«Nous nous prenons comme époux! et qui le ferait avec plus
»d'amour[2]?

«Dans le jardin de (notre) jeunesse vertes encore sont les branches 3170
»des saules!

«Comment pourriez-vous franchir le cercle d'amour (qui vous en-
»serre)[3]?

‹Vous êtes un miroir brillant que ne souille aucun grain de pous-
»sière!

«Croyez à ma parole! Mon estime pour vous s'accroît toujours da-
»vantage!

«Jusqu'à ce jour en vain je vous cherchai[4]!

«Pour payer ma grande constance, j'ai le droit de trouver de 3175
»l'amour[5]!

«Qui eût pensé que le même toit devait nous abriter encore?

«Ce n'est point (d'ailleurs) la passion charnelle qui fait que l'on est
»époux[6].»

Obéissante, elle s'habille, elle pique son épingle,

Il y a lieu de remarquer le parallélisme entre les deux expressions
‹ *vàng đá* » et *« trắng hoa* » dont j'ai donné l'explication plus haut.

6. Litt. : «*A quoi bon — la couverture — (et) l'oreiller — (pour) enfin —
être — sắc — et cầm?* »

Kiều a dit à *Kim trọng* qu'elle ne jugeait pas sa beauté digne de l'amour
qu'il lui portait, et que, tant à cause de cela qu'à cause de son indignité, elle
devait laisser à sa sœur le rang de véritable épouse. *Kim Trọng* lui répond
dans le présent vers que ce ne sont pas les rapports charnels seuls qui
constituent le mariage, mais bien la vie en commun. J'ai expliqué ailleurs
ce que signifie l'expression «琴 瑟 *cầm sắc* », qui est renversée ici parceque
le vers ne pourrait se terminer par un caractère affecté du ton 昃 *trắc*.

«Khấu đầu, lạy tạ cao thâm ngàn trùng.

3180 «Thân tàn gạn đục khoi trong,

«Là nhờ quân tử khác lòng người ta!

«Mấy lời tâm đằm ruột rà,

«Tương tri, nghĩa ấy mới là tương tri!

«Chở che, ràng buộc, thiếu gì?

3185 «Trăm năm danh tiết cũng về đêm nay!«

Thoạt thôi tay lại cầm tay.

Càng yêu vì nết; càng say vì tình.

Thêm nồng giá, nỗi hương bình;

Cùng nhau lại chuốc chén quỳnh, giao hoan.

3190 Tình xưa lai láng, khôn hàn

Thung dung lại hỏi ngón đờn ngày xưa.

---

1. Litt. : «..... de (son fait d'être, dans ses bienfaits,) haut — et pro
fond — de mille — degrés.»

2. Litt. : «(Si dans ce) corps — avachi — on a décanté — le trouble —
et on l'a clarifié — (de manière à le rendre) clair,»

Túy kiều compare sa personne souillée à un liquide bourbeux dont on
a séparé par décantation la partie claire du sédiment.

3. Litt. : «.... de cœur, — de fiel — et d'entrailles,»

Le mot «fiel» n'a pas ici le sens figuré que nous lui donnons en français. On sait au contraire que les Annamites et les Chinois font du foie
et de la vésicule biliaire le siége des sentiments nobles.

4. Litt. : «(Quant à se) connaître — mutuellement, — ce sens (le sens de
ces paroles) — alors enfin — est — mutuellement — (se) connaître!»

et, se prosternant jusqu'à terre, elle lui rend grâce de sa générosité sans bornes[1].

‹Si ce corps avili a retrouvé la pureté[2],» dit-elle,   3180

«c'est grâce a vous, ami, de qui l'âme n'est point comme celle des »autres!

‹Aux paroles sorties du fond de votre cœur[3],

«je ne puis plus douter de notre affection mutuelle[4]!

‹Que manque-t-il encore à vos généreuses bontés[5]?

‹Par cette nuit de ma vie entière toute la souillure est lavée[6]!»   3185

Cela dit, aussitôt ils se prirent les mains.

Leurs façons distinguées stimulaient leur amour; leur amour augmentait leur ivresse,

et de plus en plus leur passion s'exaltait[7].

Ils se saluaient de leur verre plein d'un vin délicieux[8]; ils se réjouissaient ensemble.

Au milieu des épanchements de leur affection (si) ancienne,   3190

il ne craignit point de la prier (de lui faire entendre) encore l'instrument dont elle jouait jadis.

L'expression chinoise « 相 知 *tương tri* — *se connaître mutuellement*», entraîne avec elle une idée d'affection profonde. Nous disons en français ‹qu'on n'a rien de caché pour ses amis».

5. Litt. : «*(En fait de) transporter et couvrir (de protéger) — panser — et lui — il manque — quoi? (La protection que vous m'accordez est complète, et vous pansez toutes les plaies de mon âme)!* »

6. Litt. : «*(Pendant) cent ans (toute ma vie) — ma bonne réputation — tout aussi bien — se rapportera à — cette nuit-ci!* »

7. Litt. : «*Ils accroissaient — la force — de l'odeur, ils faisaient bouillonner — le parfum — du vase.* »

8. «*Quỳnh* », nom d'une pierre précieuse de couleur pourpre, est ici pour ‹*quỳnh tương* » qui est une des désignations poétiques du bon vin

Nàng rằng : «Vì mấy đường tơ,

«Đắm người cho đến bây giờ, mới thôi!

«Ăn năn, thì sự đã rồi!

3195   «Nể lòng người cũ, vâng lời một phen!»

Phím đờn dìu dặt tay tiên.

Bỗng trầm cao thấp tiếng huyền gần xa!

Khúc sao đầm ấm dương hòa?

Ấy là *hồ điệp* hay là *Trang sanh.*

1. L'expression «*đường tơ — les lignes de soie*» désigne les sons pro
duits par les différentes longueurs que l'on donne aux cordes d'un instrument.

2. Litt. : «*(a eu lieu le fait de) plonger (dans le malheur) — (ma) personne
— jusqu'à — maintenant, — (fait qui) enfin — a cessé!*»

Le verbe «*đắm*» est impersonnel ici.

3. Malgré sa répugnance à se servir de cet instrument qui lui rappelle
ses malheurs, *Kiều* consent, par égard pour son époux, à en jouer une fois
encore.

4. J'ai dit plus haut en quoi consiste l'instrument appelé *Phím* Dans
le *Kim* il y en a cinq. Le plus gros, qui maintient les quatre cordes est
à l'extrémité. L'artiste, en jouant, les assujettit avec les doigts.

5. Litt. : «. . . . . *dans lequel les principes âm et dương, (c'est-à-dire les sons
graves et aigus qui sont désignés par les noms de ces deux principes) sont d'accord?*»

6. 莊周 *Trang Châu* est le nom d'un philosophe chinois plus communément appelé 莊子 *Trang tử* (le philosophe *Trang*) ou, comme dans
ce vers, 莊生 *Trang sanh*. Il naquit dans l'état de *Lương* vers l'année
330 av. J.-C. Dès sa plus tendre jeunesse il se consacra à l'étude des
doctrines émises par 老子 *Lão tử*. Comme ce dernier, bien qu'il paraisse
avoir occupé des fonctions publiques, il refusa toute offre d'avancement
méprisant les distractions de la vie pratique comme indignes de l'attention
d'un philosophe Quoiqu'il ait été, à ce que l'on croit, contemporain de
Mencius, leurs enseignements respectifs, trut diamétralement opposés qu'ils
fussent, ne paraissent pas avoir attiré leur attention réciproque; et il y n

«C'est à ses accords[1]» dit la jeune femme

«Que j'ai dû tous les malheurs[2] qui n'ont pris fin qu'en ce jour!

«Mon repentir y a mis un terme!

«Par égard pour vous, ô ami des temps passés! pour une fois je 3195
» veux vous satisfaire[3]!»

Sur les *phím* de son instrument elle appuya ses doigts habiles[4],

et aiguës ou graves, hautes ou basses, les notes se succédèrent.

Quel est donc ce morceau charmant, harmonieux[5]?

C'est celui du «Papillon», aussi nommé le «*Trang sanh*»[6].

lieu de soupçonner que ce fut seulement dans les âges postérieurs que les
spéculations mystiques de *Trang tử* obtinrent un crédit plus ou moins considérable. La préférence de ce dernier pour la retraite et les vues cyniques
qu'il affichait au sujet de la vie et la nature humaine imprimèrent une
direction marquée à la primitive école des philosophes Taosséistes, et ses
écrits atteignirent à une haute réputation au huitième siècle sous le patro-
nage de l'empereur 玄宗 *Huyên tông*. On a conservé un certain nombre
d'anecdotes légendaires concernant son esprit caustique et son cynisme,
qui se manifestèrent d'une manière saillante à ses derniers moments, lorsqu'il défendit à sa famille de pleurer sur une chose aussi peu importante
que son départ de ce monde. Il défendit également d'enterrer son corps,
en disant : «Je veux avoir pour sarcophage le ciel et la terre; le soleil
et la lune seront les insignes sous lesquels je reposerai, et toute la créa-
tion remplira à mes funérailles l'office de pleureurs». Ses parents lui observant que les oiseaux de l'air déchireraient son cadavre, il répliqua :
«Qu'importe? En dessus il y a les oiseaux de l'air, en dessous il y a les
vers et les fourmis. Si vous volez les uns pour nourrir les autres, quelle
injustice y aura-t-il?»   (Mayer's *Chinese reader's manual*, p. 30).

Le nom de «*papillon*» qui est donné à l'air dont il s'agit ici, air composé, dit-on, par *Trang sanh*, rappelle un rêve qu'avait fait ce philosophe,
et dans lequel il s'était vu transforme en papillon. «Je ne sais» dit-il à
son réveil « si c'était *Trang châu* qui était devenu papillon, ou le papillon
qui était devenu *Trang châu!* (不知莊周化蝴蝶耶、蝴
蝶化莊周耶 — *Bât tri Trang châu hoá hồ điệp da, hồ điệp hoá
Trang châu da!)*»

19

3200   Khúc đâu êm ái xuân tình?

ấy hồn *Thục đê* hay mình đỗ quyên!

Trong sao châu nhỏ gành quyên?

Ấm sao xưóng ngọc lam điên mói đông?

Lọt tai nghe trót năm cung;

3205   Tiếng nào là chẳng não nồng xôn xao?

Chàng rằng : «Phổ ý tay nào?

«Xưa sao sầu thảm, nay sao vui vầy?

«Thương vui bởi tại lòng nầy,

«Hay là khổ tận, đến ngày cam lai?»

3210   Nàng rằng : Vì chúc hay chơi

«Đoạn trường tiếng ấy hại người bấy lâu!

«Một phen tri kỷ cùng nhau,

«Cuốn dây; từ đấy về sau cũng chửa!

    Truyện trò chửa cạn tóc tơ

---

1. Ceci est une allusion à un conte dans lequel le roi 蜀帝 *Thục đế,* après avoir cédé son trône, se trouva réduit à la plus profonde misere. puis transformé en coucou.

2. Litt. : «*Cela tombait dans* — *(son) oreille* — *(et) il entendait* — *les entières* — *cinq* — *notes;*»

3. Litt. : «*Quel son* — *était* — *non* — *émouvant?* — *(et) troublant?*»

4. Litt. «..... *C'est attribué à* — *l'idée* — *de quelle main?*»

5. «*Ces sons de malheur m'ont nui jusqu'à présent!*»

Quel est cet autre, sentimental et doux? 3200

On y sent l'âme de *Thục đế* qui se voit devenir coucou [1]!

C'est pur comme les petites perles que l'on trouve sur le rivage!

C'est émouvant! On (croirait voir) les diamants de *Xuống ngọc*, ou (les amoureux jeunes gens) réunis à *Lam điên*.
L'oreille (de *Kim*) ne perdait aucune des nuances [2],

et il n'était pas une note qui n'allât jusqu'à son cœur [3]. 3205

«Quelle main» dit le jeune homme «a composé (ce morceau) [4]?

«Comment, triste autrefois, est-il joyeux aujourd'hui?

«Le chagrin et la joie viennent-ils donc de mon propre cœur,

«ou la douceur arrive-t-elle quand l'amertume a cessé?»

«C'est» dit *Kiều*, «précisément parceque je les jouais d'habitude 3210

«que ces accords de malheur me nuisirent jusqu'à ce jour [5]!

«(A présent) qu'une bonne fois nous nous connaissons l'un l'autre,

«je roulerai les cordes et m'en abstiendrai désormais!»

Ils n'avaient pas épuisé les sujets de causerie [6]

Túy Kiều veut dire par là que son instrument est doué d'une vertu magique, et qu'il change lui-même de ton suivant que la personne qui en joue est heureuse ou malheureuse. Les Chinois attribuent cette propriété surnaturelle à l'instrument appelé 五絃琴 *Ngũ huyên cầm — le cầm à cinq cordes».*

Le fameux *cầm* de *Bá nha* était, dit-on, de cette nature.

6. Litt. : «*La causerie — pas encore — était mise à sec — (jusqu'à un) cheveu — (ou une) soie,»*

3215   Gà đã gáy sáng; trời vừa rạng đông.

Tình riêng chàng lại nói sòng :

« Một nhà ai cũng lạ lùng, khen sao!»

Cho hay thục nữ chí cao.

Phải người sóm mận tối đào như ai?

3220   Hai tình vẹn vẽ hoà hai.

Chẳng trong chăn gối, cũng ngoài cầm thơ.

Khi chén rượu, khi cuộc cờ;

Khi xem hoa nở, khi chờ trăng lên.

Ba sanh đã phỉ mười nguyền.

3225   Duyên đôi lứa cũng là duyên bạn bày.

Nhớ lời lập một am mây,

Sai người thân thích rước thầy *Giác duyên*.

Đến, thì đóng cửa, gài then.

1. .... de ce qu'à présent votre *cầm* fait entendre des sons joyeux
2. Litt. : «(Est-ce qu') elle était — une personne (qui) — le matin — va à
la prune — (et) le soir — va à la pêche — comme — quiconque?»
Les deux substantifs *mận* — prune et *đào* — pêche deviennent verbes
par position.
3. Litt. : « *Non (seulement)* — au dedans — ils mettaient en commun la
couverture — (et) mettaient en commun l'oreiller; — (mais) aussi — au dehors
— ils jouaient ensemble du *cầm* — et faisaient ensemble des vers (ils étaient
unis d'esprit comme de corps).»
Ici encore les quatre substantifs *chăn* — couverture, *gối* — oreiller,

lorsque le coq annonça le jour et que le ciel s'éclaira. 3215

Le jeune homme toucha encore quelques mots de ce qui occupait
son cœur :
« Dans toute la maison » dit-il « on s'étonnera grandement !!. »

La jeune femme avait des pensées élevées.

Certes. elle n'était point de celles qui des bras d'un amant passent
dans ceux d'un autre [2] !
Les deux époux mutuellement s'étaient donné toute leur affection. 3220

Non-seulement ils vivaient ensemble, mais encore leurs goûts étaient
les mêmes [3].
Buvant du vin, jouant aux échecs,

ils regardaient tantôt les fleurs s'ouvrir, tantôt la lune se lever.

(Les deux époux) à jamais jouirent d'un bonheur parfait [4].

Ils étaient heureux de leur union, heureux d'être toujours ensemble. 3225

Se rappelant sa promesse, *(Kiều)* bâtit une pagode,

et envoya un de ses parents chercher la bonzesse *Giác duyên*.

En arrivant il trouva la porte close et le verrou tiré.

---

cầm — l'instrument de musique de ce nom, et *thơ* — vers deviennent par
position de véritables verbes neutres.

4. Litt. : « *Les trois — vies — désormais — étaient satisfaites — (quant
aux) dix — désirs (en toutes choses) !* »

Ce vers est le développement de l'expression chinoise « 三生有幸
tam sanh hữu hạnh — être heureux à jamais ».

Dans l expression annamite « *mười nguyện* » le mot « *mười — dix* » est
employé comme cela a lieu couramment en chinois, pour désigner *la
totalité, le plus haut degré* de la chose dont il est parlé.

Rêu trùm trên ngạch, cỏ lên mái nhà!

3230   Sư đà hái thuốc phương xa!

Mây bay, hạc lánh, biết là tìm đâu?

Nặng vì thửa nghĩa xưa sau,

Lên am, cứ giữ hương dầu hôm mai.

Một nhà phước lộc gồm hai;

3235   Thiên niên đặc đặc quan giai lần lần.

Thửa gia chẳng hết, nàng *Vân.*

Một cây kiều mộc, một sân quế hòe.

Phong lưu phú quí ai bì?

1. Litt. : «*La religieuse — désormais — cueillait — des simples — dans des régions — éloignées!*»

L'expression «*aller cueillir des simples au loin*» s'emploie élégamment pour dire qu'un religieux ou une religieuse s'absente de son couvent Elle doit son origine au conte suivant qu'on lit dans le 列仙傳.

«On raconte que sous le règne de l'empereur 明帝 *Minh đế* des 漢 Hán (58—75 de l'ère chrétienne) 阮肇 *Nguyễn Tiệu* parcourait avec son ami 劉晨 *Lưu Thần* les montagnes de *Thiên đài* (天台山) Les deux voyageurs perdirent leur chemin, et, après avoir erré plusieurs jours le hasard les amena au milieu de collines où des immortels avaient leur retraite. Deux sœurs d'une grande beauté les y régalèrent de graines de chanvre (胡麻 *Hồ ma*) et les admirent à partager leur couche. Ils finirent par retourner dans leur demeure après s'être livrés à ce qu'ils croyaient être un badinage de courte durée; mais ils reconnurent avec stupéfaction que sept générations s'étaient succédées depuis qu'ils s'étaient absentés de leur maison.»

L'intervention de la graine de chanvre (胡麻) montre que cette fable doit avoir son origine dans une hallucination absolument semblable aux rêves bien connus des mangeurs de Haschich.

2. *Giác duyên avait disparu!*

La mousse couvrait le seuil et l'herbe croissait sur le toit!

La religieuse était allée visiter les immortels[1]! 3230

Le nuage avait disparu, le *con hạc* s'était enfui! Où le trouver désormais[2]?

La jeune femme, (pleine de reconnaissance) pour ses bontés d'autrefois,

matin et soir, montant à la pagode, (y brûlait) les parfums et l'huile.

Dans (cette) même famille étaient réunis le bonheur et la richesse,

et toujours les honneurs y devinrent plus élevés[3]. 3235

Vân s'occupait sans cesse du ménage[4].

Une fille bonne et distinguée naquit; après vinrent plusieurs fils doués d'une haute science[5] et revêtus d'éminentes dignités.

En félicité, en opulence, qui pouvait les égaler?

3. Les lettrés chinois ne comprennent pas le bonheur complet sans l'exercice de hautes fonctions publiques.

4. Litt. : «*(Celle qui) se chargeait de — le ménage — et ne pas — finissait, — (c'était) la jeune femme — Vân.*»

5. Litt. : «*(Il y eut) un arbre — Kiều; — il y eut — une cour — de Quế — et de Hoè.*»

Les caractères 樛木 *kiều mộc* signifient «*un arbre dont les branches sont courbées vers le sol*». Pour comprendre comment le nom de cette sorte d'arbres peut servir à désigner une femme bonne et distinguée, il faut se reporter à l'ode 樛木 *Kiều mộc* (la IVe de la I^e section du 詩經), dans laquelle on loue l'absence totale de jalousie de la célèbre 太姒 *Thái tỉ* (mère de 武王 *Võ vương*, fondateur de la dynastie des 周 *Châu*), et la bonté qu'elle témoignait aux concubines de son époux.

			«*Nam hữu kiều mộc.*
福	樂	葛	南	
履	只	苗	有	«*Cát lũy lũy chi.*
綏	君	纍	樛	«*Lạc chỉ quân tử,*
之。	子。	之。	木	«*Phước lý tuy chi!*

Vườn xuân một cửa để bia muôn đời.

3240   Gẫm hay muôn sự tại Trời!

| 福履將之。 | 樂只君子 | 葛藟荒之。 | 南有樛木 | « Nam hữu kiều mộc
« Cát lủy hoang chi.
« Lạc chỉ quân tử
« Phước lý tương chi! |
| 福履成之。 | 樂只君子 | 葛藟縈之。 | 南有樛木 | « Nam hữu kiều mộc
« Cát lủy vinh chỉ!
« Lạc chỉ quân tử
« Cát lủy thành chi! |

« Au midi se trouve un arbre dont les branches se courbent vers le sol
« Autour d'elles s'attache le Dolique grimpant.
« Oh! quelle joie d'avoir cette auguste maîtresse!
« Qu'elle jouisse en paix de son bonheur et de sa dignité!

« Au midi se trouve un arbre dont les branches se courbent vers le sol.
« Le Dolique grimpant les couvre.
« Oh! quelle joie d'avoir cette auguste maîtresse!
« Qu'elle s'élève par son bonheur et par sa dignité!

« Au midi se trouve un arbre dont les branches se courbent vers le sol.
« Autour d'elles s'entrelace le Dolique grimpant.
« Oh! quelle joie d'avoir cette auguste maîtresse!
« Que rien ne manque à son bonheur, à sa dignité!

Thái tỉ est comparée dans cette ode à un arbre dont les branches, en se
clinant vers le sol, offrent un appui aux plantes rampantes. C'est à cause de
son heureux caractère et de la protection bienveillante qu'elle accordait
aux concubines de son mari. On comprend dès lors pourquoi on applique
aux femmes douées de qualités semblables l'épithète de 樛木 que le
Livre des Vers donne à la mère de 武王.

Les noms des arbres 桂 *Quê* et 槐 *Hoè* servent à désigner métaphoriquement les jeunes gens éminents en littérature. J'ai déjà parlé de ces
arbres et de l'application qu'on fait de leur nom en poésie dans les notes
sous les vers 1067 et 1256. On pourra comprendre en s'y reportant la

Ils transmirent à de nombreuses générations le souvenir d'un ménage où régnait l'amour [1].

En réfléchissant (à cette histoire) nous voyons que tout dépend du 3240
Ciel

relation qui existe entre leur nom et les idées qu'exprime ici le poète,
idées qu'on ne peut rendre en français que par des expressions assez
longues.

Voici du reste sur le 槐 *hoè* un document que je trouve à la page 246
du *Chinese reader's Manual*, et qui présente un grand intérêt, notamment
au point de vue de l'expression « *Sân — une cour* » que *Nguyễn du* répète
ici après l'avoir déjà employée au vers 1256 pour désigner *plusieurs* fils :

« 王旦 *Vương Đán* ou 子明 *Tử minh* (937—1017 de l'ère chrétienne) fut un homme d'état et un littérateur célèbre, et l'un des premiers
ministres de l'empereur 眞宗 *Thận tông* des 宋 *Tống*. C'était un des
trois fils de 王佑 *Vương Hựu*, un homme d'état renommé. Ce dernier,
heureux de voir que ses fils promettaient de devenir des hommes distingués, prédit qu'ils s'élèveraient au point de devenir les trois ministres d'état
(三公), et planta devant sa porte trois arbres *Hoè (Sophora japonica)*,
comme emblèmes de la grandeur à laquelle il comptait qu'ils devaient
atteindre ensemble. De là vient que cette famille fut connue dans la suite
sous le nom de « 三槐王氏 *Tam hoè Vương thị*, etc. etc. »

Il n'y a pas lieu de s'étonner si le poète ne parle que d'une fille ou
Kiến môc, tandis qu'il mentionne toute une cour *(sân)* complantée en arbres
Hoè Outre qu'il respecte ainsi la tradition qui fait planter à *Vương hựu*
trois arbres de ce nom, on sait que pour les Annamites et les Chinois la
naissance d'un fils, qui doit continuer la lignée, sacrifier plus tard devant
la tablette paternelle et accomplir les cérémonies voulues par les rites sur
l'autel des ancêtres, est considérée comme bien plus avantageuse que celle
d'une fille. Aussi voit-on une postérité nombreuse d'enfants mâles (多男
(đa nam) mentionnée au nombre des *Trois abondances* (三多). *Nguyễn Du*,
qui a écrit un poème considérable en l'honneur d'une femme et qui a cé-
lébré en première ligne sa piété filiale, ne peut de dispenser de lui donner
une fille; mais il ne serait pas annamite si, pour donner l'idée de la pros-
périté de la famille qu'elle fonde avec *Kim trọng*, il ne la montrait pas
comme mère de plusieurs fils.

1. Litt. : « *De jardin — de printemps — une porte — ils laissèrent —
gravée — à dix mille — générations.* »

Ce vers est rempli d'inversions. De plus, la préposition 朱 *cho* est
sous-entendue. La construction directe serait :

Dễ bia (cho) muôn đời một cửa vườn xuân.

D'après ce que j'ai dit plus haut du sens métaphorique le plus ordinaire
du caractère 春 *xuân — printemps*, il est facile de comprendre l'idée que
renferme l'expression « 園春 *Vườn xuân* ».

Trời kia đã bắt làm người có thân!

Bắt phong trần, phải phong trần;

Cho thanh cao, mới được phần thanh cao!

Có đâu thiên vị người nào?

3245 Chữ *tài* chữ *mạng* dồi dào cả hai.

Có *tài* mà cậy chi tài?

Chữ *tai* liền vuối chữ *tài* một vần.

Đã mang lấy nghiệp vào thân,

Cũng đừng trách lẫn! Trời gần chẳng xa!

3250 Thiện căn ở tại lòng ta;

Chữ *tâm* kia mới bằng ba chữ *tài!*

Lời quê lặt lượm dông dài;

Mua vui cũng được một vài trống canh.

---

1. Pour être heureux ou pour souffrir.

2. « 風 塵 *phong trân — le vent et la poussière* » signifie ici spécialement « *les malheurs* du monde, ceux qu'on subit dans ce monde».

3. Litt. : « *On a — le talent; — mais — on se fierait — en quoi — au talent (seul)?* »

L'idée contenue dans ce vers est le complément de celle que renferme le vers précédent. Le poète veut dire que le *talent* seul ne suffit pas pour arriver à quelque chose; qu'il faut aussi que notre *destinée* le comporte

Il a fait de nous des hommes et nous a donné un corps[1].

S'il nous inflige des malheurs[2], il nous faut être malheureux,

et, si nous sommes heureux, c'est qu'il nous donne le bonheur!

Il ne favorise personne!

Le talent et la destinée sont en connexion étroite.   3245

Si l'on possède le premier, il ne faut point s'y fier[3],

car de très près le mot « tài » rime avec le mot « tai »!

Quand nous avons reçu une mission du Ciel,

gardons-nous bien de nous plaindre! car il n'est pas loin (et nous voit)[4].

L'origine du bien[5] se trouve dans notre âme,   3250

et le mot cœur vaut trois fois le mot talent.

J'ai réuni ces détails[6] et j'en ai fait une histoire

qui pourra vous faire passer agréablement quelques veilles[7].

---

4. Litt : « . . . . . le Ciel — est près — et non — loin! »

5. Litt. : « Du bien — la racine (expression chinoise) . . . . »

6. Litt. : « ces paroles rustiques ».

7. Litt. : « (Quant à) acheter — du plaisir, — tout aussi bien — vous obtiendrez — un — quelques — tambours — de veille. »

On sait que les veilles s'annoncent en frappant sur une sorte de tambour.

VIENNE — TYP. ADOLPHE HOLZHAUSEN
IMPRIMEUR DE LA COUR I. & R. ET DE L'UNIVERSITÉ

DE

L'ÉCOLE DES LANGUES ORIENTALES VIVANTES

IIᵉ SÉRIE — VOLUME XV, 2ᵉ PARTIE

金 雲 翹 新 傳

KIM VÂN KIỀU TÂN TRUYỆN

POÈME POPULAIRE ANNAMITE.

www.ingramcontent.com/pod-product-compliance
Lightning Source LLC
Chambersburg PA
CBHW072120020726
47501CB00003B/900